# POR UNAS BOTAS DE PIEL

*Una historia real, perpetrada como novela*

# Por unas botas de piel

## La cultura del narco, de brujos y pachucos

PRIMER LIBRO

LATINO Book Publisher
EDITORIAL Autores Latinos

Mesa, Arizona | 2022

**SECOND EDITION**

*Por unas botas de piel*
*La cultura del narco, de brujos y pachucos*

Copyright © 2022 Sergio Octavio Díaz Herrera

Cover and book design by Yolie Hernandez

Cover picture: Larisa Koshkina
Editor: Eduardo Barraza

Interior photographs from author's personal collection

Published by Latino Book Publisher, an imprint of the
Hispanic Institute of Social Issues (HISI)
PO Box 50553
Mesa, Arizona 85208-0028
(480) 939-9689 |HISI.org | info@hisi.org

ISBN 13: 978-1-936885-49-7
Library of Congress Control Number: 2022946386

Printed in the United States of America.

*No hay fortuna sin delito.*

Proverbio mexicano

# Agradecimientos

En alguna ocasión te pregunté: "Eduardo, ¿cómo agradecer a todos los que me ayudaron, a los que confiaron en mí, a los que se arriesgaron y a los que ya no están... y vivir para contarlo?"
Y me contestaste: "Po's así nomás... atreviéndose..."

Así, pues, es por ellos que me atrevo a contar este relato: por la raza de Juárez, de Chihuahua, de Sinaloa, de Jalisco, de Phoenix y de Chicago (ustedes saben quiénes son a los que me refiero).

Y a los de Veracruz y Durango, con un poquito más de respeto.

Vamos pues, Eduardo... que te voy hacer caso esta vez (persignándome).

# Índice

Cementerio en
El Paso, Texas,
que se ubica
debajo de
la Carretera
Interestatal 10.

Salida del túnel
a un costado del
cementerio en
El Paso, Texas.

Inicio del túnel
en el río Bravo
debajo del Puente
Internacional
Córdova de las
Américas.

Patio ferroviario
en la frontera de
El Paso, Texas–
Ciudad Juárez,
Chihuahua,
México.

Letrero de
bienvenida a
Estados Unidos
sobre el Puente
Internacional.

# ADVERTENCIA

Todos hemos escuchado relatos en donde se cambian los nombres de los implicados y de los lugares para proteger al inocente, ¿verdad?

En este caso es exactamente lo opuesto...

Se han cambiado para proteger al culpable...

Verá usted, se dice que en este negocio, andar de metiche siempre ha sido muy malo para la salud...

# POR UNAS BOTAS DE PIEL

# Carmen la "Nalgapronta"

SI NO ES LO QUE HACE UNO... SINO LOS PINCHES RECUERDOS que regresan y lo chingan a uno".

Carlos volvió a caer sobre las vigas de acero, sintiendo cómo sus palabras escapaban apenas por encima del viento. Era la misma frasecilla estúpida que su madre solía decir cuando escuchaba su música melancólica.

Chasqueó los labios y volvió a mirar de reojo la esquina oscura, dándose cuenta que lo que había estado temiendo acababa de suceder... lo habían escuchado.

"¡Chingada madre!" Apretó los dientes de nuevo y sus manos regresaron a su frente. "¿Cómo es posible que fantasmas de gente que todavía ni se muere lo vengan a rondar a uno?"

"Que no somos fantasmas... pendejo..."

Casi podía verlos si se quedaba quieto; casi podía percibir el vaho de su respiración, y casi podía sentir también cómo un dedo invisible le izaba la cabeza contra las vigas de metal cada vez que se quedaba dormido, haciéndolo sentir, como en aquella balacera, el aroma agrio de la hiel subiéndole desde la boca del estómago.

"¿Po's qué pasó carnalito...? ¿A poco todavía no adivinas por qué estamos aquí?" Se burló una de las voces. "Pues aunque no lo creas no es por tu *happy birthday ¿okay?* ¿Cuántos cumples Carlitos... veinte?"

El último rayo del sol entró y se llevó el azul del cielo y las sombras de la noche se acercaron sin remedio, y una vez más llegaron acompañadas de esas malditas voces que no paraban de recordarle lo que había sucedido; lo que por su culpa se había desatado.

Cada reclamo era un rechinido dentro de su cabeza. Sus entrañas estaban secas y podía literalmente sentir cómo su mente se había vaciado. No pudo más que sonreír y pensar que ese cumpleaños veinte, al que las voces se referían, en realidad debería ser un diecinueve.

Seguía siendo asombrosa la forma en que las cosas se le habían enredado en las manos... lo que apenas unos días atrás fueron como las riendas de su vida, ahora eran unas serpientes que lo amordazaban a traición... las cosas habían salido muy mal... y todas en su contra.

"Ya ni la chingas carnal... ya ni la muertita quiere llorar por ti..."

Esas sombras sulfuras, de esas que lo tiznan todo, comenzaron poco a poco a entrar por entre los barrotes, revelándole el paisaje exterior, mostrándole por tercera vez el reflejo indiferente de la luna sobre las charcas, sobre los campos, subiendo y bajando en cada alambre y en cada poste, para luego mezclarse con el negro del cielo como dos aves gigantescas; un panorama cambiante y veloz que lo llevaba prisionero pero que a la vez seguía siendo el mismo.

Volvió a reparar en sus botas, ahora ya muertas, destrozadas por el uso indiscriminado y que, al igual que él, se mecían con la tristeza del tren. El sórdido vagón Santa Fe, para su fortuna, estaba vacío, en un oscilante recorrido desde Chicago, Illinois, hasta El Paso, Texas, en donde viajaba como polizón.

Vaya momento para estar a merced de los fantasmas, de los recuerdos, de ese maldito río con todo y sus secretos que ahora se arrepentía en conocer. Tres días hundido en los escombros de lo que quedó, atrapado en un vagón repleto de culpas, asfixiado, delirando, tratando sin poder de evadirse de las alucinaciones que le estaban robando lo que le quedaba de vida... solo algunas astillas de la supuesta venganza quedaban pegadas por dentro del hueso. El hambre y el frío eran también un vago recuerdo, pero lo que ahora le estaba "partiendo la madre" eran esas voces que resollaban desde la oscuridad.

De todas formas, el tren lo llevaba prisionero, haciéndolo rehén de los demonios, sin más cosa que esperar, aguardando un destino al final del recorrido que quién sabe con qué semblante lo recibiría, ya sin temple, sin borde, cayendo. Y a pesar de todo, si volviera a vivir, si volviera a tener una segunda o tercera oportunidad de remendar su historia, no cambiaría nada de lo vivido; y si fuera cierto lo que las voces estaban diciendo: "que esta noche moriría", estaría agradecido con el Creador, con ese Dios caprichoso que le había mostrado las puertas del paraíso, otorgándole el más valioso de los regalos, y que ahora le arrebataba todo sin misericordia.

"Sólo nuestro Padre sabe por qué hace estas cosas", dijeron las voces desde la oscuridad.

"Pues sí", contestó Carlos, "pero al menos a Él no tengo que soportarlo tan de cerca. Tanta chinga... tanta pinche perseguidera, sólo para esto".

"O tal vez ya estás muerto carnal, tal vez ya estás de este lado, con nosotros...", contestó una de las voces con sarcasmo. "¿A que eso no se te había ocurrido?"

De las voces que cuchicheaban desde las sombras, había una en particular que lloraba; su lamento era largo y melancólico, como un aroma que apenas se percibe, como un reproche quedo, de esos que uno se merece... ¿Sería Isabel? ¿Sería ella así de cruel? ¡Qué más daba si así fuera! De todos modos sus recuerdos y sus sentimientos estaban ya tan revueltos que no sabía si la realidad era un sueño o si esos sueños eran fantasmas en realidad.

"Já... dices que eres una cosa, pero en realidad no eres más que un pinche mentiroso, un bato de dos caras... un traidor..."

"Pues sí... la verdad es que *sí había traicionado*", pensó mirando al abismo, "pero sólo un poquito...", y ahora ese poquito era un monstruo gelatinoso que lo acechaba desde la oscuridad.

Antes de ese tren, de esas botas, y de esa sensación negra de estar en el umbral del infierno, había alcanzado a darle una probadita al cielo, por apenas el tiempo que dura el brillo de una mirada se le permitió visitar un paraíso celestial, un maravilloso jardín que al parecer fue demasiado para él y en el que ya no estaba seguro de pertenecer.

Sin embargo, las voces lo regresaban a lo mismo, a la misma desolación, a los mismos "putos recuerdos" y a las mismas advertencias de su madre; a la imagen ramplona y sucia a la que seguía unido sin remedio. Se culpaba por culparla, arrepentido desde su concepción, desde su nacimiento, en la calle, parido como un perro, cumpliendo siempre cada una de sus muchas profecías. Y también estaban los reclamos, los chantajes, los encierros depresivos y los gritos que le señalaban cada error, cada decisión fallida y sus dos caras, sus hipocresías bien "aprendiditas" y su mala suerte tomándolo eternamente de la mano... como... como una madre protectora.

Haber nacido de "pura chingadera" en los Estados Unidos, ser el fruto de un *amor prohibido*, de una *chiquilla babosa* –como ella misma respondiera siempre al cuestionamiento– era en este momento era *too fucking much*.

Otra racha de viento ululó por entre los maderos y se llevó la última traza de su orgullo, de esa seguridad y arrogancia que tanto le había costado lograr, dejándolo otra vez en los harapos mugrientos de la humildad, en el mismo ropaje "jodido" de su pasado. En el viento podía jurar que se escuchaban las palabras de su madre regresando fieles, dispuestas a repetirle hasta el cansancio que su existencia estaba "manchada de mierda"... y que por más que se esforzara en negarlo, él no era otra cosa más que el producto de una *vida defectuosa*, un yerro al igual que ella, ya que por principio de cuentas, y como ella misma decía, desde que el mundo es mundo, uno no es más que es el resultado de los errores de los padres, o por decirlo de alguna manera: uno llega a este mundo cargando con todo lo malo de gente que ni conoce.

Su nombre, su facha y la historia de su vida, la que a través de los años había sido inventada, cosida, deshilachada y vuelta a remendar, ahora estaba vacía, *it wasn't holding much water*, tan llena de ilusiones y de babosadas para nada; ¿un origen noble y una existencia maravillosa? A final de cuentas era lo que ella decía: "pura mierda". En otros tiempos su autobiografía había incluido un nacimiento digno, una niñez grandiosa y una desgracia que lo lanzaron a las calles; los ingredientes perfectos de una buena tragedia. Sin embargo, su misma necesidad de engañar a su mente lo había obligado a disfrazar su "realidad" ante la realidad.

"Si vas a inventar recuerdos... po's hazlos bonitos cabrón", había dicho el Diablo en alguna ocasión. Incluso él mismo había llegado a creerse muchas de sus mentiras, como por ejemplo, que su padre, al que nunca conoció, había sido un famoso teniente del Ejército de los Estados Unidos, *Lieutenant de Fort Bliss*, y que había muerto en alguna parte del mundo. La verdad es que su biografía, al igual que la de su madre, estaba llena de agujeros, sin forma y sin nada digno de mostrar.

Carmen había llegado sola, pobre y preñada, huyendo desde su pueblito natal a que le dieran los dolores de parto en los Estados Unidos, siguiendo los consejos de las vecinas y siguiendo una arriesgada travesía para una muchacha sola; una simple campesina que nunca había salido de su pueblo, un trago amargo que siempre le remacharía.

El famoso 'Carlos Armyenter Rojo' hizo su debut en la sociedad del momento de la forma más humilde: en la calle, una fría tarde que anticipaba la Navidad del 68... "Una tarde muy cabrona", diría él ahora.

Su aventura comenzó en el lado sur del lado norte, o sea, en el lado sur de una fuente vacía, ubicada en la "placita de los lagartos", en el mero corazón de El Paso, Texas. Al norte de la frontera pues, donde ni el arrebujo de los edificios ni el de los curiosos pudieron evitar que el viento se llevara la vieja frazada que la hizo de pesebre.

Ante la mirada apurada e indiferente de los últimos transeúntes que trataban de llegar a la calidez de sus respectivas cenas familiares, y entre las exageradas convulsiones de la parturienta, fue que se suscitó el crudo alumbramiento: un niño humeante expulsado violentamente en plena calle. Un niño que, dijeron algunos, se aferró a la vida desde el momento en que aterrizó proféticamente en las manos de un policía. Y que fue este mismo, a pesar de su desagrado, el que les salvó la vida a madre e hijo al llevarlos a lo que sería su Estrella de Belén: el Hospital Thomason de la avenida Alameda, apiadándose de ambos y dispensándoles a regañadientes la asistencia médica que se andaban buscando. Así fue como "El señor Carlos", "El cacique de las avionetas", hizo su aterrizaje en el mundo, agraciado con la ciudadanía americana, e irónicamente también fue por eso que su madre, Carmen, jamás pudo regresar a los Estados Unidos.

Gracias a esto y a la caridad de una desconocida; una trabajadora social del hospital, una 'pochita' que se tomó como misión personal el que la joven madre no se quedara en los Estados Unidos, fue como Carmen terminó, con todo y crío, en una casa de asistencia en Ciudad Juárez. Y fue ella misma la que se aseguró que ésta pudiera acomodarse como operadora de producción en una larguísima y monótona línea de ensamblaje, junto con otras cuatrocientas mujeres, en una enorme fábrica maquiladora del Parque Industrial C-4 del sur de la ciudad.

"Trabajar es lo que necesitas mi'ja", le había dicho la mujer antes de botarla con un paquete de pañales en la entrada de la factoría, *pushandola* a que se enfrentara a una horrenda jornada de dieciséis horas frente a una banda sin fin, misma que acabaría con sus pies y deformaría sus manos, pero que con el paso del tiempo, Carmen misma llegaría a pensar que fue "más mejor" que regresar deshonrada a su pueblo, algo que muy pocas veces siquiera consideró.

Esta fue la forma en que la vida comenzó a pasarle factura por la ligereza de sus posaderas. Además, como prueba de que esta misma vida estaba lista para seguir magullando sus glúteos, la empresa fabricaba pinitos navideños los doce meses del año, recordándole todos los días su desventura. Y Carmen, que venía de una familia azotada por las pobrezas del campo y la ignorancia de una religión escueta, jamás había celebrado una Navidad y, para tal efecto, tampoco había visto una fábrica por dentro.

Trabajar como autómata, distante y amargada en el único empleo que conoció en su vida fue una prueba que terminó por arrebatarle la venia de su ingenuidad. Sus tiernas ilusiones pronto fueron atropelladas por una realidad egoísta, por las obligaciones de un chamaco, de una vivienda, y por el caos de una ciudad desconocida. Causando estragos en los nervios de esta sencilla muchacha, sin contar, claro, que este empleo sin futuro ni posibilidades fue encajándose en su psiquis hasta cerrar sus horizontes al microuniverso de la fábrica, estancada en una rutina sin alma ni porvenir, sin la menor posibilidad de nada ante la nulidad de sus estudios, ya que apenas sabía leer y escribir, y aunque generalmente trabajaba el turno doble, el de dieciséis horas, sólo le quedaba lo mínimo para sobrevivir.

Su silencio y sus miradas recelosas vaticinaban siempre la ventolera que estaba por detonar, y que era una singular manera de quejarse de todo; proferir pestes a cualquiera que estuviera dispuesto a escucharla era la otra cara de su personalidad. La carga de su vida y esa maldita fábrica eran el tema de siempre. Juraba que no había nada peor que ese empleo más que jugársela de sirvienta, y sólo lo decía para justificarse, porque aparte de todo, tampoco le gustaba mucho la idea de limpiar... y menos ajeno.

Sin embargo, con el paso de los años, Carmen comenzó a reconocer que si su mundo no era el ideal, a veces no estaba del todo mal. Entre cada una de sus etapas depresivas, las cuales poco a poco fueron limitándose a los fines de semana, había dos cosas que valían la pena: una, los boletos canjeables, 'los vales', para la grasienta cafetería de la empresa y, dos, los supervisores del tercer turno, que si bien eran casados, también eran bastante románticos y comprensivos cuando andaban 'borrachines'.

Este indisciplinado y profundo libido de Carmen fue, por decirle de una manera, 'cañón', 'épico', y una epopeya entre los trabajadores de la fábrica. Su famosa 'calentura' se hizo legendaria, y legendarias fueron también las muchas contrariedades que consiguió acarrearse a sí misma con esta conducta desde que fuera una escuincla en su pueblito natal.

Precisamente por esa promiscuidad férrea fue que se vio forzada a salir en fuga desde Durango, evadiendo la ira de su padre y el 'qué dirán' del pueblo. Y fue por esa misma obsesión infantil de cariño, junto con sus escabullidas a la bodega y al estacionamiento de la fábrica, como le fabricaron a su segundo hijo.

Las cuentas marcaban una celebración navideña de la fábrica, una comilona organizada por los *top executives* gringos para los *Mexican laborers* donde, debido a su famosa debilidad por la indolencia, le sorrajaron de nuevo la fuerza del espíritu navideño en la barriga, haciéndola al fin despreciarlo para siempre, primero por no tenerlo y después por no quererlo.

En los recovecos de la bodega, entre cajas de embalaje y los humos de licor clandestino, fue como Carmen buscaba con tantos galanes se lanzaran, esos inmorales y pecaminosos encuentros al menos una vez a la semana. Esas libertinas revolcadas que sacudían sus rollizas carnes hasta el delirio rayaban en el masoquismo y le dejaban moretes de recuerdo, embotaban su mente y le mitigaban la nostalgia, al menos por un rato, haciéndole olvidar sus desventuras y creándole un falso sentimiento de ser una mujer deseada. Y claro que muy popular fue entre todos aquellos vivaces y despreocupados brutos que se apuntaban para, en turno, inundarla en actos indecorosos y carentes de amor hasta dejarla encinta cinco años después del nacimiento de Carlos. De puro milagro, o tal vez por la brutalidad de muchos de estos choques, fue que no había salido embarazada en otras ocasiones.

El más ilustre de los sospechosos era un empleaducho de la bodega, un tipejo alto y grosero que ostentaba el orgulloso título de *shipping and receiving clerk*, que haciendo gala siempre de sus mostachos de brocha y sus brazotes de troquero, estaba exento de la molestia de tener que jugarse a la suerte la oportunidad de ser el primero en llegarle a la Carmencita. Porque además, como decían todos, "ella se ponía más de modo primero con él", y suponían que por ser el mejor dotado era el que más probabilidades tenía de ser el progenitor de dicho chamaco. Pero claro que eso no era nada seguro, porque "la

Carmen" también estaba bien 'kilometreada' por batos que ni en la fábrica trabajaban.

Si no hubiera sido tan descuidada, Carmen pudo haber sido una mujer casi agraciada, siendo una niña rechonchita y después una adolescente de curvas; con el paso de los años se había transformado en una mujer rala y vulgar. Era la clásica 'maqui-loquita', el apelativo oficial impuesto a todas aquellas desvergonzadas sin remedio que, como Carmen, se remolineaban por docenas en las afueras de las fábricas y se lanzaban a los pies de cualquier pelafustán que se paseara por ahí con un automóvil y una promesa, por más carcachas que estuvieran. Sin medir el peligro de esta conducta, arriesgaban la vida en cada coqueteo, dispuestas a irse con desconocidos y dispuestas a todo.

Al final de cada semana de trabajo, estas insolentes se encontraban más que listas para "divertirse y dejarse querer" con cualquiera que les llenase el ojo, y para tal efecto, no eran nada exigentes. Como modernas cortesanas del siglo quince, se contoneaban por las esquinas haciendo fila, como a la espera de un cliente, ávidas y ansiosas de todo, de baile, de romance y de alcohol, y hasta de a gratis, porque incluso hasta borrachitas se les podía encontrar ya a las que iban quedándose rezagadas, ocultándose tristes detrás de pequeñas botellitas de licor barato mientras aguardaban la llegada de los últimos transportes colectivos, los que van a las colonias obreras y del cerro.

Todos en la ciudad lo sabían, en una escala descendente; cualquiera que anduviera en busca de conquista, de una compañera de una noche, de un 'acostón', si no se tenía éxito en los lugares de costumbre, como las discotecas y después los antros gachos, siempre quedaba la última opción para salvar la honra: las 'maquilocas' que brotaban en tropel por las amplias salidas de las factorías al final de cada jornada, como a las cuatro o cinco de la mañana. No eran las más bonitas, ni las más jóvenes, pero 'jalaban', como la Carmen, 'nalgapronta', 'jalona' y 'abandonada'.

Esta filosofía de indiferencia y desagrado arrastró en bajada a la pobre mujer en una carrera incontrolable contra los excesos y las pasiones bajas, confrontándola al día siguiente con el arrepentimiento y los desencantos ante el espejo. Sus frustraciones se marcaban en sus desproporcionados flancos y en su desgastado exterior, y ya nada le interesaba más, a no ser que fueran pequeñas complacencias y satisfacciones momentáneas como la glotonería, el aguardiente y la sexualidad efímera. No mostraba preocupación por su persona ni por sus pequeños, al grado que nunca le importó gran cosa que sus dos hijos dejaran la escuela a temprana edad, "Si no es lo que hace una... sino los pinches recuerdos que regresan y la chingan a una", decía siempre en su descargo.

Carlos no recordaba una caricia, una comida especial o una celebración; lo que sí recordaba eran las compras enclenques, la suciedad y el abandono de esta, que en ocasiones lo único que llegó a hacer por ellos fue dejarles un poco de dinero para que se las arreglaran como pudieran, mientras ella se desaparecía durante todo el fin de semana. A veces él procuró el bienestar del pequeño Diego y trató de ser un hermano mayor, pero sólo a veces. La mayor parte del tiempo el chiquillo quedó a la buena de Dios o a la caridad de alguna vecina. "Entre más recuerdos tengo... menos recordar quiero", regurgitaba Carmen, haciendo escenas frente a sus hijos cuando regresaba tambaleante, tratando de zafarse de las vecinas que llegaron a confrontarla en el pasillo. De todas formas, y como siempre sucede, los recuerdos que más queremos borrar son los que más se nos aferran al alma, como los que Carlos 'atesoraba' de su madre, que llegó a reclamarle incluso que nunca más conoció a un hombre por culpa de ellos. La infancia de Carlos estaba llena de gritos, reveses y depresiones.

La consecuencia lógica de esta situación fue el desafío abierto del pequeño Carlos contra la escuela, el cuento de que su padre era soldado 'gringo', y el resentimiento que siempre sintió por su madre lo llevaron a abandonar sus estudios al terminar la primaria.

Se dedicó a vagar por las calles del centro de El Paso, "su verdadero país", como decía, y aprendió a hacer diligencias y encargos en los negocios a fin de ganar algo para comer, y trataba de llegar a su casa lo más tarde posible, casi nomás para dormir. Él, su madre Carmen Guadalupe y su hermano Diego, eran como extraños viviendo en la misma casa.

En cierta forma, Carlos comprendía a su madre; simpatizaba un poco con la soledad y la mala fortuna de su obesa progenitora. Miraba en silencio cómo ella guardaba cajas completas de galletas y pastelillos debajo de la cama, que luego engullía a media noche, bebiendo cerveza tibia y escuchando esa lastimera música de su tierra, enclaustrándose a veces durante todo el fin de semana. O se encerraba en su recámara, o simplemente se largaba; la cosa era que nunca se le veía los fines de semana.

Se figuraba que su madre cerraba esa recámara con llave por la seguridad de sus bocadillos, y justificaba sus reclamos y su desatendida situación familiar por el simple hecho de que conocía a muchos otros en peores circunstancias, como por ejemplo su hermano menor, que aparte de tener esa madre, tenía la mala fortuna de haber nacido "mexicano" en la sala de partos de la clínica del Seguro Social de Ciudad Juárez.

Con el paso del tiempo, Carlos se consiguió un trabajó real: ayudante de chofer y a veces también manejando un camión repartidor de frutas y verduras. De ahí nació la idea de independizarse, llevando por su cuenta pequeños encargos de Juárez a El Paso, y después, al darse cuenta del mercado y de la restricción que tienen las frutas con semilla para cruzar a los Estados Unidos, fue como idealizó una forma de ganar dinero, al igual que el famoso gángster de Chicago *Al Capone*; visualizó un negocio donde los demás sólo veían una prohibición. La actividad comercial se materializó cuando logró tres importantes contactos para la "compra y exportación" de aguacates: dos carnicerías y una frutería en el centro de El Paso, a las que suministraba diariamente de estos. Los compraba en el mercado del centro de Juárez, para luego cruzarlos ilegalmente por las aguas del río Bravo.

# Joyas verdes

CARLOS SE LEVANTÓ TEMPRANO ESE DOMINGO. Eran aproximadamente las cuatro y media de la mañana y aún estaba oscuro afuera. Se vistió con un viejo pantalón de mezclilla, una playera y un par de tenis que alguna vez fueron blancos. Dejó a su madre y a su hermano dormidos en los dos cuartuchos de vecindad en los que llevaban viviendo casi diez años, cerró la puerta con cuidado y salió por el estrecho pasillo bañado de orines y cervezas rancias.

Enfiló hacia el mercado de abastos del centro de la ciudad, cerca de la vieja estación del tren. Caminó varias calles en la oscuridad y por fin respiró cuando pudo ver las luces y el movimiento de los puestos de frutas y verduras del mercado, sus coloridas hileras de negocios con sus cortinas metálicas levantadas, sus mercancías bien acomodadas en grandes canastos a la vista y sus empleadas al frente vestidas de manta, con sus inconfundibles indumentarias del sur de México: faldones en colores chillones y camisolas blancas, pintarrajeadas y entrenzadas, listas para la jornada. Familias enteras de orgullosos tarahumaras recorriendo los pasillos, con bellos niños de cobre envueltos en sus rebozos, contemplando el cielo punteado y el resplandor de la ciudad, con su clima despejado y aún dueño de los sueños de madrugada. Carlos se preparó para su propia jornada y con un suspiro comenzó el proceso de seleccionar y negociar el precio de los aguacates que pretendía comprar.

—¿Cuántos te vas a llevar hoy Carlitos? Te tengo unos re-güenos de Michoacán —preguntó la encargada del puesto que ya lo conoce de tiempo y que sabe a dónde va ir a parar con todo y sus compras.

—Nomás cien —contestó Carlos inseguro, mientras sentaba su mochila verde de lona en el suelo, de esas que usan los soldados en el *Army*, para luego comenzar a envolver en papel periódico y acomodar cuidadosamente cada aguacate dentro de la misma mochila. Al terminar esa labor se despidió lanzándole con la mano un beso tronado a la marchanta y agarró rumbo al norte, hacia el río Bravo, específicamente hacia el puente del centro.

—Hasta mañana Carlitos —alcanzó a oír.

Cuando llegó a la orilla del río, bajó lentamente la pendiente de concreto que ciñe el estrecho correr del río en ese tramo y descansó su mochila en el suelo. Entrecerraba los ojos para alcanzar a distinguir dónde terminaba la orilla y dónde comenzaba el agua.

—Llegas a tiempo, carnal —indicó tranquilo el Diablo, sin siquiera voltear a verlo, y completamente concentrado en pintar de negro la esquina de una gigantesca letra E. «LA BIBLIA ES LA VERDAD», se leía en el enorme mensaje pintado en la inclinada pared, que más que todo anunciaba el territorio del Diablo, el cual es la orilla del río Bravo, desde abajo del Puente Negro del centro, hasta más allá del Puente Libre, más de cuatro kilómetros de ribera donde nadie cruza sin antes consultar con él.

Este territorio, que ha visto la transformación de lo que alguna vez fue la pequeña 'Villa Paso del Norte' en lo que hoy es Ciudad Juárez, con su más de millón y medio de habitantes, en su gran mayoría venidos del sur, y también venidos a menos, muchos de ellos con la esperanza del Sueño Americano, truncado en una franja de agua sucia. La frontera, que ha significado desde siempre muchas cosas: una barrera, un reto, muchas comparaciones y muchas más discriminaciones; la línea fronteriza, 'el río', siempre será recordado como un territorio hostil y antagónico, con sus enrejados, su alambre de púas y sus centinelas armados, insignias y testigos de las más dolorosas luchas, penurias y crímenes de entre ambos países. "Pobre mi mejiquin, tan lejos de Dios y tan cerca de los Estados Unidos", decían las canciones populares.

Por arriba, el puente internacional; moderno, fuerte, monolítico, por donde cruzan los que sí tienen papeles, los que por gracia de Dios nacieron 'del otro lado', los americanos, los gringos, los gabachos, los chicanos, los que sí pueden hacer sus compras de fríjol bueno y pasta dental en el glorioso supermercado *Food City*.

Y por abajo, a veinte metros, el agua sucia, arenosa y vil, sin vida, por donde cruzan los que no tienen su *green card*, los que no han tenido ni tiempo ni paciencia de permanecer tres días peregrinando afuera del consulado para congraciarse con un pasaporte, el famoso 'papiro', los que no tienen remedio porque tienen antecedentes penales, los que no cuentan con un comprobante de servicio militar, los que "la cagaron" en la entrevista con migración por nervios más que todo, y los que no tienen dinero; los 'otros' mexicanos, relegados casi como leprosos sociales, los que se aventuran al río buscando una ilusión, un trabajo de jornada, tratando de escapar de la falta de oportunidades de su propio país que parece rechazarlos. Este es el territorio del Diablo y ha pertenecido a él desde que Carlos se acuerda.

—¿Y qué me trajiste, carnalito?

—Café y tamales —contestó Carlos, mientras los dos se ponen en cuclillas, observando el horizonte del lado americano con sus muchos alfiles vigías, y sus potentes reflectores *NightBuster 4000* de los migras, que siempre han servido muy bien a los propósitos artísticos del Diablo y sus más de veinte imágenes religiosas, pintadas en la pendiente de concreto que delimita la frontera de ambos países, y su impresionante mensaje «LA BIBLIA ES LA VERDAD».

—¿Y qué? ¿Cómo está la cruzada? —preguntó Carlos nerviosamente.

—Bien, carnal —confirma el Diablo sin inmutarse, inhalando el aroma de su café. —Estás a tiempo, nomás espérate un ratito, pero antes que raye el sol pa' que no haya sombra, ¿okay?

—Sí... ya sé.

—Ayer unos pendejos no me hicieron caso y los agarraron a todos, como siete viejas con todo y escuincles... óyeme, y a todo esto, a ti nunca se te ha caído un jale, ¿verdad?

—Pues no —respondió este, mientras mordisquea su tamal.

—¿Y a quién se lo debes, cabrón?

—Pues a ti, mi Diablo —contestó Carlos inmediatamente, sorprendido con su respuesta y forzando una pequeña sonrisa al no saber qué tan en broma fue la pregunta.

—Más te vale carnal... —sonrió el Diablo, enseñando uno de sus dientes de oro. —O'ra sí, pélate que ya es hora.

Carlos soltó su comida, tomó la mochila y de un brinco entró en el agua del río, la cual no le llegaba ni a las rodillas. Atravesó los veinte metros de agua sucia y ascendió por la pendiente del otro lado, como si nada separó la malla metálica que previamente habían cortado y marcado con una bolsa de plástico, y se internó en un área atravesada con vías del tren y vagones esqueléticos vacíos.

—Recuerda que el Diablo todo lo ve y todo lo sabe, carnal —alcanzó a oír mientras desaparecía entre los vagones.

Carlos caminó sigilosamente por las calles del centro de El Paso, pensando que nunca había tenido una conversación como esa con el Diablo; de hecho, recordó que nunca habían hablado nada más allá de cortos monosílabos y advertencias.

Recorrió la estación de camiones foráneos, de esos que van para Los Ángeles. A esa hora, casi las seis, estaba repleta de gente de todas las edades con una variada selección de bultos y cajas, grandes bolsas y maletas a punto de reventar con sus pertenencias; señoras con niños, hombres mayores con su característico sombrero vaquero y chamarra de cuadritos. Carlos siempre pasaba por ahí, ya que a esa hora, y entre esa gente, él mismo parecía uno de ellos, a excepción de los pantalones mojados.

Después de una hora de caminar, llegó por un callejón a la parte trasera de una carnicería, "El Rancho Grande", propiedad de don

Ramón, un hombre ya madurito, regordete y calvo, el cual, en el punto de vista de Carlos, era el hombre más tacaño de la ciudad, un hueso duro, siempre metido en su negocio. Nada del mundo lo hacía salir de su trinchera, y ¿cerrar?, ¡jamás!, ni en los días festivos o de guardar.

"Viejo pinchurriento", pensaba Carlos al doblar la última esquina. "Toda su vida metido en este negocio... ¿pa' qué tanta lana si ni siquiera puede salir a que le dé el sol en la pelona? A ver a cuánto me va querer pagar esta mercancía; a lo menos sesenta dólares le voy a bajar".

Tres fuertes toquidos a la puerta metálica eran la clave. Retumbaban igual que el día anterior por el callejón y espantaban como siempre a los mismos gatos. Esperó un momento, recargó su mochila en el suelo y volvió a golpear la puerta con furia. "Pinche viejo, ¿por qué no abre? Si desde antes de las seis ya está apoltronado en el mostrador". En eso, escuchó el abrir de varios cerrojos y esperó, como cada día, la clásica pestilencia de carnicería.

—Pensé que no llegabas Carlos —dijo don Ramón, mirando en ambas direcciones antes de hacerle una seña para entrar. —¿Cuántos me trajiste?, preguntó ansioso. —Por el tamaño del bulto creo que los voy a querer todos; los Samaniego tienen una fiesta y me encomendaron toda la carne, además de la preparación —dijo orgulloso— y pues de compromiso les voy a regalar el guacamole...

"Viejo mentiroso", pensó Carlos, "de seguro va a querer que se los regale, con el pretexto de que nunca tiene ganancias, como si yo no supiera que los vende hasta en dos dólares cada uno. Y si se consiguió una fiestecita... pues quién sabe a cuánto se los va a arremeter a esa pobre gente. Sólo él sabe", conjeturaba Carlos en silencio mientras don Ramón desenvolvía y examinaba cada aguacate con tanto cuidado como si fueran exuberantes joyas verdes.

Y si pensáramos un poco en el tema, la fiesta que tanto estaba emocionando "al marica este" debería ser de importancia, y si a esto le añadimos la naturaleza usurera de don Ramón y el aumento explosivo en el precio que esos ilustres aguacates sufrieron con sólo cruzar la frontera, tal vez esos frutos verdes sí eran como joyas para él. Carlos aprovechó ese momento para sacar un pequeño envoltorio de plástico de la bolsa delantera de su pantalón, en donde había una cajetilla de cigarros.

—Ya cálmese... po's si nomás son aguacates... —le dijo como para sacarlo del trance. Tomó una caja vacía de refrescos y se sentó en ella para fumar mientras veía divertido como el rechoncho individuo acomodaba ceremoniosamente cada aguacate en dos rejas de madera.

—Son de Michoacán —le dijo con sarcasmo, observando cómo sus palabras reaccionaban en la brillosa frente de aquel, que seguía hipnotizado ante 'las joyas'.

—¿Qué? Ah, sí... están buenos, pero son pocos —suspiró hipnotizado. —Además, hoy no te los puedo pagar a lo de siempre... como ya sabes, les voy a perder dinero... y como los comprometí... pues...

Carlos se levantó y recogió su mochila lentamente; ya estaba cansado de ese viejo aprovechado, hipnotizado o no, y aún estaba a tiempo de llevar su mercancía a otros compradores. Concluyó que probablemente esta sería la última vez que le entregara algo al "llorón ese". Por muy improbable que fuera el caso que se quedara sin un cliente, no pensaba volver más. A fuerza de tratar con el viejo se llegaba siempre a lo mismo: a una sarta de lloriqueos donde siempre terminaba por ceder, pero hoy no; esta era la gota que derramaba el vaso. Don Ramón tenía dentro de su personalidad la extraña manía de sufrir cada vez que debía desembolsar dinero. Pagar cualquier cantidad, incluso por mercancías que le harían obtener ganancias considerables, le provocaba angustia y desolación, y ya en muchas otras ocasiones el viejo ridículo se había retrasado hasta una semana para pagarle tan solo cincuenta dólares. Fue un buen cliente para comenzar, pero ya no podía darse el lujo de seguir aguantándolo, y como no estaba de humor para regateos ni alegatos, decidió tomarlo con calma e irse sin ser grosero.

Aparte de esto, Carlos llevaba tiempo acariciando la idea de expandir sus empresas. Los aguacates eran un negocio bastante simple y que sólo le quitaban unas horas de la mañana, y le dejaba la tarde libre para hacer lo que quisiera, vagar por la ciudad o para lo que realmente prefería: refugiarse en la quietud de la biblioteca pública del parque Borunda, en donde escapaba de los reproches de su madre y del ajetreo de la ciudad. Pasaba las tardes y a veces parte de las noches adentrado en una extraña búsqueda, la búsqueda de sí mismo, de su lugar, del significado de los sueños y de las pesadillas que a veces tenía, visiones de una vida diferente. Y en realidad siempre recordó que desde las primeras veces que se aventuró por los pasillos de la biblioteca, quedó enganchado en una singular relación con la letra impresa. Libros, compendios y manuscritos acomodaditos en los estantes, inertes, expectantes, pero que con sólo hojearlos saltaban a la vida revelándole toda clase de secretos. Las veladas que pasaba sumergido en historias, en libros y en aventuras eran tan comunes que a veces le preocupaban. Al principio los títulos más fantásticos eran los que llamaron su atención. Ahí fue donde conoció de primera mano el fascinante huracán de carácter y determinación del Capitán Ahab, envidió la libertad de los placenteros y despreocupados viajes de Tom Sawyer y la ambiciosa inteligencia de Long John Silver. Se adentró en los excesos de Oscar Wilde y exploró el soberbio mundo de los exploradores del Serengueti y las penurias de los hermanos Wright, unos obstinados fabricantes de bicicletas que lograron construir y volar el primer avión a principios del siglo XX. Su interés variaba como su estado de ánimo; a veces era la historia, y a veces era la ficción. Se encerraba en su mundo de lectura y se aislaba de los demás visitantes de la biblioteca con la música de sus audífonos. Vangelis fue el fondo musical de su viaje de la tierra a la luna, así como Aerosmith lo acompañó a darle la vuelta al mundo en ochenta días; su calidad de 'gringo' se lo exigía. Los Tigres, los Cadetes y la música popular de los corridos eran otra cosa; le gustaban, pero no eran su onda, por lo que los evitaba por el momento, tendrían que esperar, se lo debía a sí mismo. Sus andanzas por la ficción no eran el territorio para las enseñanzas de los corridos, especialmente en sus viajes al centro de la tierra junto a Jules Verne o las *Veinte mil leguas de viaje submarino*.

Su situación familiar y su estatus de 'gringo' en el exilio lo convirtieron en una persona reservada y de muy pocos amigos, por no decir ninguno, lo que ocasionó que la biblioteca fuera entonces su guarida; el sitio ideal para ocultar sus tapujos y cuestionar su futuro, un oráculo silencioso, por decir. Y aunque siempre le pareció un poco absurda y hasta infantil su extraña afición por los libros, no podía evitar esa sensación secreta de vivir dos vidas paralelas: la suya y la del personaje sobre quien estuviera leyendo. Se identificaba inmediatamente con los protagonistas de cualquier historia, y se adhería a ellos mucho después de haber cerrado los libros, imaginando reconocerlos en el mercado, en las filas del puente internacional y en los personajes de la migra, *los villanos*, la ternura de las mujeres y de los niños quedaban impresas en él durante mucho tiempo y a veces, cuando caminaba por los pasillos de la biblioteca, rozaba algunos libros ya leídos, como quien se encuentra con un amigo que se le quiere de veras. "¿Acariciando libros por la biblioteca? ¡Bonita chingadera!", se recriminaba a sí mismo. Estaba bien cuando tenía quince años, pero ahora que ya era más mayor, esa idea se sumaba a las muchas otras preocupaciones que ocupaban su mente, como las ganancias que el negocio de los aguacates le reportaba, ya que estaban muy por debajo de sus nuevos anhelos. Su bicicleta, aunque de buena marca, se veía bastante 'chafa' para su edad. Además, desde que dejó la escuela, sus terrenos de caza del sexo opuesto habían desaparecido. Cuando rondaba por las secundarias en la bicicleta, sentía que causaba más reserva que otra cosa entre las muchachas de pulcros uniformes colegiales y frescas sonrisas, de bellas y firmes rodillas de bebé, las cuales, al menor indicio, se trepaban con cualquiera que tuviera la buena fortuna de contar con un auto, y donde él se quedaba olvidado. ¡Qué amistad ni que nada! Si es en la secundaria donde uno se da cuenta por primera vez de la importancia y el poder del dinero, y de la inseguridad que genera el no tenerlo.

Su plan era igual de simple que el de los aguacates, sólo que a la inversa. Sabía que en el periódico "El Paso Times" se podía encontrar muchos anuncios clasificados ofreciendo armas en venta, pistolas revólver de seis tiros *Smith & Wesson*, escuadras nueve milímetros, semiautomáticas *Uzis* de fabricación israelita que se podían conseguir hasta en seiscientos dólares. Estas compras se hacían a particulares sin mayor problema, sin preguntas ni nada, y por un poco más, esos veteranos de la guerra, los '*Vietnam junkies*', eran capaces de abastecer al comprador de cartuchos, balas y granadas, incluso hasta *bazookas* y lanzallamas. El mercado clandestino de armas en los Estados Unidos es muy extenso; la legalidad de tener o vender este tipo de armas era cuestionable y estaba incluso protegida por la Constitución. Hasta los infalibles AK-47, los famosos 'cuernos de chivo' de fabricación rusa, mucho más seguros y confiables que los M-16 de los Estados Unidos, traídos como recuerdo del comunismo, con sus cargadores de banana, los cuales eran más costosos y por lo tanto más ambicionados, y que con sólo cruzarlos a Juárez duplicaban en valor, estaban comenzando a verse más atractivos que las dramáticas agonías del viejo don Ramón.

De esa forma pensaba Carlos que podía obtener ingresos más respetables, pero ese era un proyecto que tenía que madurar, porque no era tan fácil como sonaba. En México ser arrestado con un arma de ese calibre es un delito muy grave, 'Armas de uso exclusivo del ejército' sonaba a un crimen estilo "traición a la Patria" o algo así. "No es lo mismo que lo agarren a uno con una mochila de aguacates que con un arma de alto poder". Además encontrar compradores para rifles y municiones también tenía su chiste; sin embargo, sí deseaba más ingresos, este era el paso lógico a seguir. Carlos regresó rápidamente a la realidad del momento y se disculpó tranquilamente con el carnicero.

—¡No! Mire usted, mejor me llevo mis aguacates con Doña Concha y los que me queden los vendo en el parque.

—No, no, no, no, no… espera muchacho, está bien, te los pago a lo de siempre, pero dame chance hasta el sábado…

Carlos lo miró dos segundos y después de ponerse de rodillas comenzó a guardar su mercancía dentro de su mochila, ya sin envolver cada aguacate en el papel protector.

—Ni la caminadota que di hasta acá, además, ni que fuera yo banco; ¿quién suelta mercancía a crédito? ¿Quién?

Al ver que el joven guardaba a zarpazos cada aguacate y sobre todo al verlo ya tan indiferente sobre la negociación, don Ramón lanzó su última súplica.

—Ya basta muchacho, ¡los estás aplastando! Es más... te los voy a pagar a... a... —titubeó— a dólar cada uno... pero déjalos ya —imploró el viejo, sudando profusamente. —Claro que con una pequeña condición —alcanzó a decir medrosamente.

—¿O'ra cuál? —lo encaró Carlos, a punto casi de darle un puñetazo de la frustración.

—Que me traigas otra carga igualita a esta... pero hoy mismo. Es que son de Michoacán —se excusó limpiando uno con su delantal.

Carlos se quedó deliberando sobre la posibilidad de otra cruzada, si no es de madrugada —pensó— sería difícil, aunque a ese precio... bien podría valer la pena.

—¿Para qué hora los quiere?

—Para las cinco a más tardar.

—¡Vale! Páguemelos ahorita para poder cruzar como a eso del mediodía, y para la una o las dos de la tarde estoy aquí con otro cargamento.

—Mejor te pago cuando regreses, ¿qué tal que me quedes mal?

—¿Usted cree que a dólar cada uno le voy a quedar mal? Ni loco; a las dos de la tarde aquí me va a tener, y es más... le voy a hacer el favor... me los paga hasta entonces...

Carlos tomó su mochila, vació de golpe los aguacates al suelo ante la mirada incrédula de don Ramón y salió por donde había entrado, dejando al pobre tipo de rodillas mirando sus joyas verdes regadas en el suelo. Mientras caminaba de regreso a Juárez por el puente del centro pensaba y devoraba, devoraba y pensaba ávidamente en una mitad de una naranja enchilada y no pudo más que reconocer que si hubiera insistido un poco más, tal vez hubiera podido sacarle algún dinero como anticipo al viejo, y calculaba que quizá con las ganancias del día podría hacerse de su primer arma e iniciar su otro negocio. Llegando a la mitad del puente alcanzó a ver la silueta del Diablo, pintando inmutable sus gigantescas letras a la orilla del río. Necesitaba darse prisa si quería obtener ingresos de doscientos dólares.

Antes de la una de la tarde, el joven traficante ya se encontraba llegando de nuevo a la parte baja del puente, con su mochila verde y ciento cincuenta aguacates de Michoacán.

—¿Y 'ora qué más traes, carnalito?

—Lo mismo mi Diablo.

—Pues te la vas a pelar... ahorita no hay cruce —sentenció el Diablo sin siquiera despegar los ojos de su brocha y su pintura negra.

—Necesito cruzar —mustió el recién llegado.

—Pues por aquí no va a ser —contestó el Diablo secamente. —Fíjate bien —dijo señalando hacia el norte con la mirada —Como a cien metros del segundo poste, hay dos 'perreras' de la *border* en cada lado, y esas camionetas no se mueven por lo menos en seis horas.

"¡Me lleva...!", pensó frustrado Carlos. "Me voy a tener que ir por la zona de Anapra, pero por ahí está más peligrosa la gente que la migra; además está muy lejos para caminar y ningún taxi me va querer levantar con esta mochila y en estas fachas..."

—Mira carnalito... mejor espérate a mañana... ¿Pa' qué te arriesgas...? Además... ya es hora de la botana... —y diciendo esto, el Diablo pegó un agudo chiflido que viajó retumbando por las paredes de concreto y alertó a cada uno de los integrantes de su pequeño ejército de malvivientes que vigilaban la orilla junto con él.

—¡Eha... muchachos... vengan a comer aguacates!

De diferentes puestos de vigilancia se pusieron de pie al unísono ocho o nueve tipos, todos rapados y sin camisa, y todos con su respectivo bote de pintura y su brocha, comenzaron a llamarse a base de chiflidos. Cada puesto de vigilancia se expandía como quinientos metros uno del otro a lo largo de la orilla, a ambos lados del puesto principal, que era el del Diablo, y que cada día cambiaba de lugar, según la letra que estuviera repintando.

—¿Chapo? Dígale a los muchachos que se vengan a comer unos aguacatitos —le dijo el Diablo a su lugarteniente, un cholo con una imagen de la Virgen de Guadalupe tatuada en la espalda, y sin hacer pregunta alguna, tomó la mochila de Carlos y le ordenó a este que repartiera "algunitos" entre los muchachos.

—Son de Michoacán... —dijo para sí mismo Carlos, mirando descorazonado las camionetas de la migra.

# El Diablo y su *penthouse* de "paletas"

**E**L **DIABLO ERA EL PERSONAJE MÁS EXTRAÑO** que Carlos conocía. Este peligroso sujeto controlaba por completo cualquier cruce ilegal por el río Bravo, en un área que incluía, el centro de Ciudad Juárez y el centro de El Paso.

La leyenda del Diablo en la orilla del río estaba envuelta por toda clase de misterios. Entre las muchas historias que rondaban su existencia, estaba por ejemplo, la que había sido miembro activo del Ejército Mexicano, y que aún conservaba la amistad con militares de alto rango y con oficiales del Estado Mayor Presidencial, especialmente con un general de la Vigésima Sexta Zona Militar del Campo Marte, en la Ciudad de México. Esto sonaba bastante lógico si se hiciera nota del excelente nivel de disciplina y eficiencia con la que el Diablo siempre ha dirigido su operación. Aún hasta hoy se dice también que es muy hábil con el uso de armas, especialmente 'fileros' o navajas, y que desprecia a las mujeres, y más aún a las prostitutas. Se contaba además, que en un arranque de celos apuñaló a una mujer por una supuesta infidelidad.

Su origen también ha sido muy incierto. Algunos comentan que es del antiguo barrio bravo de Tepito de la Ciudad de México, mientras que algunos otros apuestan a que es de Tijuana, pero los que conocen de tiempo sus infamias están seguros que no puede ser de otro lugar que no sea el mismo infierno.

Su territorio ha sido y sigue siendo el más seguro y confiable para cruzar desde que Carlos hace memoria. Cuando aparecen 'muertitos' o acuchillados en el río, nunca es en esa zona, sin embargo, siempre se rumora que fue alguien que lo traicionó, o que se le quiso 'bañar' o cruzar sin pagar.

De apariencia intimidante, el Diablo viste como un típico cholo de barrio: playera blanca, inmaculadamente blanca para precisar, pantalones *Dickies* cortados debajo de la rodilla, calcetas y tenis limpios y blancos. Sus morenos brazos, piernas y cuello están cubiertos en su totalidad con tatuajes de motivos religiosos. En el antebrazo izquierdo lleva a San Juditas Tadeo, "protector de los ladrones", y en el derecho al Sagrado Corazón de Jesús, envuelto en alambre de púas y toda la cosa, y con las letras "INRI" en el centro. El repertorio de tatuajes incluye también, en el dorso de la mano izquierda, una pequeña cruz con tres puntitos sobre la falange del pulgar; la clara marca de haber estado recluido en el *cherry* o CERESO (Centro de Readaptación Social, por sus siglas). La *big one*, le siguen diciendo todos a esta penitenciaria hasta el día de hoy en Ciudad Juárez. Aunque se dice que el Diablo cayó en prisión por asesinar a un policía, se rumora también que su hospedaje en *'el cherry'* no fue por mucho tiempo, debido a sus amistades con el ejército. "Dos pasaditas de la navaja del Diablo... son como una bendición... pero bastan para mandar a cualquiera policía al infierno". En la base del cuello, justo donde está la manzana de Adán, podríamos admirar en detalle el exquisito trabajo en tinta verde y caligrafía gótica de una de las más siniestras embrocaciones en su piel, porque es además, la última frase que sus víctimas alcanzan a leer antes de morir. Un mal augurio para aquel que llegue a estar frente a esta señal: «EL DIABLO», se lee en el fatídico letrero. Y en la espalda, debajo de la nuca pudiéramos apreciar el inicio de una elaborada cruz que supuestamente le cubre toda la espalda. Algunos sugieren que también en el pecho lleva una imagen de un hombre acuchillando a una mujer ante la mirada piadosa de un

Cristo crucificado. Sin embargo, nadie puede asegurar a ciencia cierta haber visto ni al supuesto Cristo ni la cruz de la espalda.

Carlos supone que el Diablo pudiera tener entre cuarenta y cuarenta y cinco años de edad pero no estaba muy seguro, lo más probable es que fuera mayor de cincuenta. En excelente forma física, con su negro cabello cortado a la navaja y cubierto con una red, nunca se le ha visto beber alcohol o consumir drogas, pero se decía que él y los miembros de su organización eran 'pegalocos' o que inhalaban resina de cemento, lo que los hacía aún más peligrosos e impredecibles.

La mayor carga de trabajo de la organización del Diablo era entre las siete de la noche y las siete de la mañana. Carlos no entendía cómo lograban cruzar hasta dos toneladas de mercancías cada noche, si precisamente en ese horario era cuando más vigilancia y más luces de reflectores protegían la frontera, "la franja de orines más vigilada del mundo", gritaba siempre a los helicópteros que sobrevolaban por la zona. Se decía que este delincuente era capaz de desaparecer cargamentos completos a la mitad del río y a la vista de los agentes de la migra –a los cuales conocía de nombre y apellido– para luego hacer aparecer dichas cargas en medio de una neblina silenciosa, encima de un sepulcro marcado, dentro de un cementerio a varias millas dentro de los Estados Unidos.

Cualquiera que quisiera cruzar algo, ya sea a Mari y a Juana, a Doña Blanca, al Chocolate, al Árabe, a la Chiva o a los Parchis, siempre se encontraría con el Diablo, de día o de noche. Por lo tanto, siempre se veía a tipos de toda índole consultándolo: polleros, coyotes y narcotraficantes. Irónicamente, se le veía cruzar personalmente y en brazos a señoras de edad, a cambio de que le echaran "una bendición" o la señal de la cruz. A excepción de ellas, con los demás era implacable. La tarifa estándar por cruce era el diez por ciento de la mercancía, *ten percent*, como él decía, en "vivo", en "efe", y por "adela"; nada de pagos después del cruce. Por eso es que Carlos no puso objeción alguna cuando se comieron sus aguacates.

Justo debajo del Puente Córdova, está el *penthouse* del Diablo, una estructura de dos niveles hecha completamente de "paletas", o *pallets* de madera, de esas que usan los montacargas para transportar mercancías. El *penthouse* del Diablo, con sus grandes cortinas rojas está *off limits* para cualquiera, vigilado siempre por el Chapo y el Rafa, sólo ellos pudieran saber lo que ahí se esconde. Ni siquiera los comandantes de la policía municipal que iban cada viernes por sus "donativos" habían entrado al *penthouse*. Algunos decían que no había nada, otros que escondía un túnel; incluso existe gente, que al día de hoy, sigue asegurando que la operación del Diablo no es otra cosa que un operativo del Ejército Mexicano encubriendo un sistema de telecomunicaciones. También se decía que el Diablo era propietario de las mejores casas de mala nota y 'picaderos' cerca del puente, que tenía mucho dinero, que nadie le ha visto dormir, que sus motivos tienen que ver más con poder y control que con riqueza, y un montón de cuentos más, pero más que todo la gran mayoría estaban de acuerdo en que el Diablo realmente era (y es)... el mismo Diablo.

Tres horas después y como sesenta aguacates menos, Carlos maldecía su suerte. Ya eran casi las cinco de la tarde y aquellos migras parecían no querer irse, y para colmo de males, estaba seguro que don Ramón pondría toda clase de objeciones para pagarle la primera carga. "Si tan siquiera se fueran un poquito más lejos...", rezaba. "Seis de la tarde... y esos malditos agentes siguen en sus puestos. Si tan sólo se voltearan para el otro lado... nomás para alcanzar a escabullirme por entre los vagones... total, estando del otro lado ya es otra cosa", era ya lo que imploraba Carlos en silencio, mirando desesperanzado el reflejo de las camionetas, como si con sólo desearlo aquellas desaparecieran.

—Te digo que te esperes hasta mañana carnalito... no tiene caso que te arriesgues tanto —le decía el Diablo, mientras caminaba detrás de él, meneando el bote de pintura. —Si quieres intentarlo en la nochecita, pero yo creo que donde debes entregar va estar cerrado... ¿qué no?

—¡Chingada madre! —se recriminó Carlos. —Y ahora ni la primera cruzada me va a querer pagar ese pinche viejo, ¿por qué se me habrá ocurrido pensar que *sí* iba a poder pegar el brinco?

Ya sin ganas, decidió volver a su casa. Era mejor regresar que arriesgarse a que a esos maleantes les diera hambre de nuevo, así que abatido, comenzó a subir la cuesta de concreto. Brincó la protección metálica de la orilla y cuando estaba como a cincuenta pasos le pasó zumbando un proyectil cerca del hombro; era una redonda semilla de aguacate. Al voltear reparó en el ejército de cholos haciéndole señas para que regresara.

—¿Vas a querer cruzar, o qué? —le gritaba el Diablo.

Carlos corrió hacia el río y, para su sorpresa, confirmó que ya no había ni una sola camioneta del lado americano.

—Órale carnal —dijo el Diablo sonriendo. —Estás de suerte.

Sin pensarlo dos veces, Carlos tomó su mochila y bajó a toda prisa la pendiente del río, entró al agua de un brinco, llegó al otro extremo y desapareció de la vista, ante los chiflidos victoriosos de los malvivientes. Corrió aproximadamente quince minutos entre los vagones de los trenes Santa Fe, hasta que llegó a una esquina. Volteando a ambos lados siguió caminando en tramos y corriendo en otros para no despertar sospechas. Eran casi las siete y el anochecer descendía sobre la ciudad cuando al fin llegó al callejón de la carnicería, y sin más dilación dio tres patadas a la oxidada puerta. Esperó aproximadamente un minuto sin hacer ruido para ver si advertía algún sonido en el interior y luego volvió a patear la puerta tres o cuatro veces más. Para su alivio reconoció de nuevo el sonido del abrir de las cerraduras. Aunque la pesada puerta de ángulos de herrería tenía una malla metálica, estaba cubierta con tantas capas de cochambre y suciedad que era imposible ver quién estaba abriendo. Dio la espalda a ella mientras admiraba su facha, su ropa, sus mugrientos tenis y su pantalón manchado de lodo, ahora ya seco. Cuando la puerta al fin se abrió, no después de un tiempo, lo primero que notó al voltear fueron unas botas vaqueras de piel de avestruz color azul cielo, seguidas de un pantalón de mezclilla.

—¿Tú eres Carlos? —preguntó el distinguido y perfumado joven que abrió la puerta. —Te estaba esperando —dijo al tiempo que empujaba más la puerta con las botas. —Pásate.

Carlos se quedó inmóvil; su mente trabajaba a toda velocidad, imaginando quién podría ser ese tipo. "¿Policía? ¿Migra?" Era prácticamente imposible que don Ramón no hubiera abierto la puerta... a menos que se tratara de una trampa. Comenzó a presentir que de un momento a otro llegarían los autos de la policía por alguno de los lados del callejón, así que lentamente dejó deslizar la mochila hasta el suelo, al tiempo que daba dos pasos hacia atrás.

—No te preocupes Carlos —dijo el galante joven desde el interior de la carnicería. —No hay problema... don Ramón fue a entregar unas chuletas que estuvo preparando y me pidió que te esperara; pensé que ya no ibas a venir.

Cada vez más desconfiado, Carlos se aventuró a decir: —Mira, yo no me llamo Carlos, a mí nomás me encargaron que viniera a dejarle esta mochila al viejo... Y si no te importa... aquí te la dejo...

—Son los aguacates de Michoacán, ¿qué no? —preguntó el joven.

—No sé, yo sólo vine a dejar la mochila —contestó Carlos, alejándose un poco más de la misma.

—¡Ja, ja, ja! Cómo eres desconfiado, cabrón —sonrió el joven, saliendo de la carnicería y agarrando él mismo la mochila. —Mira, en realidad tú y yo trabajamos en lo mismo.

Carlos lo estudió por algunos segundos. Jamás lo había visto, sin embargo, su forma tranquila y su costosa ropa no checaban para hacer de él un policía.

—Tú y yo trabajamos con el Diablo —explicó— sólo que tú cruzas aguacates y yo cruzo otras cosas... ¿no es así *mi* Phillip?

—Así es, *mi* Mike —admitió otro joven que salió y retiró la mochila de sus manos. —Écheme eso pa'cá, que debe de estar bien sucia —y descuidadamente la arrastró dentro del lugar.

—Pásate Carlos... no seas culo —le retó el de las botas. —Nomás te estábamos esperando, sirve que te echas un trago.

Carlos entró a la bodega de la carnicería con paso vacilante y listo para salir huyendo en caso de ser necesario. Recorrió el lugar con una mirada y era poco lo que había por ver; la bodega se iluminaba con un solitario foco, sólo había cajas vacías y costales. Sobre una mesa se encontraba una botella de *Buchanan's* y varios vasos de plástico con hielos; ¿y del viejo?; ni sus luces. Realmente estaban ellos dos solos. Así que ya más tranquilo se acercó a tomar un vaso, la botella y se sirvió un poco de licor, y de un trago apuró el contenido. Miguel y Filiberto lo observaron con curiosidad y se intercambiaban miradas.

—Bueno señores... —apuntó Carlos— yo me voy... ya cumplí, y ya es tarde.

—¿Y qué no vas a cobrar? Don Ramón me encargó que te diera un dinero —insinuó tranquilamente Miguel mientras le servía más licor en el vaso.

—Yo me arreglo con él después —respondió Carlos, pensando en lo difícil que eso sería.

—¿Y a cuánto te va a pagar la 'merca'?

—Pues la verdad, a dólar la pieza...

Miguel soltó tremenda carcajada que le hizo escupir el licor que estaba a punto de beber.

—Viejo tranza —se carcajeó mientras daba palmadas a Filiberto, que también reía y volvía a servirle más licor a su patrón. —Mira, ¡esa merca te la pago yo! —le anticipó, volviendo poco a poco a su antigua calma, y sacando de la bolsa del pantalón un rollo de billetes de a cien dólares, le lanzó el pequeño bulto detenido por una liga.

Carlos la retiró para descubrir que ahí había al menos dos mil dólares. Agradeciéndole con un ademán, se los guardó en la bolsa y se encaminó a la salida.

—Según el Diablo, nunca se te ha 'caído' un jale... —comentó Miguel en un tono ya más serio mientras agitaba el contenido de su vaso.

—Pues todavía no —contestó Carlos.

Miguel y Filiberto intercambiaron miradas de nuevo.

—Necesito entregar esos aguacates en una fiestecita, nomás que ya andamos bien pasados. ¿Por qué no nos haces el favor de acompañarnos para que nos sirvas de pretexto?

Para ser una persona que acababa de darle dos mil dólares, Carlos presintió que no estaba en ninguna posición de negarse.

—Nomás que ando bien sucio como para ir a una fiesta —respondió.

—No te preocupes compadre... en el camino pasamos por mi casa —le dijo el de las botas, y apurando de golpe su bebida, lanzó el vaso a la basura. Y así, poniendo su mano sobre el hombro de Carlos, lo encaminó para que salieran de la carnicería juntos, por la puerta grande, por la del frente, dejando a Filiberto para que acomodara las cajas y cerrara el lugar. Este breve encuentro, casi por una simple casualidad, sería el eje, el vórtice del inicio de una amistad que marcaría la vida de ambos en una forma que ellos mismos jamás hubieran podido presagiar.

# La casa de las gringas

**N**UNCA HABÍA VISTO UNA CAMIONETA COMO ESA, estacionada al frente de la carnicería: una Ford Bronco lujosamente modificada, con un costoso trabajo de pintura en azul rey y líneas que la atravesaban en forma diagonal en varios tonos de verde, suspensión levantada y unas enormes llantas *Mickey Thompson*, vidrios obscuros, y las cintas, las defensas metálicas y los diferenciales bañados en oro brillante. Y en la parte de atrás, en la puerta abatible de la caja, llevaba un paisaje pintado a mano, en que se apreciaba una recreación artística de esa misma camioneta, corriendo por un camino y siendo perseguida por varios autos de la policía y un helicóptero. El interior estaba igual o más impresionante: el tablero de instrumentos y los asientos estaban tapizados en su totalidad con piel de avestruz color arena, y cada asiento llevaba en encaje las iniciales: 'M.A.C.' bordadas con hilo de oro. Carlos se sentía fuera de lugar e incómodo de estar ensuciando de lodo el interior del vehículo.

Sin darle importancia a eso, Miguel buscó en el cenicero uno de varios billetes de dólar cuidadosamente doblados; en su interior había un fino y blanco polvo de cocaína.

—Órale mi Charlie... ¡llégale! O'rita de volada llegamos a una casa que tengo en Coronado, ahí te puedes tirar un *shower* y cambiarte de ropa, lo único que no voy a tener son unas botas de tu medida... ¿qué número eres?

—Nueve y medio —contestó Carlos viendo las botas de Miguel, aspiró un jirón de coca mientras le dijo: —Las tuyas están bien chingonas...

—¿Te gustan? Déjame le tiro un cable a mi camarada el Canelo para preguntarle si tiene de tu medida.

De en medio de los dos asientos sacó un portafolio negro. Dentro había varios radios de comunicación de dos vías y al menos cuatro teléfonos celulares. Cogió uno, y con una mano marcó un número mientras que con la otra conducía con descuido.

—¿Bueno? ¿Compa? Habla Miguel... ¿Cómo está? Oiga compa, ¿quiero saber si tendrá unas botas ya terminadas del nueve y medio para un amigo...? Sí... Para hoy. ¿De qué color las quieres? —se volteó hacia Carlos sin dejar de manejar.

Pues para ser las primeras, me gustaría que fueran cafecitas... o negras.

—¡No la chingues! Esos colores son de gente jodida; no mi Charlie, tienes mucho que aprender —le dijo en tono de broma. —¿Bueno? ¿Compa? ¿De qué colores placosos tiene? ¿Verdes? Bien, esas son perfectas, ¿todavía no están listas...? Las necesito para hoy.

—Que les pongan las iniciales en oro —sugirió Carlos— así como las tuyas.

—¿Bueno? Sí compa, las iniciales también, ahí le van: 'C' de Carlos, 'A' de Armyenter y 'R' de Rojo... 'C.A.R.' ¿Me las lleva pa' la casa grande? Sí, la de El Paso. Bien. Incluso aproveche para echarse una carnita asada y un guacamolito de Michoacán —dijo, guiñándole un ojo a Carlos. —Ándele pues, ahí nos vemos, adiós...

Carlos se recargó tranquilamente en el asiento. Al empezar ese día no había contado con tener dos mil dólares en su bolsa, y sentía que podía darse el lujo de comprarse algo: "unas botas". Además, tenía un buen presentimiento de su encuentro con Miguel, y algo le decía que el destino le preparaba algo bueno. Ya en muchas otras ocasiones, en el tiempo que llevaba en su negocio de "impo" y "expo" de aguacates, Carlos había conocido traficantes... más de los que hubiera querido conocer, diría ahora. Algunos "chingones", como el Márquez de la "*exi*"; el "Profe" Noel y el Ricky Fierros, así como también mucha de la raza de Gilberto "el Greñas", que en un principio se "la rifaban cabrón" por el río, y algunos otros que no tanto. Otros que no eran más que "narquillos" de baja categoría, "movidillos", "suertudos" que andaban tratando de iniciarse en la frontera, trabajando sin organización, y que casi siempre nomás "la andaban cagando". Esta era la época de oro de los narcos mediocres de clase media y el territorio fértil de los que llegarían a ser los "chingones". Muchos de ellos lo habían invitado a trabajar y siempre los evitó, porque la verdad –decía–, esa gente es tan "fantoche" y prepotente que siempre terminan por ponerle a uno una pistola en la cabeza en vez de pagar por el trabajo. Eso lo había visto muchas veces; en ese ambiente hay muchas envidias y deudas sin saldar que nomás se van acumulando. Sin embargo, en esta ocasión, se sentía diferente, como que algo estaba a punto de ocurrir, mas no podía vislumbrar ciertamente qué era.

Miguel apagó su teléfono mientras su camioneta brincaba por las calles de El Paso a toda velocidad. Después de doblar varias esquinas de una zona residencial, al fin llegó a su casa. Lo primero que Carlos notó fue a un grupo de muchachas jugando con un perro en el jardín. La vieja casona de dos aguas era grande y espaciosa, y muy bonita. Una bandera de la UTEP (Universidad de Texas El Paso) ondeaba del primer larguero del portal. Al ver llegar la camioneta, las rubias, a pesar de que la noche era un poco fresca, se exhibían en diminutos shorts de mezclilla y blusas deshilachadas, se acercaron a la puerta y lo saludaron, casi infantilmente.

—*Hiii Miiike...*

—Quiubo pinches gringas. ¿O'nde está la Kitty? —contestó Miguel mientras se apeaba de la camioneta y abrazaba a dos de ellas en cada brazo. Caminaron así hasta el portal de la casa.

—*She's inside* —dijo una de ellas tratando de meter la mano directamente en el pantalón de Miguel.

—¡Espérense cabronas! Ahorita les doy su *candy* —dijo Miguel alejándose de ellas con un manotazo.

Carlos ya se había bajado de la camioneta y ninguna de ellas se había percatado de su presencia. Observó el vecindario, la casa y los autos de apariencia común ahí estacionados. Al verlo, las muchachas se abrieron paso casi con repulsión.

Desde adentro de la casa, Miguel le gritó para que entrara.

—Mira mi Charlie, te quiero presentar a Kitty —le dijo, mientras abrazaba por detrás y besaba en el cabello a una muchacha como de veintitantos años, de cabello largo, sedoso y negro, y con unos enormes y expresivos ojos, como dulces de vainilla con eucalipto. —Esta es mi chaparrita de oro, mis ojitos tapatíos —dijo Miguel, mirándola tiernamente a los ojos. —Ella es la que me controla a las gringas de afuera, que también son buena onda nomás que las conozcas.

—Mucho gusto —se disculpó Carlos, pensando en la mala impresión que debía de estar causando con su sucia apariencia.

—El Carlos viene de un jale —dijo Miguel a la joven —así que se va a bañar. Quiero que me le consigas algo de ropa porque vamos para la casa grande... mientras tanto tú y yo aprovechamos para echar una platicadita... ¿te parece? —le guiñó un ojo mientras posaba su mano sobre su cadera.

Kitty llevó a Carlos a una recámara en el segundo piso de la casa, tal vez la de ella, por los muebles y la decoración en tonos de rosa.

—Ahí está el baño, las toallas y cuando salgas en esta silla habrá ropa; escoge la que mejor te quede y si quieres puedes tirar la que traes en ese rincón —le dijo la joven mujer saliendo de la habitación rápidamente.

Cuando Carlos salió del baño, encontró varios pantalones y camisas nuevas, incluso perfumes y ungüentos para el cabello. Se vistió con lo primero que encontró y de entre las llamativas camisas escogió la más sencilla, una blanca. Después bajó sin prisa hacia la sala. Ahí seguían

Miguel y Kitty acurrucados en un sofá, tomando vino de un solo vaso. Las gringas estaban sentadas en la alfombra, hipnotizadas ante un juego de *Nintendo*.

—Nomás las botas te faltan, compa. Pero no te preocupes, cuando lleguemos a la otra casa ahí estarán —dijo Miguel, levantándose del sillón pero sin soltar la mano de Kitty.

—Ora' sí mi'ja, váyase a saludar al Charlie.

Kitty se levantó lentamente y se acercó a Carlos hasta darle un beso en la boca. Este se quedó inmóvil. Luego la joven recorrió su mano por su cintura hasta meterla en la bolsa trasera del pantalón y así le arrancó la etiqueta del precio.

—¿*Girls? This is Charlie...* —se volteó Miguel hacia las gringas.

—¡*Hiiii Charliiiie!* —dijeron las cuatro al unísono, obviamente drogadas.

Kitty, o Cristina, quien era originaria de Juárez, de buena familia y hasta con estudios de universidad, había conocido a Miguel cuando tenía diecinueve años, y llevaban un idilio como amantes por más de tres. La facinerosa imagen de este es lo que la cautivó sin remedio desde aquella fiesta de colegio donde lo vio por vez primera, y donde no pudieron despegar miradas. Desde aquel nervioso *hola*, ella supo que estaba atrapada, y también supo que estaría dispuesta a hacer lo que él le pidiera. Y así fue: amor, dinero y peligro... Pero a la vez ella sabía que Miguel no la tomaba muy en serio. Sin embargo, su fantasía era que algún día llegaran a formalizar un matrimonio de verdad. Desde los veintiuno, Kitty se había ido a vivir a la casa de las gringas, y organizaba y cuidaba de esta con presteza. El inmueble en realidad era una bodega de almacenaje. También estaba a cargo de controlar a esas alocadas muchachas, las cuales prestaban un valioso servicio a la organización, ya que ellas, esa casa y la zona residencial aparentaban ser una fraternidad o casa de asistencia para estudiantes de la universidad. A cambio de una nómina, hospedaje, y todo el *candy* que pudieran consumir, las gringas ayudaban a Miguel a disfrazar esa bodega. Los *parties* de los viernes eran tremendos, a base de cocaína, música estruendosa y alcohol. Los vecinos las tomaban a todas por estudiantes y no se hacían muchas preguntas. De tez blanca y cabello oscuro, Kitty era una joven guapa, chaparrita y curvilínea, sin embargo, su grande y expresiva mirada profería tristeza; "ojitos tapatíos", como le decía Miguel cuando la encontraba melancólica. A pesar de que esto le costó la relación con sus padres, Kitty se fue a vivir a esa casa por un convenio con Miguel, y por la ilusión de algún día llegar a ser la "señora Carrillo". Era capaz de cualquier cosa y se consideraba la mujer ideal para él. Su papel había sido el de una esposa abnegada y sumisa. Había soportado incluso que el muy insensible hubiera llevado a otras mujeres a "su" casa, la cual siempre mantenía en orden y arreglada, sin permitir que nadie entrara o saliera sin su aprobación, y llevaba el manejo de la misma como una madre llevaría una familia.

La casa de las gringas era funcional: desde la intrincada maraña de contratos de arrendamiento hasta los muebles, que eran pocos y sencillos, nada que valiera la pena en caso de que tuvieran que huir de ahí, además de una cocina completamente vacía. Kitty no permitía que nadie hiciera uso de esta, porque lo que más detestaba era lavar platos; incluso había adoptado la política de usar sólo desechables, y cada quien era responsable de tirar sus propias envolturas de hamburguesas, cajas de pizzas y "cochinadas" en los enormes botes de basura del callejón, y todos acataban esta regla. La recámara de las gringas era otro cantar: siempre estaba en desorden, con montones de ropa sucia y camas desarregladas. Todas las demás recámaras estaban vacías y con cerraduras, y claro está, que las inquietas rubias no contaban con llave ni de la puerta principal. Hastiada de limpiar la alfombra de la sala, en ocasiones Kitty optaba por dejarla poco a poco en el abandono; simplemente decidía ser indiferente a las manchas que parecían multiplicarse sin descanso, el resultado obvio de la convivencia diaria y el desorden de los fines de semana. Esto le causaba algo de vergüenza cada vez que Miguel la visitaba, y le producían sus famosos "ataques de limpieza", cuando ya arrepentida de esta conducta, trataba desesperada de limpiar las manchas en lo que escuchaba algún auto llegar. La recámara principal estaba decorada en tonos de rosa, desde la alfombra, hasta las acolchadas cortinas, las almohadas y las paredes, incluso los grandes cojines en forma de corazón que adornaban cada rincón. "La suite nupcial", le llamaba Miguel, misma a la que en ocasiones había llegado completamente borracho y cargando además, con compañías de dudosa reputación.

Kitty guardaba la esperanza de que algún día Miguel se fastidiara de esa vida, y ella estaría lista para recibirlo y ser su "mera-mera". Las telenovelas se lo confirmaban diariamente: "la chica que sea más buena, sumisa y abnegada siempre se quedará con el galán". Dentro de su mente lo tenía todo planeado: la boda, la casa, los hijos, la sala y los muebles que tendrían, inclusive hasta las fotografías que adornarían las paredes. Kitty no era tonta, era de gran ayuda para Miguel, y aunque sabía que sus probabilidades eran remotas, era una esperanza a la que no estaba dispuesta a renunciar.

# La entrevista de trabajo

**E**N TAN SÓLO QUINCE MINUTOS DE HABER SALIDO de la casa de las gringas, Carlos y Miguel llegaban por un camino ascendente a una elegante mansión de corte puramente americano, enclavada en las colinas de la montaña Franklin.

—Esta es la casa de mi novia Isabel —esclareció Miguel, frenando la velocidad de la camioneta. —Ahí adentro hay un chingo de gente importante, y sobre todo mi suegro, el señor Pedro. Miguel entonces hizo algo totalmente inesperado: detuvo en seco la camioneta ante la entrada enrejada de la propiedad, como marcando una línea imaginaria entre ellos y algo sin retorno; frente a ellos sólo quedaba la enorme silueta de la casa y un larguísimo camino de piedra en forma de herradura.

—Mira mi Charlie, la verdad es que aquí hay algunas personas que te quieren conocer, es gente importante que te puede ayudar. El Diablo ha hecho buenos comentarios de ti, y pues estamos interesados. Andamos buscando a alguien como tú, un bato que le quiera entrar a la jugada... Alguien que no sea chiva, que le atore al jale y que no nos ponga el dedo cuando las cosas se pongan calientes —le escudriñó, mientras que por alguna razón, metía la mano en el compartimiento de la puerta, en donde guardaba su fiel *Sauer* de quince tiros.

—Te has portado muy gente conmigo —le interrumpió Carlos al darse cuenta que realmente se encontraba en camino a una entrevista de trabajo. Ahora, por fin, podía contestarse la pregunta que eternamente estaba en su mente: si alguien habría notado a "ese muchacho" que cada día cruzaba por el río con humildes aguacates. —Pero a mí la verdad no me gusta eso de tener un patrón —continuó Carlos. —Yo voy y vengo a mi antojo, sin broncas y sin rendirle cuentas a nadie. Te agradezco el ofrecimiento, pero no te conozco ni a ti ni a tu negocio. No te estoy dando una negativa, pero tampoco puedo aceptar en este momento así nomás porque sí. Ahora que, si te parece... a mí se me hace que mejor aquí le cortamos... te regreso tu lana y listo, por mí no hay problema, puedes preguntarle a quien quieras para que veas que yo no soy ningún rajado. Carlos podía sentir la tensión de Miguel y, sin dejar de verlo a los ojos, buscó la manija de su propia puerta.

—Ja, ja, ja, no seas tan dramático mi Charlie, vamos a la casa. Si tu respuesta es "no"... po's es no, ¡y ya! Igual podemos seguir siendo amigos. ¿Qué no?

Miguel se desatascó del silencio embarazoso que se había producido en esa situación haciendo una jugada inesperada: arrancando la camioneta bruscamente, casi como para no dejar que Carlos se bajara, cruzó la entrada de herradura violentamente y llegó hasta el frente de la casa. Ahí había más de una veintena de autos de lujo, desde "Marquises" con gruesos cristales de polímero blindado hasta Mercedes-Benz, muchos de ellos con placas de matrícula de México.

—¡Míralos qué bonitos! Pudiéramos hacer un buen equipo, jugar bien nuestras barajas, y cualquiera de estos sería tuyo.

Mas no eran los autos lo que Carlos miraba; lo que realmente le impresionó fue el tamaño y lujo de la propiedad. Las soberbias columnas se elevaban blancas, majestuosas sobre el verde del enorme jardín. Le recordaban las mansiones esas que están en los billetes de veinte dólares. Miguel siguió sin detenerse a lo largo de la fachada principal, siguiendo un camino de piedra perfectamente arreglado que los llevó más allá de las cocheras hasta llegar a un portón lateral, el cual disfrazaba con una buganvilia el acceso a la parte posterior de la residencia. Bajaron de la camioneta y cuando entraron, Carlos se maravilló aún más: una cancha de tenis, una formidable alberca, un foro y al fondo un complejo de pequeñas casitas con establos, todo decorado con grandes moños y listones blancos. La rotonda de la propiedad era enorme, así como también la cantidad de mazos de blancas flores que adornaban cada esquina y pilar, anunciando el área donde se llevaba a cabo el evento. Ahí habría más de cien personas en una reunión que al parecer llevaba todo el día. Algunas hileras de mesas estaban situadas debajo de elegantes pabellones de sombra y antorchas de iluminación, lo que daba la impresión a Carlos de un cuento árabe. Racimos de estiradas damas perfectamente peinadas y maquilladas para la ocasión, niños corriendo por el césped ya olvidados de la formalidad y del blanco de sus ropajes. Un cuarteto de guitarras llenaba el ambiente agradablemente y un pequeño ejército de meseros y cocineros uniformados atendían a los ahí reunidos. A un lado del templete de los músicos, varios cocineros preparaban carne al carbón.

Muchos años después, Carlos aún recordaría que nunca se está preparado para los momentos decisivos de la vida, y el "desmadre" que esto ocasiona en los recuerdos que quedan. "La vida pasa y a veces ni nos damos cuenta –diría ahora– y esos valiosos instantes, en los que se alcanza a percibir una chispita de los que será el resto de la existencia, a veces llegan una sola vez, y sólo para uno que otro afortunado..." Y ese momento era uno de ellos, o así lo pensó entonces. El momento que marcó su futuro, y varios años después, el de su hermano Diego, fue cuando de una de las mesas se levantó una muchacha que le pareció no mayor de veinte años, de cabello trigueño hasta la base de los hombros. Vestía un pantalón vaquero, sandalias y una seductora blusa azul, confeccionada como por un atrevido oleaje de seda y luces del mar. Coronando esta visión se encontraba una lágrima, una hermosa perla que brincaba rítmicamente en el hoyuelo que forma la junta de la clavícula; fue como ver a un ángel. A grandes zancadas llegó hasta ellos, y sin verlo siquiera a él, encaró a Miguel disgustada.

—¡Te dije que no te fueras! Ya tienes como tres horas. Y además, ¿vienes borracho? —le preguntó la joven con aversión.

—Claro que no mi'ija... fui por los aguacates y... po's aquí el Charlie se retrasó... ¿verda', compa? —le contestó este mientras le daba un codazo a su acompañante.

Carlos seguía pensando que ese angelical ser era probablemente la criatura más hermosa que jamás hubiera visto. Su rostro enojado era bellísimo, el arco de sus cejas perfecto, rasgos infantiles y piel de seda, ¡uff! Y qué figura... cualquier sirena la envidiaría. Superaba incluso al amor de su vida, la respingada maestra de tercero de primaria, de la cual estuvo perdidamente enamorado desde el día en que por fin logró ver sus alisados muslos y el encaje de sus *panties* por debajo el escritorio, a fuerza de tirar y tirar sus lápices, y de la cual duró prendido mucho tiempo después, y por la cual se había mantenido atento e interesado en su pupitre hasta terminar la primaria. La sirena-ángel se encaminaba ya al interior de la residencia, dejando un leve vestigio de su etéreo perfume.

—Ella es Isabel —dijo Miguel, como disculpándose al tiempo que corría tras la encrespada muchacha.

La bella joven desapareció en el interior de la enorme mansión. Miguel se quedó inmóvil unos instantes a la mitad de los escalones, pensando si debería entrar en pos de ella, y después de un momento de incertidumbre, recuperó su postura, y olvidando momentáneamente la rabieta de la muchacha, fue a donde un grupo de señores e inició una animada tanda de saludos y bienvenidas, mientras unos le servían algo de beber, otros le alcanzaban sendos teléfonos para que escogiera uno.

Carlos aún se sentía bastante chícharo por lo de sus tenis. Además de ser un desconocido en ese lugar, las fiestas no eran su especialidad, así que lo que hizo fue deslizarse por las paredes, y tratando de ser invisible del evento, llegó hasta donde dos cocineros crucificaban diestramente a un infortunado cabrito para asarlo, y también desde ahí, aprovechó para observar a los invitados de la fiesta. Media hora permaneció Carlos tratando de ocultar sus tenis y sus complejos, alternando entre los cocineros y las mesas de servicio. Al poco rato, Filiberto llegó con la mochila verde de los aguacates y de forma intencional los vació de bulto a sus pies, haciendo que algunos de ellos fueran a quedar junto al barril de la cerveza. Después lanzó la mochila contra la basura y descaradamente fue a sentarse en una de las mesas. Estaba siendo obvio que Carlos no era bienvenido en ese ambiente. Así como Filiberto, también Miguel mostraba indiferencia, probablemente por la negativa anterior. Carlos se agachó para ayudar a uno de los cocineros a recoger los aguacates y ponerlos en unos recipientes de plástico, aunque algunos de ellos fueron a parar directamente a la basura porque estaban reventados. Tomó uno y lo examinó, pensando en la suerte de ese pobre, en su largo recorrido, desde Michoacán hasta la basura.

—¿Tú trajiste los aguacates? —se escuchó inesperadamente una pregunta.

Carlos levantó la mirada lentamente para descubrir con sorpresa los ojos inquisitivos de *la sirena*, los cuales a pesar de la noche eran aún más profundos a esa corta distancia.

—Son de Michoacán —contestó asombrado Carlos poniéndose de pie automáticamente, sin poder articular una palabra más de puros nervios.

—Vamos a bailar —le ordenó la joven tomándolo de la mano.

—Claro que no —rehusó este soltándose bruscamente.

—¿Por qué no? ¿No sabes bailar?

—No, no es eso... —contestó Carlos mirando sus tenis.

—¿No será que le tienes miedo a mi novio? —lo atravesó Isabel con la mirada.

—Pues la verdad no, pero creo que *sí* sería una falta de respeto.

—¿Pues para qué crees que lo hago? —dijo ella divertida.

—Pues... en ese caso... vamos hasta el centro de la pista.

Carlos se perdió en esa mirada inquieta, en ese cabello y en la esencia de su perfume. Durante al menos un cuarto de hora, bailaron muy derechitos al principio y muy a gusto después, y para sorpresa de ella, su espontáneo compañero bailaba con una naturalidad y ligereza impropia de la gente del norte, mientras que, sin afán de ofender, algunos otros en la pista parecían osos haciéndola de matachines. El baile norteño, había comprobado, era más brutal, más visceral, como si se tratara de demostrar a puro taconazo quién sentía la música más hondo, pero no con Carlos; con él era otra cosa. La giraba bien "chilo" pero sin dejar de ser un caballero de modales y respeto, bien suave, en comparación a los otros "fastidiosos" con los que había tenido que bailar mientras esperaba a Miguel, y que por no hacer un desaire, tuvo que aguantar embestidas de enormes abdómenes y manoseadas soeces. Cinturita escueta, hombros elegantes y unos tenis que eran una comedia, pero buen porte en general, aroma dulce y mirada de niño, enorme, inocente, casi asustada, pero que se antojaba bien; el chico no estaba nada mal, nada mal, pensaba Isabel. Después de la ronda de boleros, se acercaron a una de las mesas para tomar un refresco. Era un momento raro, al menos cuando se baila no hay obligación de hablar, pero ahí, Carlos hubiera dado cualquier cosa para tener un tema de conversación. El silencio de las guitarras exponía una mente completamente en blanco; no sabía de qué platicar con esa chica que lo miraba con curiosidad y que él ni siquiera contaba con el valor para sostenerle la mirada directamente.

—Y a todo esto, yo soy Isabel —le dijo mientras le entregaba una lata de cerveza.

—Y yo Carlos —respondió rápidamente, abriendo la lata y regresándosela.

—Gracias por abrirla, pero yo no tomo cerveza.

—Pues yo tampoco.

Intercambiaron una sonrisa.

—¿Sabes por qué te saqué a bailar?

—Pues para molestar a tu novio, ¿qué no? Por cierto, creo que ni se dio por enterado, míralo, allá con aquel grupo de señores.

—Créeme que se dio cuenta —advirtió ella sonrojándose— pero esa no es la razón; pude haber agarrado a cualquiera para hacerlo enojar. —Te escogí a ti... le dijo, mientras le acercaba esos ojos que Carlos no podía dejar de mirar y no-mirar, hasta encontrarlos tan cerca que el reflejo de las antorchas en ellos consumían los suyos propios... una sirena en un cuento árabe, pensaba... —Te escogí a ti... entre todos estos, porque tú eres el único que no anda de fanfarrón con esas pedantes botas de colores...

Carlos ya no escuchaba nada, divagaba con lo fácil, fascinante y estúpido que sería darle un beso. Robarle un beso a esa princesa en medio de su castillo de blancas columnas, probablemente le costaría la vida, o lo que sería peor, ese "algo" que él sentía que se estaba formado entre ellos, porque durante el escaso segundo en que bailaron, hubo varios momentos en los que Carlos perdió el sentido de dónde se encontraba, y varias veces se creyó que a Isabel le sucedía lo mismo; perdidos los dos en los boleros románticos y el enigma de la quimera, tan garbosa, tan delicada y tan elegante, pero a la vez tan *down-to-earth* como para estar con él. El momento era mágico, especial, tanto que se sentía mareado, como si acabara de bajarse de un carrusel vertiginoso. Estaba borracho sin estarlo, la frente le punzaba y sus manos eran témpanos. La sensación iba en aumento, hasta que, súbitamente, una premonición cruzó su sobrecargada mente, un relámpago de luz que contenía información del futuro, de las estrellas, del universo mismo. Comprendió perfectamente la situación, entendió sin asomo de duda que lo estaban utilizando, era indiscutible: Miguel como pretexto e Isabel para darle celos a este, sin embargo, eso ya no tenía trascendencia, era una nadería. Ni siquiera sus negros tenis le concernían. Lo que importaba es que él, en ese momento, también podía utilizarlos a ellos, al igual. Esa velada en medio de antorchas y velos árabes le anunciaban a grandes letras que era su momento, la hora para aventurarse a soñar con una sirena como Isabel, de enamorarse, aunque fuera esa noche. Se permitiría pensar que ella, con su belleza, su enorme mansión de gigantescas columnas y sus autos de lujo, estaba a su alcance; al menos en esa única ocasión él no era un muerto de hambre que cruzaba aguacates a El Paso por el río. En la historia que comenzaba a formarse en su mente, él era Carlos y estaba con Isabel. Estaba tan embelesado en sus pensamientos, o más bien atolondrado, que casi no percibió que Miguel estaba parado justo detrás de él, y poniéndole una mano en el hombro le anunció muy diplomático y achispado por los efectos del alcohol.

—¿Mi Charlie? Este es mi compa el Canelo, y estas son tus botas nuevas...

Junto a Miguel estaba un tipo sonriente, alto y fornido, vestido de vaquero que le presentaba una caja de cartón. Dentro de ella estaban acomodadas perfectamente entre papel celofán las botas verdes con las costuras de oro más "placosas" que Carlos hubiera visto. El paquete incluía el cinto del mismo material y color. Eran bellas, perfectas y suyas. La emoción era doble al verlas: primero, lo arrogante del color, las costuras, la textura "de chichitas" y sus iniciales, 'C.A.R.', bordadas en destellos dorados y, segundo, la zozobra de saber que esas botas daban al traste lo poco que había pasado entre él y la bella sirena.

—Acabaditas de terminar amigo —proclamó el Canelo, arqueando una ceja. —Están calientitas, como tortillas recién sacadas del comal... ¿a poco no quedaron de pocas madres? Pruébeselas a ver cómo le quedan.

—Sí mi Charlie... pruébatelas —repitió Miguel dando un largo trago a su bebida.

Sin poder mirar a Isabel, Carlos levantó un pie y mientras que con una mano arrancaba uno de sus inmundos tenis y lo lanzaba a la basura donde antes habían caído los aguacates aplastados, con la otra se colocaba una de las botas. Repitió la operación con el otro pie y se plantó firmemente en el suelo. Aquellas botas causaron un efecto único en Carlos. En ese momento lo hicieron sentir como un hombre nuevo, como otra persona. Esas botas le "levantaron la cortina", "le movieron el tapete", le abrieron horizontes nuevos de posibilidades; era como si todo lo que había pasado ese día fuera para que él pudiese tener esas botas, esa casa, esos autos y sobre todo Isabel, estaban para confirmarle la sospecha que venía sintiendo, que esa era su oportunidad de ser alguien. El nivel de claridad y poder que sentía en ese momento lo llevaban a pensar que todo era posible, y eso era intoxicante. Aún a tiempo de impresionar a Isabel, Carlos sacó el rollo de billetes de su pantalón. Era

su única carta a jugar. Dirigiéndose desafiante al Canelo le preguntó:
—¿Cuánto le debo amigo?

—Esas botas son mi regalo, Carlos —objetó Miguel.

—Estas botas son mías y yo las pago —siguió Carlos en su papel.

—Pues van a ser dos mil —estableció el Canelo, mirando primero indeciso a Carlos y luego resuelto a Miguel, acostumbrado como siempre, a terminar, entregar y cobrar sus creaciones al "chas-chas".

El Canelo, amigo natural de la organización, era un talentoso artesano germinado en el seno de una familia de zapateros del mero León, Guanajuato, con una tradición de al menos tres generaciones. Famoso en esos escenarios por su rapidez y precisión para complacer los egos más inflados, había amasado una pequeña fortuna al proveer botas vaqueras confeccionadas a la medida y fabricadas exclusivamente con pieles exóticas. Por su singular forma de trabajar, podía presumir que había hecho expediciones por América del Sur, África, la India y por territorios de Oriente. Poseía al menos una docena de licencias de caza en igual número de países, y se jactaba de pilotear él mismo su preciada *Cessna*, de sus contactos y sus negociaciones con cazadores ilícitos para conseguir la materia prima más original y fantástica, destinada a sus obras de arte. Desde víboras de cascabel –las más comunes–, hasta anacondas del Brasil, pasando por una gran variedad de reptiles, como cocodrilos y lagartos de Indonesia, mamíferos tan exuberantes como elefantes, caribús y cebras; peces, como tiburón y anguila; roedores, como armadillos y las peligrosas mangostas. Y aves, como en este caso, el avestruz. Los bordados en oro y plata personalizaban su trabajo, el cual era fino y de calidad, y muy apreciado por sus clientes que, como Miguel, estaban dispuestos a pagar esas excentricidades a fin de completar sus colecciones. Incluso, algunas de las pieles en mayor demanda eran ilícitas, por ser de especies en peligro de extinción, como las focas del ártico y la tortuga marina o "caguama".

"Las botas más caras que he sabido" –pensó Carlos– lanzándole el rollo de billetes al tosco y sonriente individuo. Sólo hasta entonces se armó de valor para buscar los ojos de Isabel. Para entonces, la joven había desaparecido y Carlos no volvería a verla en toda la velada, ni durante la interminable procesión de Miguel para presentarlo con todos los asistentes del evento, ni cuando fue llevado ante el señor Pedro, un elegante hombre de perfil afilado, que algunos comentaron que incluso se daba un cierto parecido con él, no tanto en lo físico, sino en la manera tranquila de conducirse. Él era "el mero-mero" –le murmuraba Miguel–, mismo que estaba de muy buen talante, preguntándole varias veces que si era cierto lo que se decía: que había cruzado aguacates por el río cientos de veces sin que lo hubieran "torcido", y cada vez que Carlos contestaba que sí, se complacía gustoso de la respuesta, asegurándose con miradas disimuladas que los demás lo escucharan. Ante el desagrado de Filiberto, Carlos pasó en ese momento de ser un desconocido a una pequeña celebridad de la fiesta. Miguel anunció que debían marcharse, y muy a su pesar, Carlos no pudo despedirse de Isabel. Su pequeña *sirena* había desaparecido en la densidad de ese mar. La imaginaba vigilándolo desde alguna ventana o pasillo, escondida tal vez entre las cremosas cortinas de la casa, acechando el momento para decirle adiós, aunque fuera con la mirada. Esperaba la fugaz nota avizora de su existencia confinada por medio de algún mensajero secreto. Pero no, la orgullosa *deidad* no se dignó revelarse ante aquel mortal. Se despidieron de los anfitriones, subieron a la camioneta y enfilaron hacia los caminos que llevan a la ciudad. Miguel visiblemente borracho manejaba pensativo.

—¿Sabes Charlie? Mi Isabelita te sacó a bailar nomás para hacerme enojar, y como no le gusta que yo me eche mis "wiskitos" pues...

—Sí... ella misma me lo dijo —lo interrumpió Carlos —incluso yo le dije que no, pero ella insistió, y pues se me hizo mala onda.

—Por eso me caes bien Charlie... porque eres respetuoso... y es que en este pinche negocio el respeto es algo muy importante, *muuyy* importante —sonrió Miguel aliviado. —Se me hace que vamos a ser buenos amigos... —y metiendo la mano abajo del asiento le alcanzó a Carlos una botella de whisky a medias. —Ora mi Charlie...

Carlos bebió, varios tragos largos, mientras observaba el panorama por la ventana; no sabía si lo merecía pero si lo necesitaba. Y como no había comido casi nada en todo el día, el licor lo envolvía en un cálido mareo.

—¿Dónde quieres que te deje? —preguntó Miguel.

—¿Todavía está en pie la oferta de trabajo?

—Claro, cabrón, ¿le vas a entrar o no?

Carlos supo que su único boleto hacia las estrellas, en este caso estrellas de mar, y hacia el abismo de las profundidades, donde habitan fantásticas criaturas como Isabel, era ese joven medio borracho; si lo dejaba ir las esperanzas de volver a verla serían de cero. Así, con la sonrisa de pirata, de bandido que acaba de descubrir el mapa secreto y la manera de llegar a las esmeraldas y las antorchas árabes, Carlos veía las luces del horizonte. El mar de posibilidades era enorme y estaba a su alcance.

—Si no te molesta, déjame en el Puente Libre —le contestó Carlos ausente; necesitaba caminar, pensar y ordenar sus ideas. Mientras se bajaba de la camioneta, observaba distraído el resplandor de la ciudad.

—Entonces qué... ¿le vas a entrar o no? —insistió Miguel.

—¿Me regalas la botella? —preguntó Carlos, mientras seguía sonriendo maliciosamente.

—Está bueno —dijo Miguel, ya exasperado. —Mañana nos vemos en la glorieta de la salida a Chihuahua, al medio día. Nos vamos a ir hasta Durango, *¿okay?*

—Claro... nos vemos mañana.

Carlos caminó hasta la mitad del puente, desde donde podía observar las llamas lánguidas de las antorchas que señalaban las pinturas del Diablo, y abajo alcanzaba a distinguir algunas siluetas moviéndose en la oscuridad de la orilla. Sentía una oleada de bienestar que esa botella le proporcionaba en cada trago. Pensaba en sus botas, en Miguel, en su pobre madre y su cuartucho de vecindad, en las gringas, en el viejo de la carnicería, y sobre todo pensaba que nunca en su vida algo tan lejano era tan posible como Isabel. Tenía ganas de correr, de gritar, de lanzarse al río desde lo alto del puente. Quería volar y demostrarle al mundo que al fin había descubierto su destino, o tal vez su destino lo había encontrado al fin a él. Poco a poco, a medida que el fondo de la botella se hacía evidente, fue cayendo en una niebla de pensamientos envolventes, en una selva cúbica, distorsionada e irreal; su mente por fin lo dejaba en paz y no lo contradecía. Reía y gritaba que ya nunca más sería un muerto de hambre. Lentamente, la última luz de cordura fue consumiéndose, hasta dejarlo sumido en la oscuridad total de la inconsciencia.

# Santa Julia de las Manzanas

CARLOS DESPERTÓ CUANDO LA LUZ DEL SOL LE DIO en plena cara. Trató de abrir los ojos e inmediatamente se cubrió el rostro con el dorso de la mano. Los rayos de luz, como navajas calientes, atravesaban sus párpados. Después de un tiempo, cuando al fin pudo abrir un poco los ojos y acostumbrarse a esa claridad cegadora, lo primero que vio fue a Miguel y Filiberto sentados bajo la sombra de algo. Levantó un poco la cabeza para enfocar mejor y –búm– sintió el peso de una tonelada de malestar, náusea y jaqueca que le caía desde lo alto, directamente al centro del cerebro. Volvió a bajar la cabeza con todo cuidado, cubriéndose la encendida cara con ambos brazos, tratando de recordar lo que había pasado. Poco a poco, algunas imágenes comenzaron a formarse en su mente, tan vagas como fotografías, cuadro a cuadro, lentamente: una botella de whisky, antorchas, un joven desquiciado, ¿el Diablo? De pronto la realidad lo alcanzó como un ave de rapiña a su presa. En ese momento se dio cuenta que estaba literalmente tirado en la orilla del río, justamente debajo del Puente Libre donde él mismo había visto al Diablo y sus cholos la noche anterior. Su humanidad yacía arrumbada en medio de dos pilares de concreto, entre montones de basura y bolsas de plástico. Probablemente llevaba dormido ahí varias horas, hasta que la altura del sol lo alcanzó en plena cara, lejos de la sombra que ofrecía la gran estructura. No sin gran esfuerzo volvió a levantar la cabeza, apoyándose en los codos y –búm– otra oleada de malestar lo atravesó desde el cerebro hasta la boca del estómago. Los huesos de su cuerpo también se quejaron, y para su consternación, sus botas habían desaparecido.

—¿Qué onda compa? ¿Pues qué te pasó? —se le acercó Miguel burlonamente.

—No sé —contestó este, acercándose a la sombra. —¿Cómo llegué aquí?

—Pues tú has de saber, a mí sólo me avisaron que aquí estabas —respondió Miguel, colocándole una helada cerveza en la frente. Carlos se aferró a ella y la bebió de un trago, se enderezó y acabó con otras dos ante la sonrisa de complicidad de Miguel.

—¿Ya vámonos, no? Estamos bien retrasados —replicó Filiberto notoriamente fastidiado.

—¿Qué hora es? —preguntó Carlos.

—Son las dos de la tarde... ¿y tus botas?

—¿Te digo la verdad? No lo sé —respondió Carlos avergonzado mientras los tres caminaban lentamente hasta un enorme camión Mercedes-Benz de plataforma, treinta y cinco pies de largo y con redilas, cubierto con una lona gris perfectamente aparejada.

—Órale Carlos, súbete, vamos a manejar muchas horas, y tú Phillip, guarda mi camioneta en la bodega de Satélite y esperas mi llamada en tres días a la casa de las gringas, *¿okay?*

—¿Sabes qué? Déjame dormir en la parte de atrás... —pidió Carlos.

—No se puede, el camión viene lleno —lo interrumpió Miguel. —Además me tienes que ayudar a manejar. Al momento de abrir la puerta, Miguel entregó a Carlos una bolsa de papel. —A ver si estas te quedan. Para su alivio, eran sus costosas botas verdes, completamente intactas. —El Rafa me las entregó esta mañana —lo regañó en broma

Miguel— y me platicó la borrachera que te cargabas anoche... lo bueno fue que te quitaron las botas antes de que "volaras" desde el puente como andabas pregonando a gritos... ya ni chingas cabrón...

—Bueno, po's vámonos ¿no?

Los dos jóvenes atravesaron Ciudad Juárez en el pesado camión rumbo al sur. Después de tres horas habían dejado la ciudad bastante lejos y estaban llegado a un punto de revisión carretero de la Procuraduría General de la República, 'PRECOS', algunos veinticinco kilómetros antes de Moctezuma, Chihuahua. Durante el trayecto no platicaron gran cosa, sobre todo porque Carlos dormía la mona con mucho malestar y mareo. Estando en el destacamento, Miguel bajó del camión y se acercó a una armazón de madera donde varios agentes del gobierno que estaban recargados en costales de arena se aburrían a la sombra del mismo, todos con idénticas gafas para el sol *Ray-Ban* y botas vaqueras. Miguel se acercó directamente a uno de ellos y lo saludó con una seña. Este, al verlo, se levantó de su asiento y lo recibió efusivamente. Intercambiaron algunas palabras y fueron a revisar la parte trasera del camión.

—¿Qué tanto llevas hoy? —le preguntó el de las gafas.

—Pues nomás échele una miradita —contestó Miguel, abriendo una de las puertas. —Calentadores de petróleo, diez televisiones, videocaseteras, grabadoras, baterías, planchas, alimentos enlatados, cobijas, un chingo de medicinas, veinte costales de harina, cien de papa y cuarenta bultos de fríjol americano. Ah, y un diferencial de Chevrolet y un detector de metales...

—Pues que les vaya bien compa —dijo el agente, ayudándole a cerrar la puerta. —¿En cuánto tiempo te espero?

—El jueves aquí estamos de vuelta —contestó Miguel dándole la mano y regresando a la cabina del camión.

—¿Carlitos? Te toca manejar...

A regañadientes, Carlos se sentó al volante, accionó el encendido y en instantes aprendió la fácil y cómoda mecánica de operación de ese moderno camión con transmisión automática, aire acondicionado y suspensión de aire. Miguel se dispuso a dormitar, y Carlos manejó sin parar, pensando en el contenido del camión. Atravesó Chihuahua, la ciudad capital, y siguió rumbo al sur, pasando por Camargo y Delicias, pueblos sucios y llenos de agujeros, para luego seguir por la larga recta sin paisaje hasta llegar a Gómez Palacio, Durango. Después de cargar gasolina, Miguel se ofreció a manejar las tres horas que faltaban para llegar a su destino. El recorrido era de mil ochenta y dos kilómetros, desde Juárez hasta Durango, y de ahí subirían hacia el noroeste otros veinticinco para llegar a Canatlán y una vez ahí doblarían hacia un camino de tierra.

—Santa Julia de las Manzanas está al pasar ese cerrito —anunció Miguel cuando cruzaron un barranquillo por un antiguo puente de madera, el cual crujía lastimosamente mientras el camión lo atravesaba pausadamente.

El pequeño poblado, de aproximadamente un centenar de casas de adobe y piedra, estaba en penumbras, en el limbo donde el árido desierto del norte alcanza a las montañas de la Sierra Madre, la mayor cordillera montañosa de México. Algunas luces alumbraban las fantasmales construcciones. El camino polvoso y desigual mecía el camión de un lado a otro. Avanzaban lentamente por el estrecho espacio entre las casas. Algunas de ellas, de adobe desnudo, eran tan sólo un cuarto con una cortina de tejido como puerta, mientras otras más grandes contaban con barandal de mezquite y estaban pintadas de blanco. El potente rugido del camión ofendía la tranquilidad de la noche y alborotaba a los perros. Después de serpentear el camino por entre corrales, pequeñas huertas y jacales, al final se encontraron con dos muchachos somnolientos que los guiaron a ellos y su camión al interior de una gigantesca galera de adobe y piedra. Dentro, había arados y utensilios de labranza colgados de las paredes, pacas de alfalfa y bultos en los rincones. Uno de los jovencitos, de algunos quince años, cerró el portón de madera tras ellos. Al bajar del camión, Carlos notó que ambos llevaban sus "cuernos de chivo" por debajo de los sarapes. Fueron guiados en la oscuridad hacia una puerta lateral, misma que los condujo a un patio rodeado de aposentos. En completo silencio, los muchachos condujeron a los recién llegados a una habitación en la que había dos camastros y una silla. Los viajeros se recostaron y durmieron el resto de la noche, mientras la calma de la madrugada volvía a descender sobre la remota población.

Al día siguiente, el pequeño poblado estaba lleno de vida: mujeres caminando por todos lados y chiquillos encuerados corriendo por doquier con perros y gallinas al quite. Santa Julia de las Manzanas resultó ser una pequeña y vibrante comunidad de más de ciento cincuenta familias. Una metamorfosis de bosque, montaña y desierto; los nopales y mezquites espinosos intercalados con los pinos y confieras le daban al aire un sabor fresco, y los trochiles se lo quitaban. Los ojitos de agua brotaban en las viejas caras del cerro, proporcionando agua fría a la ciudadela. Los caballos, los rebaños con sus pastores y los arados con sus animales de carga transportaban al visitante al pasado, a la época de Pancho Villa. Casi parecía que los Dorados del Norte atravesarían esas tierras en cualquier momento. Fantasmales tolvaneras se agitaban armándose de valor para perecer contra los árboles de durazno. Tierra fértil cubierta de desierto, Santa Julia era una población muy singular, especialmente por la gente que la conformaba, la cual se habían alejado de las "bondades" de la civilización y del progreso por voluntad propia.

Carlos despertó primero, salió de la habitación y encontró el cuarto de aseo contiguo. Su cuerpo agradeció el ya necesario baño de jícara con agua fría dentro de una tinaja de madera y el cambio de ropa; tenían todo organizado para su llegada. Se aventuró después por el patio ante la mirada desconfiada de las mujeres y la fisgonería de los niños. La vieja misión española evocaba la imagen de un convento a pesar de carecer de un campanario y de faltarle algunas cúpulas. Las gruesas paredes de piedra caliza y marcos de cantera estaban en perfecto estado. Contaba con electricidad, con una entrada en arco que daba a un patio central descubierto, cargado de árboles frutales, y con una pila de agua en el centro. Las gallinas, los perros escuálidos y las macetas remataban el cuadro. Todas las habitaciones de la finca estaban protegidas por un corredor techado y unos robustos pilares. La vasta cocina tenía movimiento desde esa hora y se oía el cuchichear de las señoras ahí metidas. Carlos pronto conocería a don Toño.

Don Toño era el cacique–alcalde–juez-guía espiritual y galeno de la pequeña aldea, además de ser el jefe de la casa. Con sus ochenta y tantos años, tenía siete esposas y más de veinte hijos. Un indio veracruzano con todos los alcances que uno pudiera tener, con una espesa cabellera lacia, lampiño de rostro y correoso de todo lo demás, amable y malhablado. Muy temido en esas latitudes por sus habilidades de "chamán" o brujo, don Toño era muy reverenciado por todos. Lanzaba sus escabrosos conjuros y maldiciones en un antiguo dialecto, un lenguaje que era una mezcla entre náhuatl y ñáñiguo, la lengua de los esclavos negros de las Antillas y del vudú. Sus lentes de cristales redondos estilo John Lennon y su bandana de piel de víbora asustaban a los chamacos. Decía que podía ver el aura de los demás y curar cualquier enfermedad, siempre y cuando el enfermo estuviera dispuesto a desprenderse de sus fijaciones. Además era capaz de predecir la preñez de las muchachas con sólo verles a los ojos. Fumador empedernido de marihuana, cada mañana caminaba varios kilómetros por el monte, cazando conejos y recolectando hierbas medicinales para sus mejunjes. Don Toño era originario de Tlacotalpan, una población del sur del estado de Veracruz, entre el puerto mismo y Catemaco. Tierra de brujos y cabalistas, donde se dio la famosa rebelión de los esclavos negros de Cuba, a los cuales habían traído para trabajar los grandes cañaverales de aquel entonces, pero que al darse cuenta que eran superiores en número a sus captores, opusieron resistencia hasta ganar su libertad y hasta un pueblo fundaron, con sus costumbres y tradiciones bien arraigadas, con su comida criolla y sus brujerías. El origen y el mestizaje de don Toño eran la fuente de su mayor orgullo. Había dejado su tierra siendo un joven apenas para establecer su familia en Durango y predicar sus poderes. Y sobre todo para alejarse de Veracruz, porque como él decía: "En tierra de brujas es mejor no tener ni macetas". Famoso por su capacidad inagotable para ayudar a los demás, la gente del lugar lo respetaba y le consultaba casi para cualquier cosa, haciendo filas que duraban hasta bien entrada la noche, las cuales eran el pretexto ideal para el chismorreo con las vecinas mientras se llegaba el momento de oír la sabia opinión, consejo o sentencia: desde el nombre propicio para las bestias, hasta disputas maritales e infidelidades. Contaba con diversos remedios para males de amores, para la impotencia sexual -a la que siempre culpaba a la mujer, porque como decía, no es lo mismo abrir la boca que levantar un codo- hasta amarres, limpias y sanaciones. Impartidor de justicia y consejero, el octogenario sabía leer a la gente y se preocupaba genuinamente por el bienestar de los suyos. Bendecía a las parejas de novios, vaticinaba buenas o malas cosechas y consolaba a las viudas y a las dejadas.

Los habitantes de la comunidad eran devotos creyentes de don Toño y su "extensa" sabiduría liberadora y fecunda. Cultivaban marihuana en cualquier parte, en el monte, en medio de las huertas de maíz, en patios y hasta en macetas, y se la entregaban gustosos a cambio de su favor, de medicinas, enseres domésticos, alimentos y consejos. Las muchachas de la aldea, que lo veían como la figura paternal, rápidamente le llevaban a los novios para que les "leyera la cartilla" y les hiciera oficial la unión, y luego las matronas llevaban prestas a las mismas niñas para ver si no habían dado su "mal paso". En las tardes, pero no todas las tardes, don Toño daba audiencia en la sala de la vieja hacienda, la cual estaba hasta el tope de imágenes religiosas, estatuillas de santitos en suplicio que se mezclaban con banderines de equipos de fútbol. Era lo más cercano que esa gente tenía de una verdadera iglesia, ya que desde hacía muchos años, don Toño había espantado al único cura que alguna vez trató de fundar una parroquia. A cambio de "la yerbita", don Toño estudiaba el aura de un vistazo, aconsejaba y resolvía todo tipo de problemas. La gente del lugar le llevaba sus necesidades y carencias, y siempre eran bien correspondidos. Varios de sus hijos, los más mayores, recibían la droga en la entrada lateral de la galera, la limpiaban, clasificaban y pesaban, para luego prensarla en pequeños ladrillos de exactamente una libra envueltos en plástico transparente. Llevaban un estricto control de calidad e inventario según el tamaño y calidad de la hierba, y como todo mundo lo sabía, "la de la sierra es la mejor".

En aquella apartada población de Santa Julia, el dinero y la marihuana en sí no tenían valor alguno. Lo que sí tenía valor era por lo que la pudieran intercambiar. Y la gente llevaba generaciones cansada de tres cosas: de esperar las "ayudas" del gobierno, que como era obvio jamás llegaron; de las "promesas" de los políticos, que sólo llegaban a dejarse ver cuando andaban haciéndose publicidad ellos mismos en sus campañas, y que después resultaban ser puras mentiras; y, por último, estaban cansados de que cada temporada tenían que casi regalar sus cosechas de manzana, maíz o durazno a las compañías compradoras, las cuales escatimaban con los precios a su conveniencia. Así que optaron por cultivar marihuana y llevársela a don Toño; era mucho mejor pagada y sin problemas de negociación. Era más fácil de esa manera.

La participación de don Toño en la organización de Miguel valía millones, sin embargo don Toño comenzaba a producir más de lo que Miguel podía desplazar. Por el bien de todos los involucrados en esa alianza, era urgente que Carlos conociera el tejemaneje del negocio y le entrara a la jugada. Se decía que muchos años atrás, don Toño había salvado de morir a un capitán del ejército de la mordedura de una víbora de cascabel. En la soledad de la montaña y lejos de cualquier ayuda, la única oportunidad de aquel tierno muchacho recién salido de la academia militar era el viejo charlatán. Con un remedio poco ortodoxo y a punta de pistola, don Toño había salvado de una muerte dolorosa y horrible al delirante joven, haciéndolo ingerir una cantidad tremenda de excremento humano, propio y ajeno, mezclado con sangre de conejo. Durante varios días, ambos pendieron la vida de un hilo; uno por la mordedura, y el otro por si aquel se le moría. Desde las primeras aplicaciones del "remedio", los seis soldados rasos, integrantes del escuadrón de guardia del joven capitán, estaban más preocupados de la cura que del mal. Y en la convalecencia se acordó que nadie hablaría jamás de ese tema. Don Toño transmitió un poco de su misticismo y enseñanza al joven, el cual a su corta edad ya gozaba del respeto y admiración de su escuadrón, por ser "de buena madera y con carácter de mando". Le explicó, entre otras cosas, que tuvieron que subir el nivel de "toxicidad" de su organismo junto con los anticuerpos de las enzimas de sangre de conejo para contrarrestar el veneno de la víbora. De todas formas, de nada le hubieran valido todas sus explicaciones si el joven hubiera muerto. A partir de ese momento, y gracias a ese infortunado accidente, se hicieron buenos amigos, y era por eso que ahora don Toño y su familia gozaban de una protección envidiable para el que más. Cualquier otro que se le ocurriera la brillante idea de hacer lo mismo que don Toño, intercambiar marihuana con alguien, con algún extranjero que llegara "por casualidad" de la ciudad, se daría cuenta que era un error muy costoso y a veces irreparable, ya que inmediatamente cualquier intento de trueque concluiría devastadoramente en severos actos de represalia por parte de la pesada maquinaria del ejército. A nadie le atraía la idea de que los soldados que vigilaban la zona, "los guachos", los investigaran, los arrestaran o incluso los desaparecieran con todo y familia por el simple hecho de entablar una conversación o dar alguna referencia a forasteros en la carretera. Las supersticiones de la gente hacia don Toño, el miedo de hablar con extraños y la "protección" del ejército hacían de Santa Julia de las Manzanas el eslabón más seguro de la organización.

Don Toño recibió a Miguel y Carlos en la amplia sala de la casa, mientras miraba un partido de fútbol en una pequeña televisión. La luz del mediodía arremetía con fuerza en las losas del patio, y cuando al fin se acostumbraron a la penumbra del lugar distinguieron al hombre fumando su pipa sin despegar los ojos del partido. Con un ademán les pidió que se acercaran, se levantó de su asiento, prendió a Carlos por los hombros y lo atrajo hacia sí con ambas manos. Lo sujetó con una firmeza impropia de un anciano para luego soplarle en plena cara una bocanada de humo espeso mientras lo sacudía hacia atrás. Después miró detenidamente los rasgos faciales del sorprendido joven y las formas fantasmales del humo, y observó intensamente dentro de sus ojos hasta hacerlo sentir vergüenza.

—Tu alma es pura y llena de ilusiones muchacho —sentenció gravemente el viejo.—Tienes una mirada de respeto pero sin servilismo; tu aura me dice que eres bueno para este negocio.

Luego, don Toño fue a sentarse solemnemente en su sillón de madera tapizado de cuero, a un lado de una mesita con un teléfono. Carlos pensó que una simple llamada bastaba para hacer de cualquiera un adivino. El viejo se veía amable, pero a la vez lo sintió falso. Dando otra chupada a la pipa, don Toño le pidió a Miguel que se arrodillara frente a él. Este lo complació como para seguirle el juego, y con una sonrisa de lado se arrodilló como caballero medieval, tocando sólo una rodilla en el suelo y con ambas manos tomadas sobre el muslo. El viejo brujo repitió la operación del humo en Miguel y al retirar al joven hacia atrás, Carlos pudo ver su perfil hecho de humo.

—¡Cabrón! Sigues jugando con fuego; ese polvo es mal consejero —lo reprendió. —¡Te hará dudar de ti y de la gente que te aprecia! Te hará ver demonios, porque tú mismo serás uno.

—Y seguro que con la 'mota' voy a ver angelitos, ¿no? —contestó Miguel burlonamente, al tiempo que se ponía de pie.

—La yerbita lo único que hace es quitarte vendas muchacho, abrirte los ojos —dijo el viejo observando su pipa. —Pero bueno... vamos a hacer numeritos pa' ver cómo están las cuentas, y en la tardecita nos vamos a echar unos conejos y un 'tecito'.

—¿Vamos a tomar 'té'? —preguntó Miguel viendo divertido a Carlos —*¡Ooh boy!*

Carlos no pudo más que sorprenderse con el extraño diálogo que se inició a continuación. Mientras se sentaban a la mesa, una mujer de anchas caderas fue a dejarles una jarra de agua de limón y algunos vasos. Y fue entonces cuando don Toño y Miguel iniciaron una fiera subasta de compra y venta de mercancías que sólo existían en unas hojas de papel. Al principio, susurraban casi, pero en un momento estaban interrumpiéndose uno al otro con órdenes y pedidos que databan de meses atrás. Hablaban sin sentido y parecía que querían golpearse. Permanecieron discutiendo sobre marcas y medicinas la mayor parte de la tarde, y se acribillaron con pregunta tras pregunta; era agotador el simple hecho de verlos. Miguel entregó al final la lista de mercancías que habían traído en el camión y dos grandes maletas llena de medicinas, incluyendo la famosa "uña de gato", además de cantidades industriales de aspirina y revistas pornográficas. Y a su vez, don Toño entregó otra lista de nuevos requerimientos: más provisiones, muchas más medicinas, incluyendo algunas de uso veterinario, televisiones, antenas parabólicas y alimentos. Todo a cambio de quinientos ladrillos de marihuana de la sierra de Durango, la "colita de borrego" de excelente calidad, que ya estaba siendo cargada en el camión en ese preciso momento.

—Necesito que vengas más veces al mes, Miguelito —amenazó don Toño, dándole unas palmadas en el rostro.

—Pues ese es el plan, ¿para qué cree que viene conmigo el buen Charlie?

Para entonces Carlos, fastidiado ya, trataba de escapar de esa pesadez. Observaba por la ventana el movimiento de las mujeres en el patio; algunas lavaban ropa, mientras otras cargaban canastos de un lado a otro con chiquillos colgados de sus faldas. Algunas muchachas barrían y regaban el patio, pero no se veía la presencia de ningún hombre Ahí en el patio conoció a las "Tres Marías". Después supo que las tres ancianas eran hermanas y las primeras esposas de don Toño, y a esa edad era imposible tratar de predecir quién era la mayor. Todo el día andaban juntas y eran como un solo ser, y se complementaban unas a otras en la distribución de los quehaceres y las diligencias de la casa. Mandonas y respondonas, se llevaban el día en lamentaciones, en una competencia interminable de dolencias, chismes, díceres y disgustos. Madres y abuelas de más de treinta Antonios, Marías, Lupitas y Rositas, estaban involucradas en todas las actividades de la casa. Organizaban desde temprano la preparación de los alimentos, el cuidado de los niños y de los animales. Además, eran las únicas a quienes se les permitía tomar licor, "por aquello de las dolencias". Acostumbraban tomar una copita al medio día "pa' la salud", a media tarde "pa' la felicidad", y en la noche "pa' lo que pudiera pasar".

"Mamá Grande" era la cuarta esposa, y su nombre lo llevaba a la perfección, ya que era la más abundante, la más prolífica y la que más descendencia le había dado al viejo garañón; al menos hasta ese momento, ella ostentaba el récord oficial. Su curvatura voluptuosa y colosal, sus grandes y maravillosos brazos acostumbrados al trabajo y sus anchas caderas piramidales a punto de reventar su negro faldón, hacían que su mote fuera ideal. Reservada, incansable y excelente cocinera, memorable por sus habilidades "culinarias", y especialista en interpretar y anticiparse a cualquier antojo de su marido, era la mujer puente, contacto entre las Tres Marías y las demás esposas, y salvoconducto entre las vecinas del lugar y el brujo, especialmente cuando le consultaban por problemas de "mujeres" y, más que todo, también para evitar que don Toño se las montara en alguna de sus "curaciones".

A pesar de todos y de él mismo, don Toño había contraído nupcias "ante la ley de Dios" en tres ocasiones más: Con Unción Betsabet, una frondosa y sensual viuda que no tuvo hijos, la más exigente y "sofisticada" de todas, experta en el arte de exasperar a su marido con sus indirectas. Era la única que alguna vez había vivido y trabajado de 'doméstica' en una ciudad, lo que hacía de ella una mujer exuberante y toda una autoridad en materia de moda, conducta y modales. "Cuando yo vivía en la casa de los Rojis-Verdiz... las cosas se hacían así o así..." —se le oía decir por todos lados. Con sus redondos senos de durazno y sus briosas nalgas de yegua, Unción alborotaba a los hijos de don Toño, a los propios y a los ajenos. Sus tentadores baños de media tarde, preparados con la anticipación de la farándula, a puerta abierta y de pie en una tinaja de madera, hacían brotar vaporosas visiones producidas por el contacto del agua fría en su cuerpo. Los que no alcanzaban ventana osaban treparse en las tapias, en la tejas de barro y hasta en las ramas de los antiguos robles. Virtuosa de su representación teatral y consciente de su público como las grandes, nunca defraudó a su concurrencia. Acariciaba y mimaba su piel sedosa como chocolate empezando por el cuello, pasando por sus abombados pechos, sin descuidar sus botones afresados, azules como moras, y terminando en sus delicados tobillos, sin relegar, por supuesto, la redondez de sus rebotantes glúteos cubanos y sus magníficos muslos de bachata, los cuales habían sido la causa de que su primer marido sucumbiera a manos de su anterior patrón. Recorría su piel una y otra vez con languidez erótica, rozándola con agua de flores que, juraban, se evaporaba al contacto de la misma. Las sugestivas caminatas de triunfo al final de la variedad, envuelta en sus túnicas translúcidas de humedad y el apasionado contoneo de sus puntiagudos senos y de su oscuro triángulo, aseguraban siempre un buen espectáculo. Los concurrentes se desplomaban en racimos, paralizados, fulminados por pensamientos hirvientes y arrebatados. Las incendiarias ideas de Unción y su declarado odio hacia las "tres brujas", la hacían diferente en carácter a las demás, pero muchos decían que se parecía a Mamá Grande en su juventud.

Después seguía Rebeca, mujer dejada y con una hija retrasada (la única que no era de don Toño), amargada y paria. Lejos de sentirse aceptada por el clan, se retraía a su puesto de venta de duraznos a la orilla de la carretera, de los cuales no vendía ni uno, pero que le servía para "añorar" el regreso del ingrato ser, y no se le veía en todo el día.

Y, por último, estaba Damiana, una asustadiza y analfabeta muchacha de tan sólo quince años, que su mismo padre había ido a entregar a don Toño "antes que se echara a perder". Escurrida de caderas como tabla y pegada a Unción, a la que veía más como una madre sustituta que como una de las esposas, se pasaba el día acicalando y admirando el 'glamour' de aquella, y era la encargada de preparar y anunciar a vista de todos el agua con pétalos de flores para la próxima función.

Después de que hubieron revisado varias veces la nueva lista de requisiciones, asegurándose de que no se les olvidaba nada, don Toño tomó su morral y sus huaraches, y anunció a Miguel y Carlos que irían a tomar el "té" a la cabañita del cerro. Tras salir de la casa y espantar a los perros, subieron a su desvencijada camioneta que apenas caminaba, maniobraron por un caminito de tierra detrás de las huertas de la casa, y después de algunos quince minutos de subir por un tortuoso sendero lleno de piedras, bordearon la ladera del cerro. Elevándose cada vez más sobre el horizonte entraron en un extenso cañón que partía dramáticamente la integridad de la montaña. Desde que bajaron de la vieja camioneta, habían notado que algunas muchachas y niñas aún estaban barriendo y regando el lugar, habían colocado también varios cántaros de barro con agua e iniciado el fuego de un anafre. Don Toño las despachó a todas con la mirada después que encendieron la iluminación de los quinqués. Ahí, en medio de esa enorme rajada, se engalanaba un pomposo sembradío de marihuana, que al parecer tenía voluntad propia. Las matas, altas como personas, se encontraban bien cuidadas y arregladas, y respondían a las caricias del viejo. Se mecían y se acercaban a este agradeciendo su presencia, y se balanceaban hacia los lados como invitándolo a pasar. En el centro se erguía una pequeña cabaña sin paredes, con piso de madera y techo cónico de teja. A la sombra de aquel cañón y en medio de las matas, el barro y la madera se antojaban frescos y a gusto. Había una pequeña mesa, algunas sillas viejas, el fogón y varias cobijas. Miguel estaba fascinado con todo eso y el efecto que causaba en Carlos, y no paraba de sonreír y frotarse las manos de gusto.

Don Toño esperó a que las muchachas se fueran para verter un poco de agua en una gastada taza de peltre que colocó a la lumbre del fogón. Luego, de su morral extrajo una raíz sucia y seca; parecía una papa podrida del tamaño de una pelota de golf, y con el filo de su machete segó algunos trozos que puso dentro del tiznado recipiente. Después de que el agua hirvió por algunos instantes, don Toño retiró la taza de la lumbre con mucho cuidado, y la dejó reposar en medio de la mesa, ante la mirada de curiosidad de los jóvenes. Enseguida volvió a buscar dentro de su morral, y esta vez extrajo un pequeño conejo gris muerto que él mismo había atrapado en una de las muchas trampas que ponía cada mañana. Tranquilamente comenzó a quitarle el sangoliento pellejo, dejando al escueto animal desvestido, con los ojos desorbitados mirando hacia el cielo.

—¿Sabían ustedes que la carne de conejo tiene poderes mágicos? —preguntó el viejo a los jóvenes, mirándolos a los ojos, como cuando se les cuenta una historia de terror a los niños. —Sí muchachos, la carne de conejo es poder —decía mientras abría y atravesaba la rosada carne del animal con algunas espinas de maguey. —Platícame de tu padre

Carlitos —lo sorprendió el viejo mientras acomodaba el conejo en las brasas.

Carlos comenzó su clásica mentira de que su padre fue un teniente del *Army* en los Estados Unidos, que había muerto en alguna parte del mundo, que no se sabía nada de él desde hacía muchos años y que el gobierno de ese país le debía una explicación... él mismo comenzaba a creerse esa mentira, de tantas veces que la contaba y de lo bien que la explicaba. Sin embargo, parecía que en esta ocasión no había surtido efecto, ya que don Toño tenía la expresión de que no le creía nada, y Miguel, que ni siquiera le había puesto atención, miraba el sembradío y los alrededores.

Cuando el viejo notó que la bebida ya no estaba tan caliente, la envolvió en un pañuelo con cuidado y con ambas manos la levantó, pronunció algunas frases en quién sabe qué idioma y dio el primer sorbo de la taza, el cual inmediatamente escupió hacia un lado. Miguel fue el segundo en sorber la taza. Después de hacerse la señal de la cruz, se dirigió a Carlos y le recalcó que lo que estaban a punto de probar era "la niña", una especie de peyote, la raíz psicotrópica más potente que se puede encontrar en México, y que era muy importante no ingerirla, ya que era tan tóxica como venenosa. A esa extraña raíz se le atribuían poderes espirituales y ocultos por todo el mundo, y muy pocas personas en todo el país eran capaces de identificarla y prepararla, entre ellas don Toño. También le explicó (en las mismas palabras de don Toño), que no cualquiera debería de probarla, y que la primera vez era la más importante, ya que ahí se manifestaría si estabas listo para ella y si serías iluminado por los espíritus y los animales del poder. La primera vez podría ser la experiencia más reveladora de tu vida, o por el contrario, pudiera ser la peor pesadilla de tu existencia, marcándote incluso de por vida. Carlos conocía sobre la raíz; había leído algunos temas que hablaban de cultos de iniciación y rituales. Se decía que con la ayuda de esta y la de algún guía (cualquiera que fuese), uno era capaz de viajar a lugares remotos, ir al pasado, platicar con seres de otras dimensiones y tener una visión del futuro.

—Órale mi Charlie, si los *Beatles* andaban en Oaxaca buscando esta chingadera... hasta nosotros podemos estar en la categoría de dioses por un ratito... —dijo Miguel brindando con la bebida.

Luego de ver a Miguel escupir el líquido, Carlos tomó la despostillada taza y observó su contenido. El olor sulfuroso era penetrante, pero el sabor fue peor... el poco líquido que entró en su boca transformó su interior en cartón seco y arrugado. El sabor amargo pronto fue superado por una náusea insoportable, la nariz le quemaba, los ojos se le inyectaron de sangre y un río de lágrimas brotó sin cesar. En un reflejo involuntario se tiró al suelo de rodillas y vomitó. Un poco más repuesto, volvió a arrastrarse a la silla. Lo único que podía experimentar era un asco intenso y el rechazo de su organismo hacia la sustancia. Por alguna extraña razón pensó en los *Beatles*, y en que para ser su primer ensayo con esa poderosa "cochinada", la única revelación que le llegaba del más allá era que el viejo brujo tenía un grotesco parecido con John Lennon. Don Toño le dio de beber agua de un jarro y le colocó un pañuelo húmedo en la frente, le pidió que se sentara quieto y que no hablara. Después le entregó un pedazo de carne chamuscada, la cual no pudo paladear muy bien por el estado acartonado de su boca y la lengua adormecida. Se la comió por puro instinto; la carne de conejo y tomar bastante agua neutralizaron un poco el asco y le dieron una sensación de realidad. Poco a poco su cuerpo fue acostumbrándose a ver todo como en una película doble, en la que él era otra persona, y en la que los otros dos protagonistas tampoco hablaban, sólo se miraban fijamente ante el asombro de haberse puesto borrachos en tan sólo dos segundos. Poco a poco el silencio fue superado por el movimiento rítmico de las llamitas de los quinqués, que proyectaban espectrales figuras sobre el techo de la cabaña y sobre las enormes matas del exterior, que seguían buscando el roce del brujo. Seguían inclinándose, tratando de entrar a la cabaña. De pronto, las sombras comenzaron a bailar en círculos pequeños y hablaban en secreto entre ellas, estaban señalándolo y como que iniciaban una confabulación. Las órbitas eran cada vez más grandes y ahora se burlaban ya directamente de su existencia y de sus mentiras, y aunque el viejo le pidió que no hiciera caso a nada de lo que viera y que estuviera atento, no podía dejar de mirarlas. Se dio cuenta que realmente no eran sombras; eran cuatro niñas de grandes trenzas y moños de colores, vestidas de blanco y verde, con amplios faldones, y que tomadas de las manos bailaban con los pies descalzos y cantaban alrededor de él, una canción de cuna de su infancia: "Una mexicana que fruta vendía... ciruelas... chabacanos... melón y sandía..." Reían y cantaban, cantaban y reían cada vez más de prisa, vertiginosamente. No podía seguirlas por la rapidez con la que giraban. De repente, una de ellas lo tomó por el rostro con ambas manos y le preguntó: "¿Dime muchacho, tu madre Carmen sigue igual de gorda?" Las niñas entonces corrieron en cuatro direcciones diferentes, desapareciendo en el verde del sembradío. Carlos decidió ir tras ellas, se levantó y corrió hacia el camino oscuro. Entretanto, Miguel blandía ferozmente un sable imaginario, peleaba y maldecía a diestra y siniestra, mientras don Toño fumaba tranquilamente su pipa recargado en el respaldo de la silla. Carlos corrió por el sembradío, podía oírlas si aguzaba el oído, podía escuchar a esas niñas chismorrear y reír, y cuando estaba a punto de atrapar a alguna de ellas, desaparecía. Luego de andar corriendo y brincando entre las matas por un tiempo y progresivamente dejar el sembradío atrás, alcanzó a dos de ellas en el camino; paseaban y cantaban tranquilamente tomadas de la mano. Giró a una de ellas bruscamente; estaba molesto por la manera en que hablaban en secreto y se mofaban de él, y más porque conocían a su obesa madre, y tal vez también sabían de su vida y de sus mentiras; eso lo enfureció. Cuando encaró fijamente a la malcriada chiquilla, descubrió para su sorpresa que no era una niña... debajo de esa pañoleta estaba... ¿Isabel? Su amada *sirena* de alguna manera estaba ahí. Todo estaba clarísimo. ¡Todo concordaba y era posible!

Isabel, más atrevida que nunca, se sacudió la sorpresa inicial halagando coquetamente sus botas, lo que lo puso feliz, ya que desde la mansión americana de enormes columnas, se había quedado con la duda si ella las aprobaría. Carlos no hizo otra cosa que tomarla entre sus brazos y robarle ese beso que ya se había prometido en su mente tantas veces, y fue correspondido inmediatamente. El aroma era fresco, como a limón y el sabor a durazno saturó su imaginación. *"¡Ooh boy!"*, pensó incrédulo, y tomándola de la mano corrieron hasta un paredón oscuro que delimitaba una propiedad y se besaron apasionadamente, cubriéndose con las sombras. Isabel le apretujaba el cuerpo provocativamente y él, entre cada beso, no paraba de decirle que desde el primer instante en que la miró entre toda esa gente había quedado prendido de su elegancia y belleza, y le pidió una oportunidad para demostrarle que llegaría a ser un gran señor digno de su amor... y que por vez primera estaba experimentando lo que era el 'amor a primera vista'. Isabel lo tomó de la mano y resuelta lo condujo a escondidas a través de un laberinto de árboles. Siguieron la línea del paredón y llegaron hasta una pequeña puerta de madera deteriorada, casi imperceptible. La cruzaron y llegaron a un patio por entre los pilares y flores. De ahí llegaron hasta una habitación en el fondo, pero, por la forma en que llegaron, retrocediendo y avanzando, siempre a la expectativa, se podía deducir que Isabel conocía el lugar a la perfección; tal vez la acomodada familia de Isabel era también la dueña de ese pueblo. Al final de la correría entraron salvados a la penumbra de una habitación. Sus corazones al vuelo palpitaban tan fuerte que se podían oír, pero ya reconfortados en la seguridad de la puerta atrancada, se hundieron en una maraña de roces y caricias. Recargados contra la puerta unieron sus bocas con rabia mientras que sus manos indagaban por entre los pliegues de las ropas, buscando el contacto de la carne anhelante, y sin dejar de besarse se arañaron las prendas en desesperación, y así nomás, buscaron a tumbos la blandura del lecho, y se arrojaron resueltos. Las ropas se entrelazaban en sus piernas mientras ellos se cubrían de besos atrevidos y de caricias tajantes, invadiendo delicadamente la exquisitez y dulzura de sus formas, tratando frenéticos de abarcarse en su totalidad. Sin darse tregua chupaban, mordían y se llenaban del sabor almendrado de sus cuerpos en una persecución arrebatada de placer, hasta que luego, ya decididos, se adentraron en la profundidad oscura del torrente amoroso. Sus alientos se derritieron al instante en una fusión salada y a chorros se consumieron ambos sin remedio, jurándose amor para siempre... "pasara lo que pasara". Durante toda la noche siguieron demostrándose este amor exagerado, ultrajándose y desgarrándose mutuamente, compenetrándose mágicamente dentro de sus vientres y llegando al clímax ruidosamente entre jadeos y promesas. Casi a la medianoche, y después de no pocas descargas eléctricas de felicidad, Carlos volvía a caer en el abismo de la inconsciencia, completamente enamorado y feliz, se durmió profundamente.

Al día siguiente, Carlos despertó para darse cuenta que estaba desnudo, tendido en la cama con... ¡Unción!, la quinta esposa de don Toño, la cual, desnuda también acariciaba rozando apenas su rostro con delicadeza. Damiana contemplaba la escena desde la cama contigua, sentada en la orilla de la misma. Mecía las piernas mientras comía una enorme galleta de nata; una sonrisa iluminaba su mirada y sólo Dios sabe cuánto tiempo llevaba observándolos. Por su cama en orden se podía decir que no durmió ahí, pero no se podía saber.

*"¡Ooh boy!"*, pensó Carlos de nuevo, razonando el calibre de la fechoría que acababa de perpetrar. La incertidumbre de no saber si los muchos habitantes de la casa se habían enterado del incidente comenzó a martirizarlo. Agarró un sarape de la traqueteada cabecera para cubrirse y se deslizó aprensivamente del abrazo de Unción en busca de su ropa, la cual encontró colgada y en orden en una silla, mientras Unción lo miraba en silencio. Se vistió urgido a la vista de las damas y antes de colocarse la segunda bota entreabrió la puerta, sólo para descubrir el patio lleno de mujeres, niños, perros y gallinas.

—¿Y qué? ¿Qué no se van a 'juir' juntos? —se burló Damiana. —Si ayer estaban reque-te-enamorados... y hasta iban a poner casa sabe dónde... bien que cerraron la puerta... pero yo tengo mi llave...

Carlos la contempló un instante y se preparó a salir, volvió a pasar la vista por última vez sobre Unción, que sin pena exhibía su sexo ruborizado, y buscaba sus ojos con una de esas miradas que se antoja de obscenidad y como a punto de reprochar algo. Antes que la seductora morena pudiera decir nada, se escabulló de aquella alcoba de lujuria cerrando la puerta tras de sí. Caminó dudoso hacia el centro del patio, en donde el sol descubría su culpabilidad ante todos; era más de medio día. Damiana ladina, esperó a que este llegara hasta la pila de agua, para gritarle ahí mismo, enfrente de todos, que don Toño lo estaba esperando para comer... en cuanto se levantara... en la sala de cuero... y que nomás iba a despertar a Unción... pa' luego ir también. Las muchachas del patio lo miraban a hurtadillas y soltaban risas nerviosas.

Carlos entró abatido de vergüenza a la sala; el aroma a sexo emanaba de su mente y transparentaba su pecado. Don Toño fumaba su pipa tranquilamente y algo platicaba, usaba sus lentes de John Lennon, mientras Miguel, bañado y fresco lo escuchaba en silencio. De alguna manera, Carlos quería tragarse la idea de que tal vez nadie se percató del maratónico episodio amatorio con Unción. La duda era más mortificante que la verdad y si, por el contrario, ya todos estaban al tanto y la honra del anciano había sido lesionada, lo que era de esperarse sería lo peor; el abuelo cargaba su machete en todo momento. Dentro de la sala, don Toño platicaba una historia filosófica e ilustrativa: se trataba de un alacrán que vivía dentro de un viejo zapato, y por miedo al ponzoñoso insecto un pequeño niño le imploraba que se saliera del mismo, ya que estos eran de su difunto padre y quería calárselos para cuando fuera un hombre. El alacrán le contestaba a la vez que no tuviera temor, que él le prometía que no le haría daño. Después de haber obtenido la promesa varias veces, el niño metió tímidamente el pie en el botín, para ser picado inmediatamente por el alacrán. El niño, llorando y a punto de morir, le preguntó al traicionero insecto el porqué del ataque, cuando le había prometido no hacerlo. El alacrán le contestó entonces que era su naturaleza; su naturaleza era picar y no podía hacer nada en contra de su propia naturaleza.... Miguel escuchaba la historia con los ojos perdidos en el infinito y asentía con la cabeza en silencio. Al ver a Carlos, el viejo se puso de pie y lo abrazó, mostrando una sonrisa carente de dientes, y le pidió que platicara lo que había avistado en su primera "esperencia" con la infame raíz. Carlos sólo pudo decir lo primero que se le vino a la mente.

—Vi a los *Beatles* —le contestó nervioso, sin saber qué más decir. Ignoraba en ese momento la magnitud del favor que acababa de efectuar, y don Toño lo agradecía providencialmente. En los últimos meses, bastantes para ser exactos, Unción había andado por los rincones de un insoportable subido, exigente como nadie, quejumbrosa e inaguantable; era obvio que le hacía falta 'hombre'. Todas las mujeres de la casa lo sabían, y como siempre don Toño había proporcionado la solución de una forma inusitada. Don Toño estaba de muy buen talante y dispuso todo para que los muchachos partieran inmediatamente, abrazó de muy buena gana a Carlos en varias ocasiones y regañó a Miguel advirtiéndole: —Ten cuidado muchacho, recuerda que el que demonios ve... demonio es. "No quiero ni pensar lo que significarían esas niñas", pensó Carlos.

Los quinientos ladrillos estaban ya acomodados en el fondo del camión, sobrepuestos con sacos de cal que los vecinos del lugar extraían de la montaña. Estos costales son muy pesados y se revientan fácilmente si no son manipulados con mucho cuidado, creando una nube de polvo irritante a cualquiera que quiera descargarlos o mirar qué hay debajo de ellos. Los jóvenes enfilaron rumbo a la carretera; ninguna mujer fue a despedirlos. Miguel manejó el camión con gravedad y en silencio, lejos del puente de madera, del eco de la montaña, lejos del camino de tierra, lejos del puesto de duraznos de Rebeca y lejos del embrujo de aquel lugar sin sonido, como si lo que dijeran pudiera llegar a los oídos del brujo aquel. Después de una hora de mutismo, Carlos se aventuró a hablar primero. Le preguntó a Miguel sobre su experiencia con el peyote, y a su vez este le contestó que había sido algo horrible: había visto demonios descarnados tratando de arrancar su corazón agusanado, y lo peor fue que estuvo a punto de degollar a don Toño con su propio machete, a no ser de los excelentes reflejos de aquel. Para él, esa era la última vez que probaba esa "porquería".

—Pues yo vi a los *Beatles* —contestó Carlos dudoso, reafirmando su versión anterior, sin permitir que se sospechara siquiera que realmente había amado a Unción pensando que era Isabel.

—Sí... ya supe, *'All we need is love'*, ¿no? Todo el pueblo supo de lo 'amoroso' que andabas ayer— rio Miguel. —¡Qué bárbaro! Lo bueno es que eres de buena sangre y agradaste bien al viejo chamuco; te va a ir mejor la próxima vez que vengas. Y así, los dos ya más tranquilos, comenzaron a platicar mientras manejaban hacia el ocaso.

Por la importancia de la carga que transportaban, era muy peligroso que pararan a dormir en cualquier parte. Lo más prudente era que manejaran toda la noche, así evitarían el tráfico y podrían hacer un 'madruguete' en el punto de revisión carretero, que es cuando menos viajeros curiosos hay, entre las cuatro y las cinco de la mañana. Además, los jóvenes estaban alertas y deseosos de conocerse. Confiados y seguros platicaron todo el trayecto, hubo incluso algunas confidencias. Miguel por ejemplo, reveló que la primera y única vez que Filiberto estuvo frente a don Toño, a este le desagradó tanto que prohibió que volviera a venir a Durango. Don Toño, que de todo hacía una enseñanza y "tooooodo" tenía su porqué y su razón de ser, había visto como un signo de mala suerte el que Filiberto hubiera quebrado una taza de barro en su primera visita a Santa Julia, por lo que no permitió que regresara jamás, aludiendo que su carácter mezquino e inconforme echaría todo a perder. También hizo notar que era muy raro que don Toño invitara a alguien a tomar el famoso "té", y más a alguien que acababa de conocer. De hecho, a pesar de que él tenía mucho tiempo tratando al viejo hechicero, esta era la segunda vez que probaba la raíz, con idénticos resultados que la vez primera. —A todos les echa el humo... pero no a todos los invita al té.

Por su parte, Carlos platicó de su infancia. Confesó que nunca conoció a su padre y que sus apellidos eran realmente inventos de su madre. Le reveló cómo había nacido en los Estados Unidos y que su madre era de alguna parte de Durango. También le aseguró que estaba decidido a "ser alguien" en este negocio, pero no le confesó sus verdaderos motivos.

Llegaron de nuevo al puesto de revisión carretero de Chihuahua como a las cuatro de la mañana. Estacionaron el camión a un lado de la carretera y fueron a buscar al agente de los *Ray-Ban*, que a esa hora no los usaba. Miguel presentó a Carlos ante el "Capi" Valenzuela, agente comisionado por la Procuraduría a ese puesto de revisión, y le entregaron un grueso sobre con dinero, que seguramente él debería de repartir entre los suyos. Miguel anunció que pronto Carlos pasaría por ahí solo. Los dos intercambiaron saludos respetuosamente. Arribaron a Ciudad Juárez con el sol amaneciendo y desviaron rumbo al puente de Zaragoza, en la zona este de la ciudad. Por el entronque de Satélite llegaron a una propiedad que abarcaba toda una cuadra, ubicada en medio de bodegas y almacenes con altas paredes y movimiento de camiones de carga. Abrieron el portón metálico corredizo, y entraron en un gran estacionamiento industrial con plataformas de descarga y bodegas de almacenaje. Ahí había otros dos camiones idénticos al que llevaban, tres camionetas panel cerradas y la Ford Bronco de Miguel. El lugar estaba desierto a excepción del adormilado velador. En el segundo piso, encima de las bodegas, se podían apreciar las ventanas de varias oficinas y en la puerta se leía: «MATERIALES DE CONSTRUCCIÓN PRYSSA». Subieron al segundo piso y entraron a una de las oficinas, acondicionada con una sala de estar, tres oficinas convertidas a recámaras, guardarropa y cocineta, Miguel hizo algunas llamadas y luego procedieron a dormir en las habitaciones. En la tarde, Filiberto llegó en su enorme automóvil Grand Marquis de lujo. Los tres jóvenes comenzaron a retirar cuidadosamente los sacos de cal, y guardaron los ladrillos en la bodega. Cada ladrillo estaba numerado y estampado con un pequeño alacrán; los hijos de don Toño eran todos unos profesionales. Esa misma tarde Miguel recibiría una llamada: había problemas; el comprador de Chicago estaba en apuros.

# Los cárteles de la droga

EN MÉXICO NO EXISTE UNA CLASIFICACIÓN "FORMAL" para los cárteles de la droga, y tratar de enumerarlos sería una tarea imposible. Estas organizaciones, que pululan por todos los rincones del país, existen, se desarrollan y desaparecen como las modas, a veces a cuentagotas y a veces a marejadas; a veces como algo vergonzoso que no debe ni mencionarse y a veces como todo un evento digno de glorificar. Estas amibas emergen, viven y mueren activamente bajo sus propias condiciones, influyen el medio ambiente y son influidas a la vez, creando entes mutantes que perciben al mundo sin la conciencia del efecto que causan sobre él, en una rica diversidad de grupos, especies y subespecies. Las diferentes formas y tamaños que adoptan traspasan fronteras internas como la moral y la ética, y externas como la sociedad. Tratar de explicar el crimen organizado en México es como tratar de categorizar o diseccionar las olas del mar y todo el ecosistema que ellas contienen, y todo esto sin meter un pie en el agua.

Las románticas interpretaciones que Hollywood hace sobre la Mafia -estas venerables y consideradas "familias" italianas que se respetan sus límites y hasta se concesionan su gracia divina, en la que todos operan con la bendición de los demás, exhibiendo dichosos filas de fieles soldados capitaneados por gordos 'caporegimes' capaces de dar porcentajes de su vida por el bien de la banda y al mandato de sus consejeros de guerra, los infalibles *consiglieres*, que a su vez viven y mueren por su "padrino", el "Don", un personaje cálido y bonachón, incluso hasta anónimo, pero capaz de cegar miles de vidas con sólo levantar uno de sus magnánimos dedos- estas hermandades ficticias, con sus tradicionales jerarquías que vemos en el cine, es lo más alejado que hay sobre las verdaderas mafias mexicanas. La 'Omerta', la legendaria ley siciliana del silencio, el mutis ante las autoridades y los enemigos para la protección de la "familia" en México, es sencillamente inexistente. Ahí se aplica la "Ley de Herodes": "o te chingas... o te jodes". En este país, hablar de un "padrino", de *gángsters*, de leales e invaluables capos elegantemente vestidos tomando *espressos* en las plazuelas, ansiosos de servir a la organización como abejitas listas a morir por la colmena, es un disparate. La única "Cosa Nostra" en México es que arriba de los "chingones" siempre estarán "los más chingones", y si seguimos husmeando, pudiera darse el caso en que llegáramos al "mero chingón", claro que a sabiendas de atenernos a las consecuencias. Andar de metiche en este país, siempre ha sido muy malo para la salud, se dice por ahí. En una cadena alimenticia donde "el barco chiquito no sale de la bahía", pero también donde "el buen tiempo hace a cualquiera marinero", no es conveniente mirar muy de cerca ninguno de los eslabones. El riesgo es latente, pero también la oportunidad y la recompensa. Y mientras México sea México y los gringos sigan de "mariguanos", siempre se darán las condiciones ideales de mercado para esta actividad.

Existen las partes que conforman un todo, por ejemplo, los intermediarios, los que sólo siembran, los que sólo transportan, los que sólo cruzan, los que sólo distribuyen y por último, los que sólo consumen. En cierta forma, todos en México están (o estamos) involucrados, hemos estado o vamos a estar, todos conocemos, conocimos o vamos a conocer a alguien que de una u otra manera está conectado con alguna de las partes de esta ecuación. El narcotráfico es parte integral de nuestra cultura como "mexicanos de a deveras"; hasta gusto nos da ver cómo la gente sale de la "jodidez" por méritos propios. Nos apasiona ver cómo estos 'Robin Hood' mexicanos inyectan divisas dadivosamente a la comunidad, reactivan economías muertas y hasta resucitan pueblos enteros que se mantienen gracias a su productividad y su generosidad. Y si a esto le añadimos la mezcolanza de otras actividades igual de indebidas, como el tráfico de armas, el cultivo y tráfico de la amapola, la coca, el secuestro y la extorsión, el resultado es tan variado como un cultivo de bacterias, las cuales coexisten, a veces por beneficio, a veces porque "no hay de otra", pero donde también se atacan y se canibalizan por necesidad o por necedad. Hay organizaciones tan pequeñas que están formadas por tan sólo un hombre, para luego seguir por las conformadas por familias, por empresas, por pueblos, hasta llegar a los imponentes "cárteles", algunos tan poderosos que involucran no sólo al gobierno de México, sino también al de los Estados Unidos.

La organización del joven Miguel estaba creciendo rápidamente, lo cual era peligroso. Sin embargo, estaba a diez años de convertirse en lo que llegaría a ser el famoso "Cártel de los Alacranes", abarcando Durango, Sinaloa, Jalisco y Michoacán. Por ahora, en la que Carlos apenas era un novillo, se consideraba una "célula", pequeña e insignificante para los grandes, los cuales transportaban de "tonaca pa'rriba" y en avionetas que, según todos, levantan en doscientos o trescientos metros, con escoltas, pistas de aterrizaje clandestinas, túneles a través de las fronteras -como Agua Prieta, Nogales y Tijuana-, millonarios sobornos y hasta submarinos, como los famosos hermanos Hampton, que cruzaron tonelada tras tonelada desde las costas de Matamoros hasta Galveston por debajo de las aguas del Golfo de México. La pequeña operación hormiga de Miguel, transportando por carretera y cruzando por el río sin "chalanes" ni ayudantes, era vista con indiferencia por los demás. Mientras no "hicieran muchas olas", la pequeña, segura y lucrativa celulita podría seguir haciendo su lucha, y precisamente ese era el plan de los integrantes de la misma. El éxito de la organización de Miguel se debía en gran parte a la lealtad, que es muy difícil de obtener en esta actividad, y a la filosofía del señor Pedro de tener los menos integrantes involucrados posibles, mantener el secreto a toda costa, no combinar esta actividad con ninguna otra y, sobre todo, no hacer "pendejadas".

"El que no tiene y llega a tener... loco se quiere volver", es una máxima muy sabida en este ámbito. Ya que está comprobado que cuando a algún pelagatos le llega a salir bien un "jale", cualquiera que este sea -cultivo, transporte, cruce, entrega o venta- y se hace de cantidades de dinero jamás concebidas en su mente, o sea que "se ajuarea". Este es el momento en que el ego y la prepotencia pueden más que la inteligencia; este es el fatídico punto en que a "idiotas" como este les da por conseguir armas, excederse en el abuso de drogas, cobrarse viejas rencillas, o tratan de diversificar su *modus operandi* y se meten en actividades que desconocen. El ego es tan fuerte que los impulsa a tratar de hacer otros "jales" que no conocen y para los que no están preparados. Irónicamente, el éxito de una organización es lo que marca su fin, ya que a los participantes, sintiéndose superdotados y omnipotentes, les da por romper otro tipo de reglas, como las de la moral, la lealtad o las del gobierno.

De aquí surge el clásico joven que, después de haber cruzado exitosamente una carga a los Estados Unidos, lo primero que hace es adquirir un arma, la cual no necesita pero que es un *must have*, a lo que le sigue no respetar ningún semáforo en su lujoso convertible del año y estar completamente "trabado" por la droga, para terminar disparando su potente "cuerno de chivo" contra las autoridades, y al final delatar a todos sus compinches. También de aquí emergen los que no pueden guardar el secreto. Son tan exitosos que simplemente no pueden mantener la boca cerrada; una copa les abre el pico y solamente una bala se los cierra. Predican a cualquiera sus heroicas proezas con los obvios resultados. Aquí están los 'narco-juniors', que recién llegados quieren barrer cualquier *discotheque* exhibiendo seda, oro y plomo sin saber que "por muy chingón que sea uno, siempre habrá otro que más lo sea". Los nefastos resultados de estos "despliegues de éxito" son del dominio público. En Sinaloa se hablaba de un dicho: "si andas chueco, lo mejor es ser derecho". Sin embargo -decía el señor Pedro- "hay unos que son tan derechos que se los chingan, por confiados y pendejos…" Los abandonan a la mitad del camino como señuelos, para que les carguen muertitos, como chivos expiatorios de jales "caídos" o para que dé a tiro los agarren las autoridades. Y de aquí también surge la 'ñora' que delata las actividades del marido, "pa' que escarmiente", porque "el muy canalla" en lo que al fin triunfó, lo primero que hizo fue reemplazarla por alguna "piruja". Y ella… pues no le quedó de otra más que denunciarlo y disfrutar del botín junto a uno de los guaruras o guardaespaldas del "ex". Aquí están los policías que se hacen narcotraficantes, los narcotraficantes que se hacen secuestradores y los secuestradores que se hacen policías. Las traiciones, las "bañadas", los secuestros, los soplones, los "pitazos" y los asesinatos son la consecuencia lógica de este descuido, de la ignorancia y de la estupidez de ni siquiera respetar las normas más elementales que hacen que la sociedad funcione.

Las mismas ambiciones y envidias personales obligan al crecimiento de los grupos. El desarrollo de una organización es inevitable, las inconformidades, los compromisos y no se diga la explosión del mercado, porque no hay vendedor donde no hay comprador. Y hablar de los imponentes mega-consorcios, los famosos cárteles que han superado la prueba del tiempo, es hablar de gigantes, cíclopes monstruosos con la vista nublada por la codicia, de príncipes soberbios alimentados por voluntades acostumbradas a la traición y al asesinato, con necesidades aterradoras de protección, de suministro y de contactos. Ya no es una lucha por el poder o el dominio; es una lucha por sobrevivir. El derrumbamiento de estos imperios es palpable y hasta predecible. No obstante, en un país donde "el sol nace para todos", la profecía apocalíptica "detrás de mí vienen mil más", es un atroz recordatorio sobre el futuro de esta actividad. Y es por eso, que lograr y mantener una organización pequeña y cerrada como la de Miguel, era una verdadera "bendición".

# El brinco

**D**ESPUÉS DE TOMAR DATOS EN UNA LIBRETA, Miguel colgó el teléfono, se quedó pensativo varios segundos y luego anunció que tendrían que cruzar esa misma noche. El Diablo ya estaba avisado y los esperaba a las siete y media.

—Ni modo mi Charlie, te va tocar mucho trabajo desde el principio, y como veo las cosas... así va a seguir; hay mucha demanda de esta mierda —dijo Miguel lanzándole un ladrillo.

El aire comenzó a cargarse de energía eléctrica con la exaltación y los nervios. El atardecer era sombrío y callado, como a la expectativa de algo funesto, y ya no se escuchaban más los escapes ruidosos de los camiones en el exterior; la calle estaba desierta. Los tres jóvenes preparaban todo minuciosamente para que el cruce fuera exitoso, trabajaban con seriedad y presteza mientras el ambiente se sentía cada vez más pesado. Dado el momento, Filiberto se fue para llevarle un radio de comunicación al Diablo con la frecuencia ya establecida y de uso comercial, y de ahí se cruzaría a El Paso para esperar la carga.

Bajo las especificaciones de Miguel, se llenaron diez mochilas verdes con cincuenta ladrillos cada una. Esas mochilas de resistente lona se podían comprar en las muchas tiendas de artículos militares ubicadas en las calles del centro de El Paso, eran muy comunes y exactamente iguales a la que Carlos usaba con sus aguacates. El convenio era que nueve de ellas llegarían hasta El Paso y una se quedaría en pago a los servicios del Diablo, en caso de que este aceptara, si no, las diez mochilas serían entregadas en su destino, y el pago se haría en efectivo. Se distribuyeron equitativamente en las dos camionetas cerradas vans que cada uno manejaría.

Los jóvenes estaban listos para las seis de la tarde, y salieron ordenadamente de la bodega conduciendo cada quien uno de los transportes, en una operación cautelosa de carácter casi militar. Había cuatro personas en la silenciosa frecuencia de radio: Miguel, Carlos, Filiberto y el Diablo, aunque en ese momento lo único que se escuchaba era el suspenso de la estática. Se mezclaron con el tráfico de la ciudad por aproximadamente media hora, avanzando con rumbo al centro, hacia la vieja y única zona colonial de Juárez, donde la barroca catedral con su típica plaza estaba sitiada por vendedores ambulantes y las 'Marías' ofreciendo chicles y pepitas. Tomaron el boulevard Rivereño y pasaron por el parque industrial, donde estaba la fábrica de pinitos navideños donde trabajaba Carmen. La calzada se aparejó paralelamente al río Bravo y rápidamente llegaron muy cerca del cruce internacional del Puente Libre. Por una salida lateral de la calle, entraron a la zona fiscal de los patios de la Aduana, exclusivo para camiones de carga, pero que a esa hora estaba vacía, y siguieron por un camino de tierra hasta llegar a la orilla del río. Carlos perseguía a Miguel, atento a todo, acelerando y frenando la veloz camioneta con los ojos pegados en las luces de freno de aquel, y con los nervios hechos de hilo. Sin arriesgarse a mirar nada más, fácilmente pudiera estar siguiendo a Miguel hacia una emboscada sin darse cuenta; la nube de polvo que la camioneta de Miguel levantaba era lo único que se atrevía a mirar.

De pronto, y para su angustia, Miguel detuvo el transporte abruptamente levantando remolinos de polvo y ladrando una orden por la frecuencia de radio. Era la hora cero, cuando ya no es de día, pero tampoco domina la noche. Un huracán de malvivientes surgió de entre los remolinos de polvo, y en una estampida sacudieron la camioneta al abrir la puerta corrediza y llevarse las mochilas. Carlos se quedó petrificado en el acto, sin poder soltar sus manos del volante. El movimiento fue tan súbito que bamboleó el transporte, dejándolo a él con el corazón acelerado, los ojos fijos y las muelas bien apretadas. Miguel arrancó y en quince segundos los dos vehículos estaban de regreso en el boulevard incorporándose al tráfico como si nada. Regresaron a la bodega de nuevo, intercambiaron las camionetas por la bronco azul y enfilaron hacia el Puente Internacional Zaragoza, a casi quince kilómetros del Puente Libre, donde habían dejado la carga, bastante lejos de donde se suscitaría la acción.

—¿Está abierto el taller? —preguntó Miguel por la radio.

—Diez cuatro... —se escuchó la voz metálica del Diablo, lo que significaba que estaba todo listo y que pronto cruzarían.

Los dos jóvenes se remolineaban inquietos en los asientos mientras esperaban en la fila junto con más de cincuenta autos que aguardaban su turno para llegar a la garita de *immigration* de los Estados Unidos, donde un agente de '*U.S. Customs*' les preguntaría su estatus legal. Ansiosos por ver el letrero de *Welcome to the United States of America*, los dos llevaban sus carteras en la mano; ambos eran de origen mexicano, nacidos en los Estados Unidos y tenían sus *ID's* para comprobarlo. Les urgía pasar a los Estados Unidos, pero los minutos transcurrían especialmente lentos; el segundero del reloj se arrastraba en agonía, en la desesperación de los acontecimientos.

—¿Tú sabes cómo cruza el Diablo? —preguntó Carlos.

—Tengo algunas ideas —contestó Miguel, vigilando por los espejos que nadie fuera a escucharlo—, pero exactamente no lo sé; es más, ni siquiera quiero saber —enfatizó. —A la hora que él cruza no permite que nadie se le acerque; es capaz de 'quebrarse' a cualquiera que ande por ahí haciendo mosca, así que mejor ni le busco ruido.

Si los dos jóvenes pudieran ver lo que estaba pasando en el río en ese momento, o mejor aún, si pudieran observar el río desde la perspectiva de los agentes de la migra, verían al Diablo y su pandilla de drogadictos alrededor de varias fogatas y señales de lumbre hechas en latas de cerveza, avivando estas primitivas iluminaciones con queroseno, elevando las llamas y la columna de humo hasta el cielo una y otra vez, moviéndose y corriendo en todas direcciones como tontos, apareciendo y desapareciendo entre las sombras. También verían que a esos agentes de la migra con sus buenas camionetonas y sus escopetas bien cargadas, les eran bastante indiferentes las payasadas de esos malhechores. De hecho los tenían sin cuidado. El Diablo y su horda de lunáticos con sus paredes pintarrajeadas y todos sus vicios, no llamaban mucho la atención de las autoridades de la frontera sur de los Estados Unidos, especialmente de la infame *Border Patrol*. Los rituales estúpidos y las injurias de esos desarrapados de piel tatuada no causaban el menor interés en esos agentes; nomás que no se cruzaran, porque entonces sí, a puro balazo los corrían.

Parte de la gran reputación que gozaba la operación del Diablo consistía en la simulación y la astucia para disfrazar lo que no era, como los magos; el Diablo engañaba al ojo con sus afrentas, con sus ataques sorpresa y sobre todo con su *low-life profile*. Los agentes de la migra no daban un quinto por él; pensaban que era una especie de vagabundo trastornado, siempre pintando y repintando las paredes con imágenes religiosas. De la docena de imágenes ahí exhibidas, la Virgen de Guadalupe era la única figura que reconocían. Estaban de acuerdo que de todos, el Diablo era el líder de la pendiente de concreto, siempre ahí, en la frontera, cruzando señoras en brazos y dando consejos al '*bunch*' de *wetbacks* que trataban de cruzar cada día. No entendían cómo es que la gente buscaba y confiaba en la opinión de ese toxicómano disparatado. Pensaban que pedía algún tipo de limosna por 'echar aguas' sobre la presencia de ellos, o algo por el estilo, y lo consideraban hasta cierto punto inofensivo. Varios comunicados se habían hecho llegar a las autoridades mexicanas para que removieran a esos malvivientes de la orilla del río, por seguridad de ellos mismos, ya que lo más probable era que anduvieran asaltando a los pobres ignorantes que trataban de traspasar la frontera. Sin embargo, la policía de Juárez estaba peor, y el consulado también dictaminó que estaban fuera de su jurisdicción, así que lo agentes sólo se limitaban a dejarse ver por la orilla del río y ejercer su autoridad en caso de ser necesario.

El Diablo guardaba celosamente un secreto. Durante muchos años, más que los que Carlos pudiera tener, custodiaba con el sigilo de un pontífice el misterio del río, de la orilla, y había sacrificado muchas vidas a cambio de él. Había degollado, acuchillado, incluso inmolado en diferentes y trágicas maneras a muchos desventurados para asegurarse que todos captaran el mensaje: que él era el poseedor y heredero único de ese territorio, y que era lo bastante perverso como para que nadie más se envalentonara a desafiarlo. Sin el menor sentimiento de respeto o remordimiento por la vida, estaba dispuesto a seguir extinguiendo entrometidos con tal de fortificar su dominio y superioridad en el mismo. Este secreto, era tan sencillo que llevaba muchos años sin siquiera ser sospechado. Justo debajo del puente, en la pendiente de concreto del lado americano, había un desagüe, un túnel que se originaba a casi dos millas dentro de los Estados Unidos, en un parque sembrado de pasto y a desnivel, diseñado para desahogar una supuesta inundación, y que terminaba maravillosamente en un discreto boquete en el puro río. Se trataba de un conducto subterráneo de un metro de diámetro proyectado y creado por los gringos para evitar un cataclismo, precisamente en una ciudad donde tal vez llueve una o dos veces al año, y en la más pura sensatez americana, lo habían concebido estéticamente para que no fuera visto desde la orilla americana. Por debajo del Puente Internacional, estaba disfrazado en ángulo y con un enrejado metálico, el cual, a estas alturas, ya tenía hasta un mecanismo de apertura instalado por el Diablo.

De este tipo de desagües existen muchos en la orilla del río, pero todos, a excepción de este, son trampas mortales para los que se atreven a violar el enrejado. Para empezar, todos inician en fosas sépticas de gran profundidad, enterradas en la negrura de la tierra y diseñadas para que primero recolecten agua pluvial por el sistema de alcantarillas, se llenen y después se desborden hacia el río, una manera de conservar agua en el subsuelo americano. Muchos curiosos habían seguido estos túneles en tinieblas con la intención de cruzar, sólo para encontrar la muerte en un profundo pozo, alejado de cualquier lugar donde sus gritos, si es que lograban salir de ese desventurado abismo, se pudieran escuchar. En alguna ocasión, el mismo Diablo rescató a uno que otro agradecido "pendejo" que había tenido la mala suerte de caer en una de estas trampas, y lo había hecho sobre todo como testimonio de lo peligroso de las mismas, pero la gran mayoría de las veces, estaban tan lejos de su área que sencillamente no alcanzaba a escucharlos. Él mismo pensaba, que si algún día -en el futuro- se hicieran excavaciones arqueológicas en la zona, lo que los exploradores descubrirían serían tumbas comunitarias con cientos de esqueletos fosilizados, de ambos sexos y de todas las edades. Esos investigadores del futuro tal vez idealizarían teorías fantasiosas sobre rituales funerarios y doctrinas mitológicas. Sus hipotéticas explicaciones fascinarían a la sociedad del futuro, y serían tan cautivantes como los descubrimientos y los códigos descifrados de los jeroglíficos en las pirámides. Llegarían a importantes conclusiones sobre lo especial y fantástico de esos homo-sapiens, embalsamados en pequeños y apretados grupitos a lo largo del lecho de un antiguo río. Enumerarían cuántos hombres, mujeres y niños conformaban cada recinto sagrado y deslindarían, por los objetos ahí encontrados y el *rigor-mortis* de las grotescas poses, quién era el líder de cada tribu, y tal vez hasta el porqué habían decidido "sacrificar" sus vidas de esa manera. Tal vez nunca llegarían a comprender que todos esos pobres desgraciados habían muerto por un antiguo concepto, una idea obsoleta y arcaica, que llegó a conocerse como "frontera".

De todos los túneles y enrejados en la orilla del río, sólo el Diablo sabía cuál era el efectivo, y lo custodiaba diligentemente las veinticuatro horas del día. Las pintas en las paredes y las fogatas nocturnas eran sólo su *'cover'* para distraer la atención de las autoridades, y como estaba casi permanente en su puesto, seguía en su papel de aconsejar a los 'mojaditos' cómo cruzar al otro lado y cómo evitar a la migra. El toque maestro de su enigmática presencia en el río, llegaba cuando cruzaba a las ancianas en sus correosos brazos de bronce, a cambio de una bendición; era el momento sublime de su actuación. Sus cómplices en el crimen, su ejército de cholos, que también sabían el secreto y la reputación de su jefe, habían sido elegidos cuidadosamente, a fuerza de prueba y error, a lo largo de muchos años, y aún así todos seguían en peligro de que a la más mínima sospecha o error, se los cargara la muerte. El Diablo era un mito que se había hecho realidad, una pantomima que se había convertido en un culto. De tantas y tantas noches que el Diablo prendía sus piras macabras y hacía correr a sus cholos a través de las hogueras como espíritus poseídos, para resultar en nada, ya nadie le prestaba mucha atención. Era como el cuento de *Pedro y el lobo*, con tantas falsas alarmas; cuando realmente venía el 'lobo', ya a nadie le importaba, especialmente porque nunca subían la pendiente del lado americano ni se aventuraban hasta la malla metálica. Las autoridades simplemente los veían drogándose con pegamento Resistol de resina, y luego chapotear en la poca profundidad del río, y sólo hasta la mitad. Incontables veces los vigilaron atentamente, los estudiaron y hasta los filmaron, para llegar a lo mismo: a nada. Las agencias DEA, FBI, INS y *Border Patrol* se llegaron a sentir ridículas espiando a unos drogadictos sin remedio, una situación que el Diablo aprovechaba hábilmente.

La operación tenía varias fases. Primero, ponerse bien 'pegalocos' era muy importante, porque transportar -en tiempo récord- una mochila con cincuenta libras de peso, casi de rodillas por un túnel de poco más o menos tres kilómetros de longitud, era un esfuerzo titánico, digno de desmayar a cualquier atleta, pero no a uno de estos cholos, que cuando se ponían bien cruzados con marihuana y Resistol, eran capaces de cargar dos veces su propio peso. Claro que al día siguiente era otra cosa: tenían la espalda y las piernas molidas, como boxeadores después de una paliza, y apenas podían levantar sus botes de pintura y sus brochas. La segunda fase era salir del túnel en "Gringolandia", en el parque hundido del lado americano. Los cholos brotaban uno a uno de una coladera disfrazada atrás de una lomita de pasto, sin ser vistos desde el nivel de la calle, suponiendo que alguien anduviera por ahí. Este viejo parque, que cerraba con broche de oro la operación misteriosa del Diablo, estaba en una zona vieja de la ciudad, precisamente a un costado de un antiguo cementerio que casi nadie visitaba.

Este bendito parque en cuestión era un jardín que adornaba la entrada sureste del *Evergreen National Cemetery*, que hoy en día se llama simplemente *Concordia Cemetery*. En la parte trasera del mismo, cerca de la calle *Myrtle* (la calle "muertos", como aún le dice la gente, porque precisamente por ahí pasaban todos los cortejos fúnebres), el perímetro completo del campo, resguardado magistralmente con sus gruesas tapias de piedra y su solemne entrada de hierro, databa de los inicios del siglo y era la última morada de los primeros intelectuales y personalidades importantes que surgieron de la ciudad o que llegaron de otras a probar fortuna. También y principalmente de héroes caídos en las guerras, como la Segunda Guerra Mundial, muchos de los residentes del sagrado lugar fueron "carne de cañón" en la batalla del famoso "D-Day" en Francia, cuyos restos yacían ahí, mutilados, incompletos y huérfanos, olvidados por los vivientes en sus tristes sepulcros derruidos, visitados fugazmente en algunas noches por los malvivientes del río y a veces por el mismo Diablo, que gustaba de leer los epitafios y burlarse de los difuntitos. Por razones del crecimiento de la ciudad y del destino, este campo del Señor fue quedando relegado de la modernidad y el desarrollo. Por encima del mismo se construyeron, paulatinamente, los impresionantes *freeways* de los americanos, las súper autopistas que atravesaban la ciudad a toda velocidad. Se entrelazaban a casi cuarenta metros de altura con la carretera *Interstate 10* y cruzaban por encima del viejo cementerio, dejándolo deshabilitado y sepultado en el abandono para siempre, originando de esta manera, una zona solitaria, apesadumbrada e ideal la mayor parte del tiempo, sin contar por supuesto, que los pocos visitantes 'auténticos' que llegaban a ir, lo hacían durante el día, y casi siempre los domingos.

En la última fase, después de salir del túnel, se trataba de ingresar al cementerio lo más pronto posible, como fantasmas sigilosos, y recorrer las arregladas callejuelas y pasadizos hasta localizar, de entre el laberinto de placas, mausoleos y cruces, la lápida de una tal "Refugio Rojas de Herrera", asentada dignamente en medio de varias de esas con nichos en forma de casita. Ahí dejaban la mercancía y los radios de comunicación, para luego regresar hechos unos demonios hacia el río y seguir chapoteando e insultando a los agentes de la migra sin levantar sospechas. A veces cruzaban uno a uno, y a veces todos en bola, según las expertas recomendaciones de su líder.

—El carro está en el taller —se escuchó en la frecuencia de la radio en lo que apenas Miguel y Carlos cruzaron a los Estados Unidos, lo que puso un semblante de júbilo en el rostro del primero. Se congratuló a sí mismo diciéndose "bien hecho mi Mike". Era un hábito que tenía desde niño; cuando estaba serio o disgustado, Miguel era "Miguel" a secas y para todos, y las raras veces en las que estaba de buenas o contento era "El Mike", y el que tratara con él debería aprender rápidamente a reconocer esta sutil diferencia. Y claro está que quienes llevaban una convivencia cotidiana con él no pecaban de ignorancia en este aspecto, como Kitty, que en broma decía que Miguel tenía dos estados de ánimo: uno cuando estaba enojado y otro cuando estaba dormido.

Manejaron de prisa por el *Border Highway* y doblaron algunas calles solitarias de la zona del Coliseo, cruzaron por un costado el Hospital Thomason -donde se suponía que Carlos había nacido-, hasta que al fin llegaron a la entrada del pequeño cementerio olvidado. Apagaron las luces del vehículo y Carlos bajó a buscar en la oscuridad mientras Miguel se quedaba vigilando. Filiberto, que ya estaba ahí y había dejado su auto varias calles abajo, ya estaba acercando las mochilas a la entrada. Carlos comenzó a arrastrar en pares las mismas hasta la camioneta, una maniobra que pareció durar una eternidad, cuando realmente no tardaron ni dos minutos en subir los mojados bultos.

Miguel, desde muy joven, sabía que este era su destino. Esta actividad se daba naturalmente en él, y el futuro lo esperaba como uno de "los grandes". Todos a su alrededor podían augurar esto: su manera de actuar, aún antes de llegar a tener dinero, era la de alguien que sabe lo que quiere y sin dilaciones va tras ello. Su autoridad y madurez a su corta edad ya empezaban a ser legendarias, y era respetado y reconocido por muchos. Sus triunfos y logros estaban ligados a que se involucraba personalmente en todas las facetas de la operación: igual comprendía de siembra, de empaque, de transportación y de cruce, que de negociación y de precios. Era un joven sumamente inteligente y responsable, atento y muy caballeroso, pero con una personalidad bipolar que también lo hacía ser un patán pedante cuando se lo proponía o cuando las cosas no eran de su agrado. Los que lo conocían lo "amaban o lo odiaban" inmediatamente; era "súper buena onda" para unos, pero todo un "hígado creído" para otros. A pesar de ser un indiscutible conocedor en muchos temas, noble y entendedor, ávido seguidor de la filosofía de las armas, de los caballos, de los autos y de buscar las mejores cosas que la vida pudiera ofrecer, no todo era de su agrado, como don Toño, que era al único que le permitía regaños, y el que lo hubiera obligado a convertirse en casi un experto en marcas y medicinas. Se codeaba con algunos miembros legítimos de la sociedad de Juárez, y era respetado por la de El Paso, como los Trujillo y los Duarte. Había incluso acompañado en algunas ocasiones en calidad de asistente, entre comillas guardaespaldas, a uno de los candidatos a la gubernatura del Estado, hasta una capilla 'culichi' ubicada frente a un edificio de gobierno en el mero Culiacán, Sinaloa a presentar una ofrenda de mariachis, licor y muletas, al santo de los narcos, "El bandido Jesús Malverde", al que le rendían culto y le desplegaban su opulencia cada tres de mayo, por ser "un santito muy milagroso". "Dios bendiga mi camino y permita mi regreso", dicen las muchas placas de agradecimiento dentro del pequeño recinto. A pesar de ser conocido y valorado, no todo el mundo pasaba a Miguel. Contaba con varias desavenencias serias en la ciudad, entre ellas, con algunos *"loosersillos"*, arrabaleros irrespetuosos sujetos que él personalmente había puesto en su lugar en alguna ocasión, pero que con el paso del tiempo ya eran "más cañones", y no se habían olvidado de las insolencias de este. Era por eso, y por varios malos ratos que había pasado, que Miguel siempre procuraba no andar solo; buscaba siempre la compañía de sus camaradas y continuamente andaba armado. Últimamente, permanecía más tiempo en el lado americano que en su querido "Juaritos", al que iba lo menos posible y sólo si era estrictamente necesario.

Después de cargar las mochilas en el cementerio, los jóvenes enfilaron hacia la casa de las gringas, ocultaron la camioneta dentro de la cochera y cerraron las puertas levadizas, luego pasaron los bultos a una de las recámaras vacías. Miguel, Filiberto, las gringas y sobre todo Kitty, estaban felices por la buena suerte que Carlos había traído a la operación. El nuevo miembro participó por primera vez en una junta de la organización, en la mesa de la cocina, mientras comían con avidez rebanadas de pizza sobre servilletas de papel y apuraban coca-colas de lata sin parar, aún con la adrenalina desbocada por la emoción de todo lo que estaba sucediendo. Engullían grandes bocados con furia y hablaban desenfrenados, a veces sin poder ordenar sus pensamientos, con el cerebro desconectado de la boca. Lanzaban exclamaciones como flechas sin blanco que interceptaban a los demás, y que estaban cargadas de euforia, coraje y desafío. Como Kitty lo hubiera previsto, en el tiempo que llevaba de trabajar con Miguel, había comprobado que los nervios, la emoción o el miedo nunca han disminuido el hambre, sino todo lo contrario. Por eso se había preparado con anticipación al traer bastante comida y refrescos para ellos. Después de que platicaran sobre lo relevante de lo acontecido, por ejemplo que el Diablo había entregado las diez mochilas en lugar de nueve, Miguel explicó a los participantes que distribuirían la droga en dos autos: un Ford Crown Victoria y un sedán Taurus de apariencia común y con placas de circulación de Texas, además de unos *stickers* de la Universidad de El Paso por todos lados, para fingir un viaje de estudiantes hasta Chicago. Filiberto y una de las preciosas gringas, Michelle, o *Barbie*, como se referían a ella por la esbeltez de su perfecta figura, levantarían un inocente campamento en una zona cerca del *checkpoint* de Sierra Blanca, un punto de revisión en la autopista a la salida de El Paso -como el de Chihuahua- pero con la diferencia de que en este no conocían a nadie, y tendrían que burlarlo sólo cuando surgiera una oportunidad. La primera escala del itinerario era Denver, Colorado, y partirían a primera hora de la mañana, así que se dispusieron a descansar y sacudirse el estrés que acababan de experimentar. Miguel y Kitty se quedaron en su recámara, y Carlos durmió en la alfombra de una de las recámaras vacías. Estaba tan cansado que en lo que su cabeza tocó el suelo, se quedó dormido.

Al día siguiente el alba los descubrió listos. Los autos estaban cargados y Filiberto ya tenía tiempo que se encontraba de *camping* en la colina de la autopista. Por alguna razón los *checkpoints* de las carreteras de los Estados Unidos abren y cierran su revisión varias veces al día. No son como los destacamentos en México, que son revisiones permanentes, las veinticuatro horas y los siete días de la semana. De este lado, es posible cruzar sin ser revisado (siempre y cuando la garita esté cerrada). Filiberto estaba listo con su tienda de campaña, sus potentes binoculares *Royal Navy*, su rubia en shorts para despistar, y su radio para coordinar la pasada. En uno de los autos manejaría Miguel con Kitty, y en el otro Carlos y dos de las gringas: Gina Cadd, rubia, ancha y caderona, y Erika Henrikson, de cabello oscuro y ojos verdes, esbelta y deliciosa. Dos apetecibles muchachas de veinte años, en diminutos shorts de mezclilla y tersas piernas rematadas en sandalias de plataforma, anglosajonas en su máxima expresión, y que apenas masticaban una pizca de español, pero que ahora que sabían que Carlos era el segundo de Miguel, estaban ansiosas de hacerse entender y notar. Viajarían desde El Paso, atravesarían Nuevo México y llegarían a las afueras de Denver. Ahí pasarían la noche en cualquier hotel cerca de la carretera y después manejarían directo hasta Chicago, en una travesía de dos jornadas totalmente inocente, bajo la apariencia de un viaje de estudiantes.

El trayecto fue sin percances. Cruzaron la caseta de vigilancia cuando estuvo cerrada, acción coordinada sin problemas por la pareja en el cerro, tal vez en un cambio de turno. Las doce horas de manejo no se hicieron tediosas, ya que las gringas hablaban sin parar y platicaban anécdotas chistosas, tratando de impresionar a Carlos sobre todo de sus *parties* de los viernes, de sus ex novios y de sus tendencias *bi*. Cruzaron por Albuquerque y Santa Fe sin contrariedades, sólo deteniéndose a cargar gasolina y comprar *junk food*, la comida chatarra que tanto saboreaban las desinhibidas gringas. Llegaron a la trenza de carreteras en Denver, y por la Autopista 285 siguieron hacia el este hasta un alejado "Motel 8". Alquilaron dos habitaciones pagando en efectivo y se dispusieron a pasar la noche. Naturalmente, Miguel y Kitty estarían en una, y le dejarían a Carlos la otra con las dos muchachas. Mientras estas se preparaban para bañarse y acomodar sus pertenencias, Carlos salió de la habitación, la cual daba directamente al estacionamiento del motel. En el centro había una alberca vacía y algunas bancas para tomar el sol. La noche comenzaba a ser fría y sentía un poco de incomodidad, no tanto por el clima, sino por las chicas que compartirían la recámara con él, alguien que apenas conocían. Consideró la posibilidad de pedirle a Miguel que alquilara una habitación más, pero este tenía tiempo que se había encerrado en su propia suite con Kitty; estaban en plena luna de miel. Se recostó en una de las bancas a fumar; era un momento en que tener un libro en la mano le hubiera dado un poco de confianza, ni siquiera para leerlo, simplemente para asirse a él y obtener la seguridad que buscaba. El frío del viento se llevaba rápidamente el humo de su cigarrillo mientras observaba el cielo nocturno de la ciudad. En ese momento, no pudo evitar pensar en su madre y su hermano. Apenas era viernes y, desde que salió de su casa aquel domingo por la mañana, no los había vuelto a ver. Parecía una eternidad el poco tiempo que había pasado y ni siquiera tenía la posibilidad de comunicarse con ellos, principalmente porque no contaban con teléfono. Esperaba que su madre no se preocupara mucho y que todo lo que estaba haciendo fuera para bien. Consideraba sus expectativas, pensaba en todo lo sucedido en Durango, en el pequeño cementerio y en las probabilidades de volver a ver a Isabel. En eso estaba cuando Miguel llegó hasta las bancas de la alberca y lo invitó con una seña fraterna a tomar un trago de su botella. Parecía como que intuyó las preocupaciones de este. Carlos agradeció el trago; lo necesitaba, después, miró resignado cómo este regresaba a su cuarto, así que se dispuso a volver a su propia habitación, donde ya lo estaban esperando las dos chicas para darle la bienvenida. Le llevaban ya ventaja sobre una botella de whisky y estaban ya bastante entradas con la cocaína. La escena era invitadora y excitante, ya que después del baño las preciosas muchachas estaban cubiertas únicamente con las diminutas toallas del hotel. Se tocaban y acariciaban directamente, insinuándose abiertamente frente a él, con la frescura de la juventud y el deseo emanando de sus rojas miradas. Carlos se olvidó de sus preocupaciones, de su madre y de Isabel; de todo. Necesitaba desconectar su mente sobrecargada. Tomando directamente de la botella se perdió en esa locura, en esa maraña de extremidades, de firmes senos y de carne sedosa y caliente, transformándose a base de alcohol y cocaína en una bestia como ellas dos. Al día siguiente los dos autos ya iban en camino desde temprana hora. Carlos y las muchachas en silencio e incómodos por la resaca, y en el otro muy juntitos, Miguel y Kitty.

# Freddy Twenty

AL LLEGAR A CHICAGO, LUEGO DE DOS HORAS DE ADENTRARSE en la ciudad tomaron la famosa *Cicero Avenue* hacia el sur, rumbo al Aeropuerto Midway. Ahí Miguel despachó desde el auto a las tres mujeres en un vuelo de regreso a El Paso; su trabajo había concluido y ahora Kitty estaba a cargo de regresar al equipo a su lugar de origen.

Después de realizar varias llamadas desde un teléfono público, los jóvenes manejaron ambos autos con rumbo al este, hasta el lugar acordado, un restaurante de comida rápida en una zona negra muy peligrosa de la ciudad, donde la pobreza y el crimen dominaban la escena. Hasta ahí llegó en su flamante Cadillac amarillo "Freddy Cash" o "Freddy Twenty", como se le conocía por ahí.

Freddy Twenty era el último eslabón de la cadena, y el comprador de Miguel. Un pachuco de Tijuana, Baja California, delgado y arrugado, adicto a la heroína en recuperación, agresivo, altanero e inestable. Decía que a sus cuarenta y tantos años era uno de los muchos hijos ilegítimos del gran Pedro Infante, incluso, y a su modo se daba un cierto parecido con el famoso actor mexicano. Freddy estaba obligado a ir dos veces por semana a una clínica por dosis de metadona para tratar de controlar su dependencia a la droga. Parlanchín y tarabilla como él solo, hablaba hasta por los codos en una mezcla de inglés con español. Según él, odiaba a los negros y a los cholos rapados, especialmente a los de Los Ángeles, California, sin embargo se mantenía rodeado de estos y eran sus principales aliados y clientes. Su indumentaria era como la de un clásico *pimp* de Detroit, Michigan: trajes sastre en colores llamativos donde predominaba el morado, el amarillo mostaza y el azul eléctrico; sus sombreros de fieltro de ala ancha y zapatillas italianas a dos tonos eran únicos; vestía más a la moda de los negros que a la usanza *pachuca*. Su negocio legítimo era un *auto body shop* en la Calle Cuatro, en donde transformaban las cajuelas de autos y camionetas, instalaba amortiguadores especiales para autos de colección y exposición, y para que vehículos de apariencia común pudieran ser usados para transportar mercancías clandestinas.

Su nombre, Freddy Twenty, era conocido y se debía a que no negociaba ninguna transacción, ni aceptaba ningún pago, a menos de que fuera exclusivamente con billetes de veinte dólares. Distribuía su famosa mercancía traída desde la sierra de Durango en varios puntos estratégicos de la zona, y sus minoristas eran casi exclusivamente hombres de la raza negra con los que llevaba una relación amistosa de mucho tiempo. Recorría su territorio en su llamativo Cadillac y se dejaba ver abiertamente. Entregaba y cobraba su mercancía sin problemas. Se corría el rumor de que pertenecía a la "Gran M", la mafia mexicana del sur de Los Ángeles, lo que le daba cierto respeto entre sus clientes, pero la verdad de las cosas era que operaba en una zona donde nadie quería problemas y donde Freddy, hasta entonces, nunca había enfrentado a un competidor peligroso.

Su esposa de toda la vida, Ira Markosevick, había llegado a los Estados Unidos importada directamente desde Moscú cuando era apenas una jovencita. Su llegada fue consecuencia de una intrincada red de prostitución y tráfico humano infestado de engaños y mentiras. Y ahora que Ira pasaba de los cincuenta años hablaba el español y el inglés casi a la perfección. Desde que conoció a Freddy había estado muy interesada en el folclor y comida chicana, era amante declarada de los tacos –decía ella– e incluso, llevaba elegantemente un gracioso tatuaje en forma de arco en uno de sus tobillos que decía "mexicana". Una robusta mujer con unos pechos enormes y puntiagudos como montañas y un cabello estilo Marilyn Monroe, era una consorte un poco desquiciada e insatisfecha. Nunca tuvo hijos y ahora más que nunca su marido no la llenaba en plenitud. Además, su menopausia incipiente la aterraba, buscaba una apariencia juvenil a toda costa, con rutinas de belleza y haciendo ejercicio en el gimnasio, y se volcaba en el cuidado de sus tres perros, los que mimaba y procuraba durante todo el día. Manejaba la contabilidad doble de Freddy –la legal y la ilegal–, y se insinuaba directamente con los empleados del taller donde establecieron su oficina, pero estos se guardaban de seguirle la corriente, ya que nadie quería tener problemas con Freddy, el cual en más de una ocasión había contratado a unos negros que contaban con la fama de ser muy traicioneros y sanguinarios.

La historia de Freddy e Ira era una muy romántica. Freddy la había rescatado de la prostitución, y ella a la vez lo ayudó a salir a él de la dependencia en las drogas. Se conocieron por un capricho del destino, cuando Freddy recién llegó a Chicago desde Los Ángeles. Ninguno de los dos hablaba inglés cuando fueron presentados por mera casualidad durante una horripilante celebración de Año Nuevo del edificio donde vivían. Sin embargo, desde que sus miradas se cruzaron por vez primera, sintieron una fuerte atracción, como si supieran que en cada uno dependía la salvación del otro, y desde ese momento el joven pachuco y la bella *mamushka* hicieron un pacto que les benefició durante mucho tiempo. Los cuidados y sacrificios maternales de Ira hacia Freddy la hicieron implicarse en todas las actividades de este, al grado que en poco tiempo, llegó a sobresalir en el castellano, solamente restándole mérito a su hazaña el marcado acento ruso donde arrastraba mucho las erres, pero en general lo hablaba bastante bien, con todo y las palabrotas. Había tomado un genuino afecto por las costumbres de México y se había hecho bautizar ante la Virgen de Guadalupe, por lo que ahora profesaba la religión católica y trataba de asistir a misa los domingos, una costumbre que Freddy no aceptaba con mucho agrado. La joven rusa se había dado a la tarea de investigar con obstinación sobre la cultura del país natal de Freddy, y había comprobado con beneplácito que muchas de las costumbres de México eran un poco parecidas a las suyas propias. Desde que ella comenzó a llevar el control de "los dineros" y Freddy se hizo cargo de las "relaciones públicas", la empresa comenzó a progresar, cosa que no siempre fue así, ya que Freddy había derrochado una fortuna y media en sus vicios y sus malas decisiones, pero ahora, esta sociedad más que un matrimonio *per se*, iba viento en popa, y ambos la valoraban por su conveniencia. Las ganancias económicas de esta relación estaban materializando muchos antiguos anhelos de ambos, las extravagancias de Freddy, sus costosos trajes y sombreros, y su estrafalaria forma de vida, incluyendo sus autos de colección y su fastuoso Cadillac con molduras de oro. Ella, por su parte, utilizaba su dinero en obras más altruistas, como las remesas mensuales que enviaba para ayudar a sus familiares en Moscú, los tratamientos estéticos y rejuvenecedores para su persona y el cuidado de sus perros, además de la compra de una gran cantidad de bebidas y alimentos traídos directamente desde la *mother Russia*.

Cuando Freddy llegó al restaurante, Carlos supo inmediatamente que este sujeto era el comprador de Miguel, ya que parecía un personaje sacado de una película. Irrumpió impetuosamente en el lugar luciendo un abrigo morado sobre un traje del mismo tono, con una camisa amarilla brillante y unos enormes lentes obscuros con incrustaciones de piedras brillantes sobre un rostro finamente rasurado y perfumado. Se pudiera decir que las gafas y el abrigo eran de mujer, pero ninguno de los dos se atrevió a hacer comentario alguno.

—¿Cómo estás Mikey? —le dijo casi gritando y tomándolo del rostro con ambas manos. —Qué bueno que llegaron. Los colombianos hijos de puta nos quieren sacar del mercado, necesitamos hablar de inmediato; si no actuamos rápido esos salseros de mierda me van a dejar en la calle. Pero tenemos que irnos de aquí —les dijo cuando, mirando a su alrededor, se dio cuenta que la mitad de la gente del lugar tenía la mirada clavada en él y estaban pendientes de sus palabras.

Al salir del lugar, Miguel y Carlos entregaron las llaves de los autos que trajeron a Freddy, y este a su vez las entregó a dos de sus empleados y, después de impartir instrucciones, los tres subieron al auto de Freddy. Carlos en el asiento de atrás admiraba el trabajo de tapicería del mismo, en suave piel color blanco y costuras de cuero.

—Te tengo una camioneta bien especial Miguel, en ella puedes traerme con facilidad hasta mil *bricks*, pero necesitamos operar a mayor escala porque si no, que nos van a botar del circo. Mis compradores están impacientes porque se les termina el producto bastante rápido, y si yo no tengo para surtirles más, pues van a querer irse con otros distribuidores. Ya a varios los tuve que poner en su lugar, pero esos malditos colombianos están llenando las calles de coca y de *crack*. Freddy observó por un segundo a Carlos por el espejo retrovisor y luego continuó. —Los colombianos en si no me inquietan; los que me preocupan son mis compradores, ya que ellos son los que venden directamente en la calle, y si se quedan sin producto son más factibles de seducir para que vendan la mierda blanca esa que, aparte de todo, como es más costosa les deja más ganancias, pero es menos tolerada por las autoridades, ya que los que la llegan a probar se ponen como diablos en lo que la encienden. Pero si yo los mantengo bien surtiditos de mota, que es el *fix* mas *chido* y más *erotic*, yo mismo los puedo controlar para que no piensen en traicionarme. ¿Ahora entiendes mi dilema?

Mientras daba la vuelta en una esquina, saludó con una seña a varios tipos reunidos en la acera ante un bote de basura en llamas. —¡Míralos! *Fucking spooks* huevones, *wanabees*; no *work*, no *money*, no *nothing*... no hacen nada en todo el día, se la pasan de *winos* en las esquinas, tomando licor corriente y quejándose de su pobreza, y para colmo, cuando regresan a sus miserables viviendas infestadas de ratas, dan de palos a sus mujeres y hasta las obligan a *hookearse* o sea, a ser putas, y todo ¿para qué? Para seguir con sus mañas y su pereza, y si llegan a hacerse adictos a la chingadera esa del *crack*, se convierten en unos perros sin dignidad y sin sentido de la compasión. Con tal de mamar de esa pipa de vidrio, son capaces de vender a sus hijos. Las cosas han cambiado mucho en los últimos años, *¿you know?* Antes, todos estaban contentos de andar bien *stoned*, de andar bien al tiro con un churro de mota; esa sí es vida, todo es *cool* y buena onda, ves pasar el mundo tranquilamente, y todo es bien *pretty*, rosita, ja, ja, porque la verdad, y no me lo puedes negar, la mota es la droga más romántica que existe, te pone bien caliente, ¿y a las nenas? Uff, ni se diga, las pone a punto de chorrearse en las pantaletas, ¿a poco no Mikey? ¿A poco nunca te has cogido a una nena bien marihuana? Ja, ja, claro que sí, es lo más *cool* que hay ¿verdad? Ja, ja...

Freddy volvió a dirigir una mirada fugaz a Carlos por el retrovisor. Estaba de buen humor ahora que tenía la mercancía que tanto le hacía falta. Sus dos ayudantes la llevarían al taller, para hacer el conteo pertinente y separar los bultos y así comenzar a surtir inmediatamente.

—¿Tú eres Charlie, no? Me han platicado de ti, me han dicho que eres de buena suerte, y me han asegurado que eres amigo personal del Diablo ¿no? Déjame te doy un consejo *kid*: jamás le hagas confianza a ese cabrón, es lo peor que puedes hacer delante de ese maldito. Por muy amigables e impersonales que sean los negocios entre ustedes, entre más tiempo tengas de conocer a ese *scorpio*, más precauciones debes de tomar, y si es cierto lo que me dijeron, que tú llevas un trato de todos los días con él, entonces aún más. Nunca le des la espalda, ese *motherfucker* es el verdadero diablo...

Freddy iba a decir algo más pero luego se arrepintió. Se quedó pensativo un instante y luego continuó su monólogo. —Si es que eres lo que dicen que eres, mejor aprende del 'Mikel', como le dice mi ruca. Este bato sí es derecho y de fiar, y con él... —decía ajustándose las gafas y después el nudo de su corbata ante el espejo, en una manera casi femenina— ...y conmigo, puedes aprender todo lo que necesitas saber de este *fucking business*. Así que prepárate *Charlie Boy* porque de aquí pa'l real tú y yo vamos a tener que ser más *buddies* de lo que tú y el traicionero ese del Diablo son. Ja, ja, pero ahora déjenme que les platique de la última nena que me trabajé. ¡Huy! Si hubieran visto cómo me la puse de marihuana a la pobrecilla, ja, ja, ¡fue fantástico *homies!* Mientras Freddy continuaba con su plática pisó el acelerador a fondo y los tres se perdieron en el tráfico de la gran ciudad. Las ventanas de los grandes edificios del norte comenzaban a mostrar colores dorados mientras el sol se ocultaba en un clásico atardecer ventisco de Chicago.

Ira Markosevick estaba en la calidez de su oficina, en el segundo piso del taller de hojalatería y pintura automotriz. La rigidez de la silla y el escritorio lastimaban sus muslos y caderas cada vez que ella se levantaba para alcanzar algún papel. Estaba tratando de balancear las cuentas, los ingresos y los gastos del mes. Las grandes ventanas de vidrio que daban a la parte de abajo del taller la hacían sentir incómoda, ya que estaba a la vista de todos los empleados; estaba de mal humor. Aunque las ganancias de ese mes habían sido muy buenas, y las cuentas y proyecciones de gastos estaban bajo presupuesto, ella estaba con un ánimo a punto de explotar, especialmente esa tarde, más que las demás en las que iba a la oficina a trabajar un poco en la contabilidad de los negocios, después de ir de compras y a veces al gimnasio. Específicamente esa tarde estaba muy excitada sexualmente. Su deseo no era meramente un antojo o un sentimiento de colegiala; era una presión física en la parte baja de su abdomen que demandaba casi con dolor ser aligerada. Su traje deportivo de seda con adornos dorados y rojos que tanto estaban de moda y sus diminutos tenis blancos de botín, no podían contener su calentura. Necesitaba que le hicieran el amor; su cuerpo exigía que flagelaran sus carnes como esa silla, que le poseyeran sin miramientos, sin respeto y hasta cierto punto, con malicia. Sus ganas nada tenían de románticas; eran una exigencia de su organismo, como el hambre o el frío. Los grandes ventanales le impedían siquiera acariciar la parte interna de sus muslos. Se estremeció con el enorme trago de vodka y agradeció que por lo menos la silla presionaba su trasero y sus caderas. Los empleados del taller comenzaron a irse sigilosamente, uno a uno; era la última hora de la tarde y la hora de cerrar. Estaba en su segundo vaso de vodka cuando vio llegar a Freddy. Cada vez le parecía un poco más afeminado en su forma de vestir. Tal vez era el licor, tal vez era el fastidio de toda la semana, tal vez era la consecuencia de todo lo que le estaba pasando. Decidió cerrar los libros de una vez e irse a casa; no estaba de humor como para aguantar la tarde con el *gomoseksual'nyy* de su marido. Se levantó rápidamente y comenzó a recoger y guardar las cosas del escritorio, tomó su bolso y se encaminó a la salida de la oficina cuando reparó en los acompañantes de Freddy. A través de los ventanales observó a los dos jóvenes vestidos de *cowboy*, con ajustados pantalones de mezclilla sobre rectas caderas masculinas. Reconoció inmediatamente a "Mikel", del que tenía una muy buena impresión: un joven muy galante pero muy serio y que siempre dejaba en ella el recuerdo de su aroma a hombre. No como su marido, que cada día olía más a ese afeminado y empalagoso perfume de lavanda que ella tanto odiaba, ya que le evocaban recuerdos que intentaba borrar. Descendió lentamente por las escalinatas de la oficina para darse tiempo de acomodar un poco su peinado y retocar su maquillaje. Al llegar a la planta baja los encontró a los tres al fondo del taller, donde examinaban una camioneta en la que los muchachos de Freddy habían estado trabajando toda la semana.

Al verla llegar, Freddy hizo las presentaciones pertinentes, haciendo gala de una pomposidad exagerada ante sus aliados recién llegados de México. Los jóvenes la saludaron con el respeto característico de cuando se está delante de una persona de edad, lo que Freddy captó con cierta gracia. Después continuó su perorata, ya sin darle mayor importancia a la presencia de su esposa, hablando sin parar sobre las maravillas de la nueva camioneta mientras caminaba en círculos en torno de la misma; les mostraba el trabajo de soldadura en el piso, en los paneles y en el techo doble, capaz de contener hasta mil libras de mercancía. Estaba casi lista, sólo necesitaba algunos detalles y la aplicación de una capa de pintura nueva. Era interesante, –pensó ella– cómo su marido se perdía en su propia voz, se envolvía en sí mismo ajeno a lo que estaba pasando a su alrededor, ajeno a todo menos a lucir bien y ser el centro de la conversación, totalmente desentendido de las necesidades físicas de su propia mujer y tratando de impresionar a esos jóvenes con sus ridiculeces.

Ira tomó la decisión, en ese momento, de que no se iría a casa esa tarde. Los vapores del licor le atizaban un poco de envidia hacia su marido por ser el centro de atención y le exigían un plan; no era justo que ella tuviera que irse a casa cada noche sola y frustrada, mientras su marido se paseaba a su antojo, exhibiéndose como una especie de celebridad local, llevándose todo el crédito de lo que juntos habían logrado, muy brillante en la calle pero muy oscuro en la casa. Tenía meses que no la tocaba, y cuando lo hacía, era porque ella lo iniciaba todo. Aún se consideraba una mujer atractiva y deseable, sus sensuales antojos se lo recordaban constantemente. Claro que tenía algunas libras de más, pero muy bien llevadas. Su figura era redonda y curvilínea, pero con una gran elasticidad y firmeza, en contraste a todas esas americanas que se dejaban descuidar hasta que sus cuerpos alcanzaban dimensiones grotescas. Por primera vez en sus cincuenta años, Ira vivía de recordar la libertad y la variedad de su antigua vida.

—¿Así que tú eres Carlos? Mhhh... ¿Habías estado antes en Chicago? —lo cuestionó Ira con su marcado acento ruso, mientras lo inspeccionaba de arriba a abajo con voracidad. —¿Qué les parece si brindamos un poco por nuestro nuevo amigo? Es una costumbre que en México como en *Mockba* tenemos en común... —y sin decir más pidió a su marido que fuera a la oficina a buscar algunos vasos y su botella.

Con un suspiro de desesperanza, Freddy prefirió invitar a los tres a subir a la oficina. Sabía que cuando su mujer se empeñaba en algo, no había manera de persuadirla de lo contrario. Lo mejor sería darle gusto lo más pronto posible, de esa forma, entre más pronto se cansara de la plática *biz-biz* de los tres, más pronto los dejaría en paz. Además, él en lo particular, no podía beber licor, por lo que en lo que subieron a la oficina, sacó sólo tres vasos de una gaveta del escritorio y procedió a servir un poco del transparente líquido en cada uno de ellos.

Ira brindó por los nuevos amigos mexicanos y apuró el contenido de su vaso en un sólo trago, Miguel dio un pequeño sorbo y declinó con una seña beber más; su estómago no soportaba mucho el tomar de ese vodka auténtico, que era especialmente fuerte. Además, no contaba con mucho tiempo y pretendía permanecer lúcido para hacer las cuentas del cargamento con Freddy. Sólo Carlos, poco a poco, terminó el contenido de su vaso, disfrutando del sabor y consistencia del licor, pero Ira ya estaba en la segunda ronda y servía animosamente un poco más de ese elixir enviado directamente desde Moscú al insospechado joven, animándolo a que saboreara por completo el ofrecimiento.

Después de varios brindis por los "nuevos amigos mexicanos", Freddy estaba ya exasperado de su mujer. Trataba de hablar de negocios con Miguel, e intentaba crear un compromiso que diera fin de una vez por todas a las preocupaciones de tener bien surtidos a sus compradores, y buscaba apoyo para confrontar las crecientes afrentas de los traficantes colombianos, e Ira sólo se empecinaba en beber y obligarlos casi a ellos a lo mismo. Miguel, por su parte, estaba incómodo con la mala imagen que se estaba desarrollando. También trataba de dialogar con Freddy, pero con su esposa de por medio era algo muy desconcertante. En el tiempo que llevaba negociando con Freddy, jamás había convivido con Ira más allá de saludos y despedidas.

En tanto, el plan de la mujer iba a pedir de boca. En cierto momento, cuando estaba segura que su marido estaba a punto de hacerla salir, sugirió inocentemente la idea de que se marchasen los cuatro a la casa. Ella les prepararía algo de cenar y los dejaría en la tranquilidad de sala de estar. Sólo que antes, necesitaría hacer algunas compras. Freddy estuvo de acuerdo inmediatamente; era imposible permanecer un solo momento más en esa pequeña oficina. Se levantó en el acto de su silla y con un gesto ordenó a Miguel que lo siguiera, e incluso propuso mientras bajaban las escaleras velozmente, que él se llevaría a Miguel en su auto, porque necesitaban hablar de cosas muy importantes, y que Carlos se quedaría con ella para hacerle compañía y ayudarle tal vez con las compras, ya que al parecer el *Charlie Boy* había congeniado bastante bien con el reacio carácter de su mujer. Freddy y Miguel desaparecieron y la puerta del taller se cerró de golpe tras de ellos.

Ya sin la influencia de su marido, Ira procedió más serena a servir un poco más de licor en los vasos, y sentándose tranquilamente junto a su atractivo acompañante, intentó una provocativa pose al estilo de la actriz Ava Gardner en sus mejores películas, tratando de impresionar un poco al joven, iniciando así un inocente y angelical interrogatorio sobre su relación con Miguel, su lugar de origen y sobre la posibilidad de seguir viéndole. Y antes que el joven pudiera contestar algo, ella lo interrumpió al instante, hablándole vivazmente acerca de la pequeña aldea de agricultores de donde ella provenía y de las audaces costumbres de los jóvenes *ruskis* cuando cortejaban a sus enamoradas.

Carlos para entonces, intuía las intenciones de su madura anfitriona. La forzada postura de Ira era demasiado obvia, sus ojos se abrían desmesuradamente con cada trabajoso respiro, y sus puntiagudos pechos parecían querer reventar el *top* de su conjunto deportivo. Sin embargo, estaba disfrutando del momento, de sentirse un joven y deseado premio, y si eso era lo que estaba sucediendo, dejaría agonizar lo más posible a la anhelante mujer. Mientras escuchaba apenas a Ira platicar de las costumbres amorosas de los jóvenes rusos, aceptó un poco más del vodka en su vaso, sin saber que Ira no podía darse el lujo de perder más el tiempo. Después de entregarle el vaso rebosante de vodka, Ira hizo algo impredecible: en vez de sentarse en su propia silla se arrodilló frente a él y tranquilamente comenzó a bajarle el cierre del pantalón, y Carlos, en vez de hacer cualquier movimiento, se limitó a beber mientras observaba cómo la experimentada mujer operaba sus partes con tal destreza que respondieron al estímulo inmediatamente, haciéndolo sentir al momento, oleadas de placenteras sensaciones. Ira lo miraba con fuego en los ojos mientras sus frías manos bajaban aún más sus ropas. Después, tomándolo por los hombros, lo tendió de espaldas en el suelo y se extrajo en el acto la parte baja de su conjunto deportivo, y colocándose lentamente a horcadas sobre él, centró su húmedo sexo hasta el fondo, ahogando apenas un gemido de placer mientras su espalda se arqueaba y su mirada se perdía en alguna parte de las alturas, deleitándose por anticipado ante esa maravillosa sensación, mezcla de embriaguez y sensualidad. Fue entonces cuando sus caderas envolvieron al joven con vehemencia y con sólo cinco estocadas furiosas, Ira alcanzó ese clímax liberador y profundo que había estado archivado durante tanto tiempo. Después de permanecer unos segundos sobre el pecho del joven con los ojos cerrados, disfrutando del momento, Ira procedió a cabalgar a Carlos sin parar, lanzándole miradas felinas de satisfacción mientras lo aferraba a sus caderas cada vez con más fuerza. Lo hizo terminar también fuertemente, con varios espasmos que sacudieron el piso de la oficina, hasta dejarlo lacio y sin vida bajo su voluntad. El movimiento cadencioso de sus caderas aún seguía pausadamente hasta que al fin, con la misma gracia y delicadeza con la que lo había aprisionado, Ira se levantó y se condujo al otro lado de la oficina para vestirse de nuevo. Carlos continuó en el suelo, tratando de alargar el momento de satisfacción de su atropellada mente. Había sido una experiencia magnifica; esa mujer lo había hecho sentir como si fuera la parte femenina del acto amoroso, ella lo había iniciado, lo había guiado y lo había finalizado magistralmente. Su piel era una delicia al tacto y sus potentes caderas eran firmes y robustas; nunca hubiera pensado que el sexo con alguien de la edad y corpulencia de Ira fuera tan fantástico. Se incorporó lentamente pensando que había sido algo muy especial, mejor de lo que hubiera podido suponer.

—No puedes imaginar hace cuánto que nadie me regalaba placer de la carne —expuso Ira mirándose al espejo, mientras retocaba su maquillaje hábilmente. —Y creo que a ti te ha gustado tanto como a mí, *¿niet?* Ahora arregla tus ropas de prisa, porque tú y yo aún no hemos terminado... te espero abajo, *¿okay?* Ira pasó por un lado del joven, rozando apenas su espalda y cuello con sus fríos dedos, y luego salió de la oficina, dejándolo con los pantalones a la rodilla.

Carlos se levantó y revisó su persona rápidamente y descubrió algunos arañazos nuevos en su pecho. Se deslizó por las escaleras rápidamente y encontró a Ira fuera del taller, en su auto, fumando tranquila, después de emparejar la puerta del taller y subir al auto. Ira le señaló con la mirada un auto ahí afuera estacionado. Junto al de ella estaba el de uno de los empleados de Freddy, y a pesar de que estaba haciendo mucho frío, la puerta del auto como la del taller, estaban sin cerrar.

Ira condujo el auto por las calles, mirando en silencio la llegada de los primeros copos de nieve. Fumaba pensativa e indiferente. La frialdad de la noche y lo tarde de la hora les despejaba las calles de tráfico y de transeúntes. En pocos minutos llegaron al casi vacío estacionamiento del supermercado, donde Ira, después de recorrerlo dos veces, aparcó el auto en un extremo, y sin más, exigió casi a Carlos que se despojara de sus ropas de nuevo, descubriendo para su gusto, que aquel obedecía al instante. Una vez más, la robusta mujer hizo con Carlos su voluntad, valiéndose de los asientos reclinables y empañando los vidrios con el calor de sus cuerpos. Sin saber o importarle si eran vistos por los empleados del lugar o sospechados por su marido, Ira volvía a procurarse ese placer carnal del que tanto había carecido en los últimos meses, y que *Charlie Boy* estaba presto a proporcionar.

Freddy y Miguel estaban en la espaciosa sala de su casa. La chimenea calentaba la estancia gratamente. Tres pequeños perros dormitaban junto al sofá y de vez en vez, dirigían alguna mirada indiferente a los dos que estaban inclinados sobre la mesa de centro, enfocados en unas hojas de papel donde Freddy hacía cuentas, escribía números metódicamente y en silencio, los mostraba a Miguel y después de que este asentía con la cabeza, arrugaba cada hoja rápidamente y la lanzaba hacia las llamas de la chimenea. La desconfianza natural de Freddy le impedía hablar de cifras y cantidades en voz alta, así que prefería escribir todo y luego destruir la evidencia. Era una forma de negociar que le daba cierta tranquilidad, ya que su alterada personalidad le hacía temer incluso a la idea de que pudiera haber micrófonos instalados en su propia casa.

El sector en el que Freddy operaba era uno de los muchos al sur de la ciudad, donde los famosos proyectos gubernamentales de vivienda para familias desfavorecidas estaban plagadas de vagabundos, drogadictos y delincuentes de poca monta. Las grandes formaciones de edificios mugrientos y derruidos se extendían por millas, y los callejones saturados de basura y desperdicios eran deplorables. Sin embargo, teniendo en cuenta que todos los delitos ahí perpetrados se reducían a pequeños robos, riñas y discusiones, la situación era arquetipo para un negocio como el de Freddy, ya que la policía local era insuficiente y apática de lo que sucediera en la zona. Los pocos robos que se llegaban a reportar eran de artículos decrépitos y sin valor, inclusive, las mujeres golpeadas que se atrevían a llamar a las autoridades nunca llegaban a levantar cargos formales en contra de sus maridos, y en general los inspectores preferían hacerse de la vista gorda a malgastar su tiempo en causas perdidas; "si así les gustaba vivir", por ellos mejor. Ningún agente estaba dispuesto a meter las manos por ninguno de los de ahí, incluso si era posible, evadían la zona para bien de su propia seguridad. Nadie en su sano juicio se aventuraba en esos barrios, a menos que, vinieran del norte, en busca de una compra rápida, veinte o cuarenta dólares de marihuana, la cual se podía conseguir en cualquier esquina, fácil e impersonalmente. Un intercambio de entrada por salida con los distribuidores de siempre, con amigos y recomendados, sin peligro de operaciones incógnitas ni sorpresas, sobre todo porque todos los vendedores ahí, eran conocidos de tiempo.

Por lo tanto, Freddy, con su apariencia extravagante y su gran Cadillac, hacía sentir que la zona estaba bajo su abrigo protector, y quienes trataban con él, respetaban su incuestionada reputación de pertenecer a la gran "M", la temible organización mafiosa de Los Ángeles, una de las más grandes y poderosas de los Estados Unidos, con miles de agremiados en todos los ámbitos, desde el lucrativo negocio de tráfico de indocumentados, hasta protección, usura e intercambio de influencias dentro de las mayores prisiones del país. Freddy había contribuido a la fabricación de su propia fama desde su llegada a ese sector, con su mercancía de Durango y por las golpizas que había propinado a algunos sublevados sin siquiera meter las manos, contratando para tal trabajo a dos despiadados negros que usaban varillas de acero para hacer entender a sus víctimas. Nunca se le había visto envuelto en alguna situación grave, sólo hasta hoy, en que la cantidad de mercancía que distribuía, estaba viéndose muy por debajo de las expectativas de sus clientes y del mercado.

Miguel no lo sabía, pero Freddy estaba siendo forzado a avanzar en negociaciones nada ventajosas con la familia Escobar, la cual controlaba la zona de carga de los muelles y la entrada de coca por el este, desde Nueva York. Aquella era una enorme organización que iniciaba en Bogotá, Colombia, y estaba condensada primordialmente en la Florida. Los Escobar mantenían una postura indiferente hacia el mercado de marihuana, el cual consideraban un negocio corriente y poco lucrativo; su negocio era otro. Estaban invadiendo la ciudad en su totalidad de las infames piedras de *crack*, un producto que para los colombianos es un desperdicio, residuos de la transformación de la planta de coca, pero que los americanos estaban sedientos de fumar y de la que se hacían irremediablemente adictos desde la primera vez que le hacían *suck* a la pequeña pipa de vidrio. La zona sur de la ciudad era, por lógica, donde esta droga seguiría su cancerosa ramificación, aun ante el desagrado de la población y las autoridades. Los clientes estaban dispuestos a hacer lo que fuera con tal de conseguirla, originando un mercado más fuerte que el de la heroína, cocaína y marihuana juntas. El *crack* tiene un efecto inmediato y no hay necesidad de agujas y jeringas hipodérmicas, que es lo que más detiene a los primeros usuarios de la heroína. En los ojos de Freddy, el crack era la más vil de todas las drogas, y una manera nada *cool* de ganarse la vida. No obstante, en su desesperación, Freddy consideraba la posibilidad de una asociación con los colombianos. Le interesaba más conservar su mercado, aunque fuera a medias y con muchos más peligros por la naturaleza del mismo, que perderlo todo frente a ese formidable rival. Estaba en una situación tal, que incluso traicionar la lealtad hacia el señor Pedro era factible, buscando otras fuentes de suministro de donde pudieran surgir. Estaba a punto de romper la barrera de proyectar ventas y distribución de por lo menos mil libras de mercancía por mes.

Casi a los veinte minutos de haber llegado a su casa, y haber explicado a Miguel que tenía ochocientos mil dólares en billetes de a veinte para él, en pago por la mercancía recién recibida, Ira llegó apuradamente y se metió de lleno a trabajar en la cocina, Carlos se dejó caer exhausto en uno de los sillones y acariciaba con descuido los mechones de uno de los adormecidos perros, Freddy lo miraba fijamente, sin embargo, su mente estaba en otro lugar. Carlos estaba abatido por el vodka y por las poderosas caderas de Ira, y apenas escuchaba la conversación de sus acompañantes. Después de un tiempo, la hacendosa mujer llegó a dejarles una fuente de bocadillos calientes sobre una charola y se retiró a sus habitaciones, al instante los tres pequeños perros la siguieron.

La neblina en la mente de Carlos le impedía entender el problema que Freddy y Miguel trataban de resolver. Estaban en una especie de lluvia de ideas y muy preocupados por el aspecto y forma en que de ahora en adelante se manejarían los pagos. En el pasado se habían usado maletas, televisiones vacías enviadas a través de empresas de mensajería, y últimamente lo más acertado era los compartimientos de los autos que Freddy fabricaba. Incluso hasta el fondo doble de una lancha de pesca se utilizaba frecuentemente, pero a partir de ese momento, deberían de ser más profesionales y astutos si es que pensaban llegar a las proyecciones acordadas. Necesitaban encontrar una manera más eficaz y automática de controlar el envío del dinero. Carlos no veía mayor problema puesto que no alcanzaba a comprender el porqué de tantas previsiones, hasta que al fin se le ocurrió preguntar de "qué diablos" estaban hablando.

—¿Sabes cuánto abarcan en espacio ochocientos mil dólares en billetes sucios de a veinte? —le preguntó Miguel con impaciencia. —Si hiciéramos una torre con ellos, uno encima del otro, alcanzaríamos una altura de casi treinta pies. Ocupan el espacio de un baúl grande, pero ese no es el problema; el problema es que si vamos a seguir creciendo, vamos a manejar el doble de esa cantidad, y dos veces por mes...

Silenciando con una mirada furibunda a Miguel, Freddy le explicó a Carlos que la prioridad uno era no llamar la atención en ningún lado, ni en bancos, ni hacer compras estúpidas, ni depósitos ni inversiones fuertes, al menos no por ahora, y sobre todo, no confiar en nadie. La organización era pequeña pero segura,

—No necesitamos hacer tantas olas, ni ser *gángsters* de película para ganar esta cantidad al mes... —dijo Freddy a Carlos, mientras le mostraba una hoja con una cantidad de seis ceros. —Y eso de lavar dinero como en el cine es pura *bullshit*. No hay nada como el *hard cash* —continúo Freddy. —Encuentra para ti una buena forma de guardarlo, una *safe*, un *low-profile* y listo, así es como tenemos que trabajar, *¿you know?* Como camellos, debemos contar con varios oasis en el desierto —comentó al final, antes de remover las cenizas de las últimas hojas en la lumbre.

La mente de Carlos giraba. Ochocientos mil dólares era una cantidad que jamás hubiera pensado, mucho menos el doble, y dos veces al mes le resultaba pasmoso. La sola idea de una baúl con más de un millón de dólares era una fantasía. Ni siquiera se le ocurría pensar, hasta ese momento, qué sería capaz de hacer por ellos y lo que ellos serían capaces de proporcionarle. Volvió a recordar a Isabel y su mente le dio la respuesta inmediatamente: él había decidido seguir a Miguel por la pura posibilidad de volver a verla, no tanto por lo que pudiera ganar en ello, pero claro que tampoco estaban haciendo obras de caridad; el dinero era inminente.

Miguel se recargó la cabeza en el sillón y cerró los ojos, y por un momento pareció que se había quedado dormido; su rostro denotaba cansancio acumulado. El largo proceso de llevar la mercancía por carretera desde El Paso hasta Chicago, y luego regresar de la misma manera, escondiendo grandes cantidades de dinero era muy agobiante, e igual o más peligroso. Cualquier fuga de información era posible y muy real, y si las condiciones del señor Pedro seguirían siendo las mismas, que nadie más estaría inmiscuido en el asunto. Se estaba creando un ritmo de trabajo, de Juárez a Durango y de Durango a Chicago, que estaba acabando con los nervios del joven, y ya se notaban muchas señales de esto. Miguel se había convertido en poco tiempo en una máquina de trabajo, y las enormes responsabilidades que tenía a cuestas lo habían convertido en un ser casi sin sentimientos. Era displicente e intolerante ante los errores de los demás; cualquier falla o retraso en los planes lo encendía en el acto. No soportaba la incertidumbre ni las necesidades de otros, y no se hacía esperar en sus reacciones. En muchas ocasiones había perdido los estribos con su gente, con sus pocos amigos y con sus muchos enemigos, los cuales iban multiplicándose con el paso del tiempo. A excepción de la fiesta donde Carlos había conocido a Isabel, Miguel no había disfrutado de un evento y de una bebida en mucho tiempo, y ahora atesoraba más los pocos momentos en los que compartía especialmente con Kitty. Mirar la televisión tranquilamente era más placentero que lo que pudiera llegar a comprar o querer. Saboreaba más una sencilla pizza en casa que el mejor corte de carne del restaurante más lujoso de Juárez. Las pequeñas cosas era lo que añoraba, pero también a veces, su espíritu bravío y acelerado aún lo sorprendía. Le gustaban las excentricidades, como cerrar burdeles enteros para su diversión, contratar a todas las *working girls* del lugar, sólo para que le hicieran compañía en sus guarapetas, y gastar cantidades descomunales en cocaína y licor. Gustaba de viajar al *Caesar's Palace* en Las Vegas en compañía de cualquiera que quisiera acompañarlo, gastarse fortunas enteras en los casinos, en las apuestas y en buscar lo mejor de lo mejor: autos de lujo, *Rolex, Versace* y altas cuentas de joyería eran su gusto, y su gusto era darle "gusto al gusto" como decía, la vida es demasiado corta para andar de "pinchurriento". El dinero le había otorgado muchas libertades, pero ahora las responsabilidades lo estaban aprisionando. Miguel se veía a sí mismo en Carlos. La ingenuidad natural de este que rayaba en bobería, muy pronto iba a cambiar. Miguel necesitaba de Carlos, más que todo, para darse un respiro.

# El complot francés

FILIBERTO HABÍA EFECTUADO VARIAS LLAMADAS con su teléfono celular. Se encontraba solo y caviloso dentro de su lujoso auto, invisible en el saturado estacionamiento de una famosa *discotheque*, la mejor y más célebre de Ciudad Juárez. Apenas cruzando por el Puente Libre desde El Paso se podía reconocer la fachada iluminada con neón de la misma. Tal *discotheque*, había sido muy frecuentada por ellos en el pasado. Conocía de memoria el lugar, la entrada normal para "la raza", el lobby especial V.I.P. para "los chingones", y las diversas salidas. Conocía de memoria las rutinas de la música y el ambiente magnánimo y pesado dentro de la misma, incluso con más afluencia y más en boga que las de El Paso, de donde fluían por miles para atestarla cada fin de semana. Era cerca de la medianoche, y estaba considerando seriamente las consecuencias de la última llamada. Volvió a recordar sus motivos y se sintió satisfecho por lo realizado; estaba decidido, y a partir de ese momento no podía dar marcha atrás.

En todos los años que llevaba trabajando con Miguel, desde el día en que los planes fueron forjados y se organizaron los primeros viajes a Durango por el mismo señor Pedro; desde aquel entonces; desde el día cero, el día en que sintió la necesidad imperiosa de seguir al señor Pedro; desde el momento en que decidió dejar de ser un empleaducho de almacén, un sirviente huérfano sin mayor casta que el odio por sus patrones y por todas aquellas familias de ricos tenderos que desde niño reverenció y sirvió por un mísero sueldo y un rincón en la bodega; desde que aquella serie de afortunadas coincidencias lo llevaron al punto en que pudo adherirse al único amigo que llegó a tener –porque antes que Miguel, Filiberto sólo contaba con compañeros de trabajo y de pobreza– nunca antes de esa organización había sentido afecto por nadie, y a partir del momento en que fue invitado por el propio señor Pedro a esa "bendita familia", había jurado dar el "cien por cien" de su vida por el bien de todos ellos. Por tanto, desde el principio cuidó el crecimiento de su nuevo clan, atento y vigilante como un perro, al pendiente de las necesidades y pequeñeces, haciéndose valioso y estando disponible permanentemente a ellos. Era más que reconocido por todos que arriesgaba igual o más que cualquiera, olvidándose incluso de su vida personal, siempre listo, siempre fiel, las veinticuatro horas del día y los siete días de la semana al que ahora era su patrón.

Sin embargo, algo estaba incomodando agriamente a Filiberto; el que al día de hoy se reconocía como su patrón y él mismo habían comenzado en este negocio como iguales, y seguían compartiendo los peligros juntos, al parejo, como amigos. Entonces, ¿qué estaba sucediendo? ¿Qué clase de mala pasada quería jugarle la suerte? ¿Por qué Miguel ahora estaba muy por encima de él? ¿Dónde estaba escrito que con el paso del tiempo, Miguel sería el próximo "señor Pedro"? ¡A luces que se veía! ¿Qué estaba pasando? ¿Por qué lo estaban relegando de las nuevas oportunidades?

Sí, era cierto que él tenía un carácter un poco más seco, y sí era cierto también que le costaba más trabajo la avenencia con los demás, pero ese no era motivo para que lo desplazaran, y ahora más que nunca que "el mugroso ese de Carlos" había aterrizado en la organización con el pie derecho. Bonita suerte la del "verdulero" ese: una sola recomendación del Diablo bastó para que "ese cabrón" se convirtiera en el héroe de la película, quitándolo a él de su derecho natural dentro de la misma. ¡Él! Que tenía igual o más experiencia que Miguel, él, que conocía el principio y el fin del negocio y que, con sólo proponérselo, pudiera acabar con todo. No, las cosas no podían seguir así… simple y sencillamente.. No permitiría que las cosas continuaran en ese cauce. ¿Cómo era posible que él siguiera de "mandadero", mientras Miguel se lucía con el nuevo "príncipe" por todo el reino? Apenas tenían un poco más de una semana de haber regresado de Chicago y todos los días, sin falta, se la llevaban en sus paseos y en sus compras, en visitar *dealers* de autos, de armas y de un montón de "pendejadas" más. Y lo peor, dejándose ver por las calles de Juárez, exponiéndose abiertamente y olvidándose de él, dejándolo sólo para que se ocupara durante todo el día en las estúpidas compras para el camión, los sacos de harina, de fríjol y las medicinas lo tenían "hasta la chingada". Y aquellos dos haciéndose los chulos, parándose el cuello ante todos sin darle crédito al equipo, a los demás. Parecían novios los dos "babosos, ¡par de maricas ojetes!" Incluso hasta Miguel le había ofrecido una casa en El Paso para que "el jodido ese" guardara sus "pinches mugres", y seguro que ni siquiera con una buena camisa contaba "el muy perro…" Ahh… y juntos habían ido ante el señor Pedro.

Pero todo eso estaba a punto de cambiar, pensaba Filiberto sonriendo. Con un sólo plumazo pronto borraría de una buena vez al "principito". Un golpe maestro que le dejaría el camino libre una vez más y que regresaría a Miguel a la realidad y, con un poco de suerte, el señor Pedro también recapacitaría sobre esa mala decisión y todo sería como antes; Miguel y él juntos compartiendo el trabajo y las diversiones. Porque hablando con la verdad, ahora sí se pasaron, insistía Filiberto en lo mismo. Miguel, que llevaba meses sin siquiera venir a Juárez, ahora le organizaba una fiesta de bienvenida al "pobretón ese", anunciando ante todos que tal vez Carlos pronto operaría independiente del equipo, con otro *crew* y toda la cosa, formando así otra célula. Y ¿la celebración en sí? En la mejor *discotheque*, a la vista de todos, sin medir el peligro y a sabiendas que él se había opuesto terminantemente a semejante descuido. Nada bueno surgiría de un atropellamiento como ese, nada bueno, se repetía Filiberto, mientras se fajaba la pistola y se encaminaba al interior del lugar.

Dentro del sitio estaban todos. El primer "jale" en el que había participado Carlos era celebrado como todo un éxito. Miguel se mostraba casi paternalmente complacido con sus invitados, y Kitty y las gringas lo acompañaban en la celebración. A pesar de la quejas de Filiberto, Miguel quería distraerse por una última vez, antes de iniciar el mayor trabajo que hasta el momento realizarían: mil libras en un solo viaje. Era impresionante cómo habían llegado hasta ese punto, y por órdenes de arriba, también deseaba exhibir ante la sociedad *under* de Juárez a su creciente organización, y así apagar un poco los recientes rumores acerca de su persona. Pero no había tomado el asunto a la ligera; su presencia en el lugar había sido planeada cuidadosamente y se tomaron todas las precauciones posibles. Nadie sabía de su aparición por el lugar y se conservó en secreto hasta el último momento. El simple hecho de asistir a esa *discotheque* era demasiado osado como para que alguno de sus enemigos lo hubiera previsto, un lugar que no frecuentaba en casi un año y que difícilmente pudiera relacionarse con él. Además, en la última semana, la única que pudo arrancar de su ajetreada agenda para tratar de que Carlos aprendiera lo más indispensable de la organización, también lo había tenido que aleccionar a la carrera sobre la necesidad de saber manejar un arma, y ahora cada quien llevaba una a la cintura. Aunque los revólveres eran más de fiar, las escuadras eran las de preferencia, como su preciada *Sig Sauer* de cachas grabadas, más elegante, con más balas y además, se veía más perrona fajada en el pantalón.

Miguel estaba bastante confiado en su privado, palpaba con descuido la cacha de su *Sig* P220, y había ordenado un servicio de *Absolut* y dos de *Moet*. Poco a poco sus preocupaciones anteriores iban evaporándose en el ritmo de la música y en las luces de la pista. Había algunas caras conocidas, pero nadie de peligro, y además, pronto llegaría Filiberto y así serían tres en el improbable caso de que algo ocurriera.

Para Carlos la última semana había sido vertiginosa. Ahora contaba con un guardarropa bastante costoso para su propio gusto, consistente más que todo en pantalones *Denim* de diseñador, camisas *Versace* de seda bordadas con intrincados diseños de oro, y un modesto *Rolex Datejust*, que no hacía mella al que Miguel usaba, un ostentoso *Rolex Presidential* con incrustaciones de diamantes, que le había costado la fabulosa suma de treinta mil dólares, un lujo que tal vez él mismo pronto podría alcanzar. Además tenía en la mira una flamante camioneta Ford F-150 que soñaba con modificar completamente a su gusto. Pero más que todo, exhalaba satisfacción, complacencia de pertenecer a una familia especial, un grupo por encima de las leyes, por encima de la inflación y los problemas de la gente común. Cuarenta mil dólares en efectivo fue la parte que le correspondió por su participación en este "jale", entregados de la misma mano del señor Pedro después de haberlos recibido en su casa. Nada mal para empezar y para una semana de trabajo. Para Carlos; los últimos días se le habían ido como agua y la mayor parte del dinero aún estaba en una maleta dentro del *car dealer* en El Paso. Las proyecciones futuras eran de por lo menos cien mil dólares al mes en ganancias personales.

La persona más feliz del grupo era sin duda Kitty. La joven mujer iluminaba el lugar irradiando una alegría divina. Su fastuosa aparición iniciaba con un exquisito conjunto *Dior* que había adquirido especialmente para la noche, consistente de una falda corta y un vanidoso blazer blanco en piel, muy juvenil y muy atrevido, y que remataba con un magnífico brillo esmeralda de sus ojos, el que contrastaban con su cabellera negra. Recorría cadenciosa la pista de baile, acompañada de Erika, Barbie y Gina en un ritual de diversión y fiesta, bailando coqueta y deliciosa, fulgurando el verde de su mirada para Miguel solamente, insinuándose sin tregua ante el suspenso del que se negaba y provocando con sus movimientos a los moscardones y felones del lugar, que comenzaban ya a merodearlas desde lejos, y buscaban como lobos alguna oportunidad con las pichonas, vigilando desde las sombras sin adivinar que las presumidas esas eran más presa de lo que cualquiera de ellos pudieran merecer. Después de una hora de baile y agitación, Kitty se tomó una pausa al fin para descansar, pero no dejaba de seguir la música y la gente con la mirada. Su felicidad infantil radiaba burbujas frescas de champagne hasta los reflectores y su risa y sus guasas eran de niña, de reina Delfina. Estaba empecinada en saber la forma y tamaño de las defecaciones de diferentes animales.

—¿Charlie...? ¿Cómo hacen caca los conejos? —preguntaba insistente y encantadora.

—¿Qué?

—Sí, dime, ¿cómo hacen caca los conejos?

—Pues bolitas negras, ¿no?

—Ja, ja, ja... ¿y las chivas?

—Pues unas bolas negras también —contestó Miguel— pero más grandes.

—¿Y las gallinas?

—Pues como escupitajos, ¿qué nunca las has visto?

—¿Y cómo hacen caca las vacas?

—Pues mucho, y verde —volvió a contestar Carlos, ya un poco fastidiado.

—Y ahora dígame, ¿cuál es la distancia entre El Paso y París?

—¿París...? ¿Francia?

—Sí...

—Pues no lo sé...

—Ja, ja, ja, ¡lo sabía! De lo único que se puede hablar con ustedes ¡es de pura mierda!

—¿De qué hablas? —inquirió Carlos al fin.

—La distancia entre El Paso y París, Francia, es de ocho mil seiscientos trece kilómetros —contestó Kitty triunfante. Miguel en ese instante supo el porqué de la observación. —Y es la distancia... —continuó la chica ufana— a la que se encuentra Isabel...

—¿Qué?

—Sí, al fin la estirada esa, *perdón Miguel*, la señorita esa, se fue a estudiar no sé qué a Francia; algo de modas, y me ha dejado para mí solita a Miguel, por lo menos durante tres años, ¿verdad mi amor? —le dijo Kitty, mientras lo tomaba por el rostro y lo besaba abiertamente. —Por fin vas a ser todo mío, y no creas que vas a poder deshacerte de mí tan fácilmente. Al menos esta noche no puedes hacer o decir nada que me aleje de ti, esta noche es mía, *¿okay?* —aseguró Kitty, mientas sellaba sus palabras con un *sip* del espumoso vino.

—¿Es cierto eso? —preguntó Carlos directamente, tal vez sin medir su indiscreción.

—Sí —contestó Miguel sin darle gran importancia al súbito interés de Carlos en su novia. Probó un poco de su bebida antes de continuar. —Dos semanas hace que se fue; es un proyecto que teníamos contemplado desde hace tiempo, pero no creas todo lo que dice esta; los planes son que en un año regrese para la boda... estamos comprometidos — dijo al fin ante la mirada confusa de Carlos y el puchero de Kitty.

Quién sabe si la sorpresa y el sinsabor de Carlos fueron notorios. Se dejó resbalar en la silla y apenas notó que Filiberto conversaba con alguien antes de acercarse a la mesa. ¿París? ¿Y luego boda? Qué mal estaba todo aquello. Claro que Miguel no estaba obligado a informarle de nada, pero también era raro que en los últimos días, en los que habían convivido desde el amanecer hasta altas horas de la noche, no le hubiese comentado nada. ¿Sospecharía algo? Miguel era muy reservado en cuanto a sus asuntos personales, y tal vez hubiera considerado una falta de respeto cualquier pregunta hacia su prometida, sin embargo, el mismo Miguel hablaba mucho más de Kitty que de Isabel. A veces lo sorprendía hablándole de los pequeños gustos de esta, de su carácter abierto y frágil, y de lo mucho que disfrutaba al estar junto a ella. Kitty era probablemente la única persona capaz de hacerlo bajar la guardia, y el cariño incondicional que le profesaba lo vencía, con todo y todo, con sus caprichos y sus niñerías la apreciaba de veras, y este cariño era evidente, así como las miradas comprometidas, las sonrisas cómplices y los guiños que sólo ellos captaban. A leguas se diría que era un amor bien correspondido, del bueno, en total contraste al hermetismo que guardaba respecto a su futura esposa.

La incomodidad de Carlos lo sacaba del presente y de la *discotheque*, lo mandaba de regreso a las últimas semanas de su vida, haciéndolo recapitular lo vivido vez tras vez, intentando descubrir los muchos momentos en los que Miguel pudo haber sospechado. Raro estaba aquello, ya que en esa última semana, había surgido entre ellos una relación si no de amistad al menos de camaradería. Incluso para facilitar la capacitación de emergencia, Miguel le había prestado temporalmente una oficina vacía de su propiedad para que pasara las noches ahí. Esta oficina se encontraba en la parte trasera de un *car dealer* en la zona este del Paso, y era un negocio que estaba legalmente registrado a nombre de algunos familiares. Miguel mismo fue el que le había pedido que no regresara a Juárez al menos por esa semana, y si Carlos no había regresado fue más por falta de ganas que de tiempo, así que desde aquella madrugada de domingo en que salió de su casa para comprar aguacates, no había encontrado la oportunidad ideal de volver, ni siquiera para avisar a su madre de su paradero.

Lo que sucedió a continuación fue muy rápido, pero Carlos lo recuerda aún como una proyección en cámara lenta. De súbito, la estruendosa música del lugar se redujo a fuertes martillazos dentro de su pecho, y sin embargo, la gente parecía no darse cuenta. Seguían bailando en movimientos grotescos y desencajados, retorciéndose lentamente y agitando los brazos en el aire, olvidados por completo que el lugar se llenaba como de una neblina amarilla; era hiel, era la hiel amarga que presagia las desgracias. De los martillazos que sacaron el aire de sus pulmones siguió un calambre, un latigazo frío de sudor que le corrió por la espalda, y la causa fue que justo por detrás de Filiberto se acercaban a trancas dos tipos vestidos de negro, las manos ocultas dentro de los sacos y los pasos discretos, pero decididos, contrastaban entre los concurrentes. Venían directamente hacía al privado. Los reconoció de inmediato: eran los hermanos Fong. Lo más seguro era que habían ingresado por alguna de las entradas especiales o por alguna salida de emergencia, lejos del campo visual de Miguel que cubría el acceso principal. La trayectoria de aproximación de estos tipos era aparentemente invisible para todos, y se desplazaban veloces como los flashazos de los reflectores y se fundían en la sombra de la pared humana. Sus perfiles eran amarillos y sus ojos eran negros. Estos zorros trabajaban por la zona de Anapra. Carlos se había topado con ellos en una sola ocasión, y al parecer esta bastó para no olvidar esos rostros jamás. Casi un año había pasado desde aquel día en que lo mantuvieron secuestrado a punta de bala en la orilla de la frontera, hostigándolo para que trabajara exclusivamente para ellos antes de soltarlo a medianoche, y no antes de quitarle su mochila y el poco dinero que cargaba. Estos hermanos "ofrecían" protección y cruce por el desierto, pero eran famosos por abandonar y traicionar a sus clientes. Nunca utilizaron o cooperaron con los servicios del Diablo, y se sabía que dentro de sus actividades se incluía el secuestro y la extorsión de pequeños comerciantes de la zona oeste de la ciudad. Ellos mismos se hacían llamar "los rusos", porque tenían el macabro hábito de jugarse a la suerte el último tiro de sus armas. Se mofaban ante las muchas vidas que debían y gustaban de golpear y aprovecharse físicamente de malvivientes y drogadictos por placer. Se aseguraba que los dos eran conocedores de las artes marciales y el combate callejero. Por todo esto, la simple presencia de ellos ahí envenenaba de maldad todo el ambiente.

En un movimiento de reflejo, casi involuntario, Carlos buscó su pistola con la diestra mientras se abalanzaba sobre Miguel por encima de la mesa, alcanzándolo por el cabello y jalándolo hacia sí, desconectándolo con este movimiento del encanto de Kitty. Entretanto, los nefastos hermanos estaban ya frente a ellos a una distancia de cuatro o cinco pasos de la mesa; en sus miradas se advertía la muerte. Habían sacado algo de sus sacos de piel, unas *Uzis* automáticas de al menos veinticinco tiros en cada magazine. Carlos trató de agachar más a Miguel con la zurda, casi hasta el suelo, pero los cañones de las armas estaban encima de ellos. Era obvio que venían por Miguel, recordaría Carlos después. Sus ojos quedaron a dos palmos de los agujeros oscuros de las armas. Carlos disparó su primer balazo, pero la pesada *Schumann* de nueve milímetros que cargaba relinchó en su mano escupiendo un trueno que no dio en ninguna parte. "Está rampada para que el reculeo no sea tan fuerte", le había dicho Miguel unos días antes, cuando le había proporcionado la ilustre escuadra. El estruendo del disparo fue amortiguado un poco por la música, y lo único que ocasionó fue la primera andanada de disparos de los hermanos, "trrrrrr-trrrrr", la cual alcanzó a Miguel en la espalda mientras este iba en trayectoria hacia el suelo. La ráfaga sonó suavecito y cortante, como el sonido que hacen los engranes de transmisión de un camión recién sacado del taller.

Kitty, que seguía sentada en la mesa, y Filiberto, que estaba de pie entre ellos y los sicarios, se convirtieron en estatuas de sal. Los susurros suavecitos de las *Uzis* los petrificaron al grado que sólo pudieron mirar incrédulos la brisa roja que envolvía a Miguel mientras este chocaba de rodillas contra el suelo, en medio de una aglomeración que no comprendía lo que estaba sucediendo. El segundo disparo de Carlos fue mejor, dando de lleno a uno de los de negro en plena cadera y lanzándolo contra la gente de la pista, ocasionando que en esta confusión descargara su arma contra la muchedumbre que lo observaba, "trrrrr-trrrrrr-trrrrr". Carlos se puso de pie y para su tercer disparo estaba preparado. Tomaba la pesada *Schumann* con ambas manos y apuntaba directamente a la cabeza del segundo gatillero, mientras que este observaba cómo su hermano herido disparaba a tropel y sin mesura contra el enjambre de gritos e histeria que comenzó a desencadenarse. Lentamente, sus ojos se cruzaron y aquel maldito le sonrió, cayendo en cuenta en ese momento de dónde venían las balas que derribaron a su hermano, y bajando su arma lentamente comprendió, sin asomo de sorpresa, que iba a morir, al tanto que su consanguíneo, aún trastornado, seguía barriendo a balazos cualquier cosa que se moviera, llevándose en su irracionalidad a hombres y mujeres por igual. A punto de apretar el gatillo, Carlos dudó un segundo y luego, sin pensar más, se lanzó sobre Miguel y al vuelo lo levantó del suelo para perderse entre el gentío. Corrieron agachados en medio del desconcierto, arrojándose y cubriéndose con la multitud que a la vez les dificultaba la escapatoria. Parecía increíble que muchos de los asistentes de la entrada ni siquiera se hubieran enterado de lo sucedido. El caos comenzaba a ser general cuando al fin la música fue acallada y las luces principales se encendieron. Para entonces Carlos lanzaba a Miguel al asiento trasero de un taxi, y subiendo al de enfrente, ordenaba al chofer que se alejara del lugar lo más pronto posible.

Los nervios de Carlos lo traicionaban mientras el taxi corría erráticamente por la calzada Lincoln rumbo al sur; creía ver a los malditos hermanos en cualquier auto que se acercara demasiado, y parecía que todas las miradas los delataban. Estaban demasiado lejos de cualquier parte y muy a la vista en ese taxi. Tomar una decisión rápidamente era imperativo, y ni siquiera sabía qué tan mal estaba Miguel, el cual se quejaba lastimosamente y no paraba de preguntar por Kitty. Sin escuchar las súplicas del torpe conductor del taxi, le ordenó a gritos que los llevara a la zona del centro. El mercado de abastos era lo único que brotaba de su mente y, lanzándole un puñado de billetes ensangrentados, estuvo a punto de apuntarle con la escuadra que aún aferraba fuertemente. Bonita era la hora para, al fin, hacer una visita de cortesía a su madre.

Carlos encontró su casa con la puerta abierta y a su madre mal enrollada en una raída bata de baño, bebiendo en silencio y con la mirada enrojecida de asombro al verlo. Sin decir palabra, Carlos arrastró a Miguel y lo dejó caer en el camastro arrinconado en el que solía dormir. Volvió a mirar a su madre resentido. El aroma de la casa estaba rancio, abochornado, olía a una mezcla de suciedad y kerosene quemado. El ambiente era como el de una prisión: pesado y podrido. Las roñosas y peladas paredes eran más notorias ahora, y el pegajoso piso lleno de migajas y manchas le parecía más asqueroso que nunca. Los platos y utensilios de cocina eran ahora más indecorosos e insalubres de lo que recordaba. Sintió vergüenza de esa cocina y de su madre, la cual aún no salía de su estupor alcohólico.

En Miguel se podían apreciar dos manchones ensangrentados en la espalda: en el omoplato izquierdo y en el inicio del hombro. Estaba consciente y luchaba por permanecer atento, temblaba sin control mientras se desangraba y estaba a punto del shock. Comenzaba a respirar con dificultad, necesitaba de un doctor urgentemente y, antes de desvanecerse, le pidió a Carlos un favor, al oído, como en secreto: que no se enterara nadie de lo sucedido, ni Isabel y ni mucho menos el señor

Pedro; que se las arreglara como pudiera, pero que por nada del mundo se enteraran de aquello. Después, el joven Miguel, se quedó como dormido.

—¿Qué hiciste con Diego? ¿También lo mataste? —escuchó Carlos a su madre recriminarlo con voz muy baja, en un tono lleno de resignación.

—¿Qué? Madre, ¡por favor! Ayúdeme a conseguir un doctor, alguien que me pueda auxiliar, es... es mi amigo, y se me está muriendo.

Carmen continuaba ida en su bebida y sólo se limitaba a mirarlo en un atisbo cristalizado.

Carlos salió de la vivienda y corrió dos calles, hasta la esquina donde vivía el viejo boticario. Esperaba que aún con lo avanzado de la hora, el viejo borrachín estuviera despierto. Estuvo pateando la puerta rudamente hasta que al fin el viejo se aventuró a contestar desde adentro. En lo que Carlos escuchó el abrir del cerrojo, irrumpió con su cuerpo hasta la sala de estar del que acababa de abrir.

—Don Pascual, soy Carlos, el hijo de Carmen, ayúdeme por favor —le gritó al asustado sujeto, tomándolo por la solapa del pijama.

—¿Que te pasó en el brazo muchacho? Déjame revisarte —le contestó el anciano, acomodándose las gafas en un semblante de sabiduría.

—¡No!, es un amigo el que está mal, ayúdeme, está muy mal herido, venga por favor, está en la casa, vamos, no hay tiempo que perder.

—¿Pues qué pasó muchacho? —le preguntaba alarmado el viejo mientras lo seguía apresuradamente calle abajo, olvidando por completo su pijama y sus pelambres despuntados, tratando encorvado de mantener el paso de su joven guía.

—Apúrese por favor don, yo le sabré recompensar por su tiempo.

Al llegar a la casa, la puerta seguía abierta. Carmen seguía en la misma pasmosa inmovilidad frente al herido, y seguía haciéndose acompañar por los mismos olores y deslustres del lugar. El viejo entró después de Carlos observando por todos lados hasta localizar al accidentado, arrimó una silla hasta la cama y comenzó a revisar al joven; hasta que al fin, con las manos ensangrentadas anunció gravemente:

—Este muchacho lo que necesita es un hospital; si no se le atiende inmediatamente, no creo que llegue con vida al amanecer, tiene dos balas en la espalda.

—No puedo llevarlo a ninguna parte don, necesito que me lo arregle aquí mismo, tal vez algo momentáneo, nomás para después, llevármelo sin peligro a otro lugar, usted debe saber cómo hacerlo, sólo dígame qué le hace falta.

—Imposible, muchacho —sonrió nerviosamente el viejo, como pensando en el disparate que acababa de escuchar. —Practicar una cirugía en este lugar sería una locura.

—Si no te llevas a ese muchacho de aquí, su muerte será por tu culpa —balbuceó Carmen con crueldad, paseando incoherente su roja mirada por la habitación.

Carlos caviló unos segundos. Estaba hastiado de lo que acababa de escuchar, caminó extenuado hasta la mesa sin ver más a don Pascual o a su madre y volvió a sacar la pesada *Schumann* de su cintura. La examinó mientras la asía tan fuertemente que los nudillos de su mano se tornaron blancos.

—Mire don... esta es la cosa —dijo tranquilo. —Usted y yo lo vamos a componer... y no quiero que me dé excusas, lo que quiero es que me dé resultados. Usted sabe de eso de curar a la gente, es usted el doctor del barrio, es la persona más culta y respetable que conozco, pero estoy muy cansado y no pienso salir de esta casa, y tampoco puedo dejar que se me muera este amigo así como así; por favor no me lleve la contra, ayúdeme que yo no le pagaré mal...

En calma, Carlos levantó la palma izquierda hasta llevársela a la sien, después se acercó a Miguel y retiró de este su costoso reloj de pulsera, se giró y, viendo directamente a los ojos del viejo, tomó sus manchadas manos entre las suyas y colocó este en ellas. —Ayúdeme don, hágalo por mí, haga lo que pueda, pero no se rinda antes de empezar. En prueba de mi buena fe, de que sé que usted no abandonaría a un enfermo, quédese con este reloj, y si aún así decide que no lo quiere ayudar, yo lo entenderé, y pues, no habrá nada más de que hablar.

Esta sería una de las primeras demostraciones palpables de la peligrosa calma que Carlos emanaba. Sintiéndose acorralado, sus movimientos y actos semejaban la tranquilidad de una cascabel antes del ataque. La misma irrupción impasible, agresiva y fría que Miguel había percibido en la casa de Isabel, la suavidad de Carlos, era sólo en su exterior. Su fuerza originaba en alguna oscura parte de su alma, y en el futuro muchos se arrepentirían de haberla descubierto.

Los cansados ojos del viejo se humedecieron con lágrimas de pavor mientras observaba los diamantes del costoso *Rolex*, cuyos fulgores lo deslumbraron como el sol, y donde el peso del mismo doblegaba la mano que lo sostenía, y que por inercia trataba de limpiar; sus temblorosos dedos acariciaban la carátula manchada de sangre.

—No puedo —dijo al fin, llorando abatido ante Carlos, tratando de regresar el reloj a este, buscando sus manos para revertir el fino objeto de su posesión. —No puedo muchacho, no sé qué hacer, no soy médico... no soy nada" —reveló el viejo bajando la frente. —Aprendí a colocar inyecciones hace muchos años, cuando las campañas de vacunación, y a partir de ahí la gente empezó a creerse eso, de que yo era doctor. Lo único que tengo son mis libros de farmacia que uso para recomendar medicinas, pero nunca he estudiado ni he estado ante un herido. ¡No puedo muchacho! Además, este joven está muy mal, yo creo que ni un verdadero doctor lo podría curar en esta casa. Perdóname, pero no puedo hacer nada... —dijo el viejo mirando al suelo, como esperando el merecido castigo de haber fingido por tanto tiempo ser lo que no era.

—Qué mala suerte don, mala suerte para mí y mala suerte para usted... Maldecirá usted tal vez la hora en que yo toqué a su puerta, porque de todas formas lo vamos a curar, así que comience a decirme qué vamos a hacer, porque de aquí salimos todos o no sale nadie.

Sin más remedio y llevado más por el miedo que Carlos le infundía, descubrieron completamente la espalda de Miguel y revisaron minuciosamente las heridas de este, y bajo la única recomendación del pusilánime 'matasanos', se la jugaron con sólo colocarle dos inyecciones de Buscapina, limpiarle las heridas con aguardiente de caña, para después cerrarle rudimentariamente los agujeros con una aguja curva que el viejo mandó a Carlos a traer desde su casa.

—Creo que con eso quedará bien; al menos por el momento logramos parar la sangre —insistió emocionado el viejo. —Esperemos que el aguardiente no le provoque una reacción más infecciosa que la bala, porque la fiebre le está haciendo mucho daño, pero ahora vamos a curarte a ti muchacho. Tomándolo por el brazo lo sentó, y comenzó a rasgar la manga de su camisa. Sólo hasta ese momento Carlos se dio cuenta el porqué de la desaparición de su propio reloj: él también había sido alcanzado por una bala. En el principio del antebrazo se observaba un desgarre donde antes había un reloj de pulsera, que el viejo remendó horriblemente con su aguardiente y su aguja. Mientras el supuesto doctor enterraba temblorosamente la aguja en la piel de Carlos, este recordó las palabras de su madre.

—¿Madre? ¿Dónde está Diego? ¿Madre?

—Hace tres semanas que no tenía razón de ti, y una que no sé de Diego —respondió Carmen, saliendo momentáneamente de su trance. Después se levantó pausadamente y fue a encerrarse en su recámara.

Tan pronto como don Pascual cortara la hebra de la puntada final, y después de algunos segundos de titubeo, Carlos volvió a tomar su pistola con la diestra mientras que con la zurda se llevó la botella de aguardiente a la boca. Bebió varios tragos amargos hasta que se advirtió observándose en el reflejo de los ojos del viejo tiritante, y antes de que pudiera decir algo, le ordenó que no se moviera del lugar, y luego salió de la vivienda sin más ni más.

El anciano estaba aterrado; había visto la muerte en la mirada de Carlos, y estaba seguro que algo malo sucedería. Por fin las iba a pagar todas juntas. La vida, con esa ironía con la que siempre se cobra los tropezones por muy bien intencionados que estos sean, estaba a punto de pasarle la cuenta por tanta mentira, por tanto mal que había ocasionado a esas pobres gentes, todos aquellos que habían confiado en sus corazonadas y sus atines. Sin saber cómo se encontró contemplando el fondo de la botella y comenzó a beber temblorosamente de ella, aceptando ya su destino. Y por momentos se encontraba también observando con asombro y horror la respiración de Miguel, y sin siquiera atreverse a mirar al exterior, llegó a la conclusión que mucho menos podría atreverse a escapar del sitio aquel.

Tres cuartos de hora pasaron cuando al fin escuchó el sonido de un automóvil en el exterior. Las luces intermitentes, amarillas y rojas, iluminaban el pasillo y creaban sombras fatídicas. Probablemente sería incriminado en ese lío, se sabría después de tanto tiempo que nunca fue médico y seguramente la cárcel y el desprestigio lo esperaban. Se levantó frenético y buscó dónde lavar la sangre de sus manos, y trató de mover una pila de ollas y sartenes grasientos, pegados al fregadero de mugre. También era necesario limpiar un poco el suelo; la sangre resaltaba brillante en el amarillento piso de linóleo. La llave de agua estaba enterrada también en un cúmulo de platos y ollas sucias. Recorría con la mirada los vacíos estantes en busca de un trapo, de un paño, algo con qué expiar esa culpabilidad de años, de fingir lo que nunca fue. Al fin, la torre de ollas cedió, dando estrepitosamente contra el suelo, encrespando aún más los pelambres del viejo con el estruendo, delatando ruidosamente su presencia y su delito al mundo. Al voltearse derrotado ante su intento de redención, Carlos lo miraba violentamente. Sus ojos lanzaban llamas violetas mientras señalaba con su pistola el desorden; los oídos le zumbaban cuando el joven le hablaba, no entendía ni una sola palabra. Por las señas dedujo que se llevarían al maltrecho joven. Presto se apuró a ayudar al desplazamiento del mismo hacia el exterior. Su helada frente latía de confusión mientras avanzaban palmo a palmo hacia la parte delantera de un enorme camión, blanco y limpio como un hospital. El herido se quejaba lastimeramente mientras lo acomodaban en su interior, y para su pugna, también comprendió que se le requería para el recorrido. No pasó mucho tiempo cuando al fin se dio cuenta que el traslado del lesionado no sería dentro de la ciudad, ya que el enorme camión avanzaba velozmente por la oscuridad de la carretera, desafiando con su furia todos los límites de velocidad establecidos. Don

Pascual estaba demasiado espantado como para preguntar el destino final del viaje, y sólo miraba el panorama externo en silencio, arropándose de vez en vez con su escueta pijama.

Muchas horas dentro del amanecer pasaron cuando Carlos al fin salió de sus pensamientos, manejó al límite, sin parar, y sin pronunciar palabra. Su mente procesaba miles de conjeturas a la vez. Todas tenían significado y se proponía indagarlas a fondo, como la suerte de Kitty y las muchachas, los hermanos Fong y la probabilidad de la colaboración de Filiberto en el complot, sin embargo, el tiempo le daría después la oportunidad de prestarles atención. Por ahora dos ideas luchaban por ocupar el primer lugar de su mente: la primera era que el moribundo que llevaba a su lado era el hombre que se quedaría al final con Isabel, y la segunda, que le decía que su deber era ayudarlo. La organización a la que ahora pertenecía era más grande que cualquiera de las "pendejadas" e ilusiones personales que pudiera albergar, por más fantasiosas e idiotas que fueran. Una parte de sí le exigía que manejara sin parar hasta Durango, y que así le ganaría la carrera a la muerte, por lo que conducía el pesado camión sin parar, y la única vez que se detuvieron, brincó del vehículo a toda prisa para cargar gasolina y comprar agua y líquidos para el enfermo. Cuando volvió a subirse encontró a don Pascual atendiendo al herido, dándole aguardiente cuando este se quejaba e insistía en que debían conseguir más para el dolor. El resto del viaje fue muy difícil; el lesionado deliraba y no tenía buen semblante y un poco antes de llegar a Durango, Miguel había dejado de quejarse y sus labios estaban morados.

Tan sencillo que pudiera ser retrasar un poco la llegada, disminuir la velocidad de esa endemoniada carrera y esperar lo inevitable. Heredar fácilmente lo que Miguel estaba a punto de dejar, convertirse en el nuevo Miguel, con todas las ventajas que eso implicaba, seguir la operación si era posible y llegar a conseguir inclusive el amor de Isabel, porque ahora que ya estaba todo más claro, estaba seguro que si Isabel y Miguel planeaban casarse; lo más seguro era que esos fueron siempre los planes, un casamiento de la alta sociedad. Probable era también que la bella sirena simplemente había sido amable con él en aquella fiesta, como cuando los patrones son atentos con los sirvientes. Esa parte dentro de él, la que le aconsejaba que desacelerara la velocidad del camión, era la codicia pura, era esa misma que lo había enseñado desde niño a ser un sobreviviente, y la misma que lo hacía desafiar a todos. Por ella había logrado lo que tenía, y era por esa bendita codicia que había decidido unirse a Miguel, y era también la que ahora le presentaba una manera para conseguir lo que más deseaba: aprovecharse de las circunstancias para triunfar. Un triunfo falso, pero triunfo al fin. Sin embargo, estaba también esa otra voz que se negaba a callar, que desde el fondo de su alma le dictaba que manejara sin detenerse, la que lo ponía a reflexionar en toda la gente que había confiado en él y que ahora dependían de lo que él decidiera. Era ese inexplicable sentido de conciencia el que le comandaba a llevar a Miguel a salvo ante don Toño, el brujo de Santa Julia. El peso de la obligación se hacía más fuerte ante sus ridículas y patéticas ilusiones.

La balacera en el antro fue muy cacareada por los noticieros. Quince heridos y nueve muertos fue el balance al final, y ni un solo detenido por las autoridades. A la vuelta de una semana, el lugar estaba abierto al público de nuevo, teniendo incluso hasta más concurrencia que antes. Entre los fallecidos, se encontró a una hermosa chica, de elegante figura y esculturales piernas doradas, con una larga cabellera que contrastaba con la hermosura de su rostro. Una verdadera lástima, una insensatez haber sido víctima de ese lugar, una americana sin duda, que nadie fue a reclamar a la morgue de la ciudad, y en la que permaneció humillada y abierta en canal hasta que, varios días después, fue repatriada como desconocida a los Estados Unidos. Una muerte que dejaría llena de arrepentimiento y luto a la organización de Miguel por vez primera.

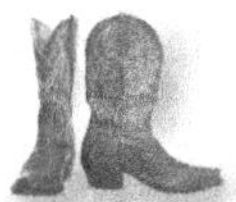

# La Bruja

Fue un presentimiento el que le avisó a Unción... la misma sensación que alguna vez le anunciara la muerte de su querido Raúl, su valiente y amado esposo que cayera traicionado más de una década atrás a manos de su encaprichado patrón. Era la misma sensación de vacío, la misma congoja dentro del pecho que le advertía que algo estaba terriblemente mal. Igualito que la vez que por andar de coqueta y atrevida con el Licenciado Rojis-Verdiz, este perdió la cabeza por ella, llegando a una obstinación y un deseo de poseerla tal, que le costó el matrimonio, la libertad y la vida de su marido.

Aquella travesura comenzó inocentemente, como todo, como un infantil reto de miradas entre chiquillos, un juego de parpadeos invitadores y contoneos resbalosos que llegaron a proporciones tales que fue imposible predecir lo que sucedería. El cortejo galante y descarado que ella profesaba por su patrón, y las delirantes proposiciones y ofrecimientos que le siguieron de este hacia ella, aun a costa de su mujer y de su posición social, comenzaron muy al principio por envanecer a la joven, por adularla y después por darle más cuerda.

Acosar al licenciado sin tregua, acorralarlo en su imponente sillón de cuero para mariposearle las apretujadas nalgas por doquier en cualquier oportunidad, en su propio despacho, dentro de su misma casa, era lo más atrevido y emocionante que la cándida mulata llegó a tramar. Sin medir las consecuencias de esta desfachatez, reservaba las tardes para encontrarlo a solas en el despacho de la casa, con el pretexto de limpiar el lugar, organizar los estantes y las repisas atiborrados de rimbombantes libros de leyes, acomodar las pesadas cortinas y por último, pasar el plumero por el autoritario escritorio del licenciado para sentirse indispensable y excepcional, ya que llegó a ser la única autorizada para tocar cualquier papel en el mismo. Su hábil provocación comenzaba lentamente, poco a poco, primero mientras se colaba a la oficina para según ella correrle las cortinas a las ventanas de la oficina al señor. Sacudía en principio la parte alta de los pesados cortinajes, tratando de alcanzar los pliegues más altos y arqueando la espalda, a fin de que su falda subiera lo más posible y así ofrecerle al patrón sus despampanantes muslos de aventura. Después, a sazón de recoger los libros que el licenciado dejaba especialmente en el suelo, reverenciaba su cuerpo de tal forma que revelaba en lo posible el inicio de la redondez de sus perversos glúteos de sandunga, capaces de enajenar a cualquiera.

Desde aquel entonces, Unción era muy consciente del efecto que causaba en sus espectadores, y siempre se esmeró en dar un buen espectáculo. Luego, cuando le tocaba el turno al enorme escritorio atrincherado bajo columnas de papel y para hacer que el hombre perdiera la cordura, se inclinaba sobre él, como interesada en sus cosas y haciendo toda clase de observaciones inocentes... Que si siempre era así de enojón y ceñudo, que si tanto "papeleriaje era de verda' importante", que no debería trabajar tanto y que debería de sonreír un poco más, que por qué la señora siempre andaba de malas, y un hato de indiscreciones empalagosas más para desposeerlo de su solemnidad. Lo asediaba física y mentalmente, se le montaba casi hasta poder encaramarle lo más posible sus frondosos pechos abultados, pero más que todo para buscar la oportunidad de rozarlo con su soberbio, espléndido y caliente trasero, que en su ajustado y parco uniforme de sirvienta resaltaba aún más, y en ocasiones, llegar a aprisionarle una de aquellas finas y bien cuidadas manos entre sus firmes nalgas, haciéndolo hervir de nervios y de locura, apenas de veintidós ella y más de sesenta él, pero con la capacidad de encenderlo a punto del arrebato. Lo trastornaba para su engreimiento, para su orgullo, para poder sentir cómo iba turbando la mente del pobre hombre, sacándole toda clase de promesas por puro juego, y donde su querido Raúl, el honesto jardinero de la casa, habría de pagar con su propia vida.

Era Raúl, su querido Raúl, que totalmente ignorante de la situación que se desarrollaba cada tarde dentro de la casa, concluía los lascivos juegos de Unción durante las noches, donde sus ganas y virilidad de consorte la mantenían al filo del gozo vez tras vez, sorprendiéndolos en muchas ocasiones hasta el amanecer aún entrelazados en la cama, incansables en su sensualidad de primavera. Raúl era fuertote, bronco e inagotable, pero el licenciado era elegante, güerito y bien educado. La enamoraba re-bonito y le prometía cosas al oído, un montón de disparates que la estremecían y la ponían chinita. Además, le había regalado un jueguito de aretes de oro, muy finos que se veían, pero lo que ella más buscaba, era sin duda, la mirada de celos y rabia de la patrona. Eso era lo que hacía superior a Unción, sentirse más que la "vieja estirada", saber que por las noches los patrones discutirían por su culpa y presentir de antemano que el licenciado la defendería siempre, que ella saldría airosa aún ante el disgusto de la señora, pasearse por la casa como potranca satisfecha, sabiéndose triunfadora, considerarse más joven, más bella y más deseada que las demás; era por lo que Unción estaría dispuesta a morir. Era lo mejor de sus dos mundos.

Esperaba ansiosa cada tarde la llegada del licenciado, y por más quehaceres que le impusiera la patrona a media tarde siempre encontró el tiempo justo para refrescar y perfumar sus voluptuosas formas, precisamente antes de encontrarlo en el despacho. Ejecutaba su entrada fragante, húmeda y encantadora como un capullo de flor, y confiada en que este la haría sentir deseada y gloriosa durante ese día, y su querido Raúl durante esa noche. Más de un año llevaba en esa residencia y en aquel embrollo, que ya estaba en los niveles más desfachatados del atrevimiento, al grado que Unción, a fuerza de avances y retrocesos, de promesas y súplicas, había permitido que el licenciado posara sus febriles labios por una única ocasión el interior de sus muslos, recostada majestuosa sobre el escritorio, delicada y franca como mariposa, como Xóchitl, la diosa monarca, dejándose beber y marchitando con su rocío intoxicante los documentos, las demandas y las sentencias, colonizando como hiedra trepadora esa oficina, ese territorio que era el pilar de triunfo sobre la patrona, imponiendo su voluntad conquistadora sobre el licenciado y viéndolo bullir ante el calorcillo que emanaba de su descaro, triunfando en ese momento por encima de todos los habitantes de la casa.

Pero como dice el dicho: tanto va el cántaro al agua, hasta que termina quebrándose. Tal vez fue que aún después de tanto remacharle y provocarle, nunca accedió genuinamente a buscar un medio, una oportunidad real para que el hombre consumara su agonía. Cedía un poco para luego negarse y después arrepentirse, y a veces muy a su pesar, porque ganas y curiosidad no le faltaron, concretamente porque resentía un poco los prejuicios e ideas indígenas de su marido, que lo hacían siempre rehusarse a experimentar en la cama, y más incluso besarla en cascada de mariposa como llegó a hacerlo el licenciado en aquella ocasión. Sin embargo, ese último trazo de moral que le obligaba a respetar su matrimonio tenía peso, y el agobio de que la situación llegase a ser incontrolable la frenaban, la inquietaban sí, pero también la paraban y le exigían reflexionar. Tal vez fue por alguno de sus comentarios al final, cuando al darse cuenta del riesgo en el que había puesto la relación con su hombre legítimo, trataba infructuosa de eludir esa avalancha de locura, que era como querer contener una represa que ella misma había contribuido a desbordar.

El licenciado llegó a buscar frenéticamente la manera de tenerla a su lado; demandaba su presencia en todo momento e ideaba la forma de llevársela a solas a la casa de campo por un fin de semana, inventando toda clase de pretextos que siempre fallaban. Consideraba todas las opciones y no le importaba que los demás sirvientes y habitantes de la casa comenzaran a enterarse. A toda costa exigía ya un compromiso más formal de la provocadora muchacha. Incluso llegó al grado de mandarle recados con la cocinera, solicitándola en su despacho por las noches y recriminándola luego a regaños por las mañanas, cegado por los celos, para luego llenarla de ruegos y súplicas por las tardes, prometiéndole toda clase de lujos y placeres materiales, a los que Unción ya no estaba interesada y a los que ponía toda clase de excusas ideáticas, un peligroso juego de seducción que le fascinaba y le aterraba, pero al que era adicta como lo es una abeja al néctar de las flores.

Tal vez fue una de sus más ingenuas y tontas evasivas hacia el atormentado hombre lo que al final zanjaría el camino sin retorno entre la razón y la locura. Lo que sucedió después de que esta lo rechazara por enésima vez, objetando que no juzgaba correcto que ella "se entregara a un hombre que no fuera su marido", fue que el patrón una mañana se levantó muy temprano e insistiera iracundo en llevarse al jardinero a la finca campestre que mantenía a la salida de San Luis, para luego volver al día siguiente y anunciar a todos que la mujer de su vida era Unción, y que pensaba convertirla en su esposa a costa de quien fuera, buscándola después para confirmarle que al fin eran libres porque "ya no era la mujer de otro hombre", y que su esposa tampoco sería un obstáculo más entre ellos.

La mañana en que Raúl murió ella ya lo presentía, y para la tarde, cuando el licenciado le confirmó esa congoja, ella estaba lista para huir. Apenas disimuló el horror que sentía cuando con el pretexto de salir a tomar un poco de aire, escapó de ese torbellino, dejando todas sus pertenencias sin voltear siquiera una vez, sintiéndose espantosa, siniestra y repulsiva. Corrió sin parar, con un semblante pálido, sordo y los ojos chispeantes de arrepentimiento. No se detuvo sino hasta llegar a Santa Julia, tierra de su difunto marido. Ese mismo presentimiento fue el que le avisó que debía de regresar a esconderse a esa tierra, y buscar la protección de su padrino de bodas, y ese misma corazonada fue la que la hizo aceptar al fin la seguridad en el viejo brujo, cayendo una vez más en un juego vil, y aunque su llegada la consagró como la más 'bella' de la casa, el tiro le había salido mal, porque don Toño, después del cortejo inicial, ya no tuvo la fuerza ni las ganas de hacerla sentir. No obstante, desde aquel encuentro maravilloso con Carlos, tan fino, tan bello y tan impetuoso, era que su corazón y sus entrañas estaban partidas en dos. Se pasaba los días devastada como una flor herida en su lecho, e incluso los baños a puerta abierta se suspendieron desde la partida del joven.

Esa tarde, Unción se levantó de su cama con una idea en la mente, como alguien que se percata por vez primera de una aroma que llena el ambiente. Asomó por la ventana y observó el horizonte polvoso y seco, y anunció a Damiana que preparara el agua de flores; Carlos estaba en camino y su cuerpo se lo anunciaba. Damiana corrió feliz hasta la noria a buscar el agua, las flores y la tinaja, pensando que las últimas semanas de sufrimiento de su madre postiza que afectaron a todos los habitantes de la casa estaban a punto de culminar. Corrió ansiosa anunciando a todos la buena nueva y asegurándose que todos se enteraran, pero para su sorpresa, Unción se tomó el tiempo preciso para bañarse y llenarse de flores, en calma, a solas y con la puerta cerrada, con el celo de una novia en el preludio de su boda, acariciando cada parte de su cuerpo, pasando una y otra vez la esponja empapada, y asegurándose que el agua la preparara para el encuentro con Carlos. Una leve agitación comenzó a temblar en su vientre, en la espera de lo que sucedería. El vapor que emanaba por entre las despostilladas tablas de la puerta asombraba y asustaba un poco a Damiana. El calor del interior del recinto donde Unción se encontraba era notorio, y la columna de vapor se apreciaba aún desde lejos, corroborando la fama de la esposa del brujo; la mujer de fuego con mirada de chispas, capaz de evaporar el agua al contacto de su piel. Mientras Unción se encontraba adentrada en la profundidad en su vaporoso baño y alejada del mundo exterior, sentía cada vez más fuerte dentro de su pecho la seguridad de que Carlos estaba en camino, intuía que algo estaba mal, mas no podía ni quería indagar en ese momento lo que era. Ya no quería ser tan fatalista, ya no quería ser como en los días pasados, como el último en el que ya no pudo más y liberó toda su amargura por la casa, y esta se esparció por los portales, por los pasillos y por los rincones como una onda en el agua, causando con esta nostalgia que perecieran sin remedio todas las flores y plantas de la vieja casona y que huyeran todos los animales, dejando tan solo vivos a los debilitados árboles de durazno.

El único fin de ese interludio a solas era limpiar su cuerpo y su alma, recorrer su morena piel una y otra vez con ese refrescante fluido de flores que parecía depurar sus pecados y dejarla casta y transparente, limpia de pensamientos y de culpas. Deseaba ser bella y buena, y que todo fuera nuevo e inmaculado; deseaba que tal vez un aguacero torrencial cayera desde el cielo y barriera con todo lo desagradable y vergonzoso de su pueblo; deseaba expiar las imperfecciones de todos, perdonar los pecados y las tentaciones viles de todos los habitantes, como si fuera una sacerdotisa maya, noble y magnánima ante sus súbditos; deseaba con ese baño, purificar y purificarse ante un nuevo fuego de renacimiento. Su corazón de cenzontle latía fuerte mientras admiraba el volátil remolino que creaba con el pie dentro de la tinaja, y conjeturaba sobre el encuentro y se cuestionaba si Carlos estaría igual de ansioso por verla de nuevo. Las posibles respuestas a esa pregunta le hacían revolver el agua con furia y le llenaban la mente de pensamientos románticos y fatídicos, y aunque sabía que ya no era ninguna chiquilla tonta, deseaba serlo, deseaba ser pura y virgen. No cabía duda que el bello joven le había dejado una honda impresión. Su imaginación enferma de querencia la hacía verlo ahora como una especie de semi-dios, como un guerrero villano que había sabido raptarla, robarla como a una doncella enamorada, y que había logrado ahogarla después, aprisionarla y plagiarla ante el torrente del amor.

Desde que Carlos huyera de su cama aquel memorable amanecer, dejándola lastimada y más hambrienta que antes, Unción revivía en exceso la noche en cuestión. La sola evocación de la misma la estremecía involuntariamente y le producía un vacío en el vientre, una ausencia de espíritu que sólo la presencia de él sería capaz de llenar. Su necesidad por el joven era física; todo su cuerpo se lo exigía. Sus caderas necesitaban de aquellas manos y de ser tocadas de la misma manera que lo

hicieran entonces, pero como ahora el recuerdo se había transformado en un poema pudoroso, novelesco y efímero, su orgullo de mujer
se encontraba más encendido y mancillado que antes. Lo idealizaba
mirándola con más amor y deseo que antes, y estaba predispuesta a él
y a nadie más. Ninguno de los hombres de su vida igualaban ahora al
bandolero de su poema. Llevaba ya tres semanas implorando al cielo
su presencia y blasfemando al infierno por la de los demás, porque
ahora todos, aparte de Carlos, eran unos indios repulsivos y horrendos,
unos pobres campesinos pastoriles a lo mucho, que con sus manazas
reventadas y enormes intentaban tocarla y halagarla sin gracia alguna,
baboseando y husmeando como bestias las húmedas huellas de sus
pies, escondiéndose tras los árboles y las tapias para salirle al paso con
vocablos mochos y sucios, cosa que ahora le repugnaba y le chocaba
hasta el mareo, ocasionando que dejara de pasear por los senderos de
la montaña o que siquiera se aventurarse a salir de la casa, evitando
de esta forma a esos brutos indígenas que no merecieron más volver
a ver su desnudez, y claro, sin saber los muy ignorantes, que una vez
tocada por un dios, jamás podría volver a mirar siquiera a los mortales.
La preocupación pues de Unción era estar a la altura de su guerrero,
llenar las expectativas de su deidad elegida; era lo que le obligaba a
desear ser una doncella de nuevo. Sin ser consciente del transcurso
del tiempo, Unción era presa de un deseo rabioso. El agua apenas mi-
tigaba esta transformación. Cien emociones diversas se entrelazaban
entre sí y formaron un poderoso núcleo de energía, creando una nueva
percepción en la joven, haciéndola sentir por primera vez en su vida
una nueva agonía, la necesidad imperiosa de entregarse sin reserva a
alguien más, algo que nunca sintió por su actual o anterior marido. El
propósito ahora de su existencia sería servir, ayudar y cuidar a su caballero águila, de aquello que presentía mal en su ya inminente llegada.
Haría lo que fuera necesario por agradar a su dios, y tal vez este se
congraciaría con ella, y ¡ay! de aquel que se interpusiera entre ella y su
nuevo deseo, el deseo en sí de posesionarse y de ser dominada por la
voluntad de alguien más.

Cuando Unción salió al fin del baño, encontró a Damiana llorando de rodillas y las demás mujeres de la casa mirándola aterrorizadas y en silencio. El mismo don Toño en una actitud sumisa, se acercaba a entregarle su túnica de manta. El ambiente estaba fresco y luminoso, el aire se respiraba limpio y transparente, las gotas de lluvia resbalaban por las tejas y los grandes charcos en el patio le confirmaron el llanto de la niña. La tromba que se desarrollaba en la región estaba en plena fuerza. Las negras nubes se remolineaban con el ímpetu de un tornado exactamente por encima de la casa, pero sin perturbar la calma que permanecía en ella, apenas mojándola y enviándole un rocío agradable que se llevaba suavemente como el viento, ramas, hojas y flores marchitas lejos de la misma. La recién revelada bruja, abandonándose ante aquel frenesí de conciencia y desnuda como estaba, levantó los brazos solemnemente y permitió que las mujeres vistieran su cuerpo y envolvieran su larga cabellera, y aquellas lo hicieron respetuosamente y en silencio, colocando el nuevo y distintivo tocado tehuano, consistente de trenza y tejido pareo sobre su cabeza, Guelaguetza de blanco, negro y amarillo; la temible hechicera de Durango había nacido.

Carlos avanzaba pausadamente por el camino de tierra en dirección a la misión. Había pasado el puente de madera y había visto cómo el aguacero se llevaba en un caudal de desperdicios, animales y árboles por igual hasta el fondo de la barranca. El amoratado herido se veía muy mal y don Pascual tampoco daba buen semblante. Cuando las nubes comenzaron a dar tregua, Carlos al fin pudo ver la casona, guiado por una mujer en la cima de las cúpulas, una mujer con una largo rebozo amarillo que hacía la función de faro entre la ventisca.

Unción, desde lo alto de la torre, observó cómo el camión entraba en la galera de la casa, y cuando al fin bajó hasta el patio, pudo ver por entre los pilares cómo dos de los muchachos llevaban a un joven inerte hasta el interior de la sala, dejando solamente entre el suelo y aquel un sarape ensangrentado. Don Toño prendía velas y cirios apurado, acercándolos en círculo alrededor del difuntito y cerrando ambas puertas de golpe, pero Unción, con la nueva resolución que la comandaba, decidió asomarse por una de las rendijas de la ventana, viendo por sí misma cómo don Toño efectuaba una de sus más difíciles curaciones. Dentro de la sala, se encontraba su esperado Carlos, con una mirada de acero y un porte tan espléndido que parecía no ser de él, como si fuera una escultura. Ahora lo veía más alto, más ceñudo y más hermoso que antes. Junto a él estaba un estropeado y remojado vejete, con los ojos llenos de horror mientras que el viejo brujo preparaba sus menjurjes y brebajes para socorrer al que al parecer aún estaba vivo.

Lo primero que el brujo hizo fue quemar unas cepas de hierbas verdes en los cirios que llenaron de humo el salón, y mientras pronunciaba cánticos en un extraño lenguaje, agitaba los brazos en círculos como llamando a desconocidos espíritus a su encuentro. Después y para el espanto de los presentes, don Toño insertó de golpe ambas manos dentro de la carne del herido. Sin siquiera usar un cuchillo o bisturí, metió ambas manos hasta el inicio de sus brazos, removiendo las entrañas del mismo, invadiendo su santuario, para después sacarlas con algo en ellas: dos negros proyectiles ensangrentados que depositó en un pequeño plato junto a la mesa. De ahí procedió a arrancar de tajo la cabeza de una gallina negra, llenando de sangre y plumas al moribundo, la clara señal de que se le estaba muriendo. El viejo del pijama tenía los ojos tan abiertos de pánico que no podía abrirlos más.

Carlos miraba la curación en silencio, ajeno a los cánticos que parecían surgir de las paredes. Comprendía, por la actitud de don Toño, que tal vez fue demasiado tarde para Miguel estar ante su presencia. La notoria angustia de este se reflejaba en su cansada mirada, en sus palabras y en el meneo de su cabeza. Miguel ya no respiraba y su cuerpo ensangrentado y maltrecho causaba una extraña nostalgia al mirarlo. Entre los tres hombres se dispusieron a ponerlo boca arriba. El viejo brujo limpió su arrugada frente con desconsuelo; la curación había fallado, y estaba derrotado y afligido.

De pronto, las dos puertas del recinto se abrieron a la par y dieron paso a una corriente de aire fresco, y un aroma a flores y limones barrió hasta el patio la pesada atmósfera de humo de don Toño. Era Unción, que mirando piadosamente al mortecino cuerpo, se acercó serenamente hasta ellos y sin decir palabra impuso sus manos en el pecho del joven, dándole el soplo de energía que necesitaba, haciendo con esto que Miguel volviera a la vida jalando aire a bocanadas y tosiendo ruidosamente, como alguien que hubiera estado a punto de ahogarse en el mar. Después de esto, la formidable bruja se fue como había llegado, llevándose su brisa de flores y limones, tan impresionante que Carlos no la reconoció como su antigua amante de una noche.

Los tres hombres se quedaron boquiabiertos y luego jubilosos gritaron de gusto y se abrazaron. Don Pascual lloraba a pulmón abierto, estrechando como un niño primero a don Toño, después a Carlos y por último a Miguel, el cual estaba todavía demasiado débil para sentir cómo el vejete lo estrujaba y lo besaba de felicidad.

Por órdenes del brujo, Miguel fue trasladado a una de las recámaras para su recuperación, y por órdenes de Carlos, el camión fue descargado de los alimentos y enseres domésticos que contenía y se volvió a cargar con exactamente mil ladrillos de marihuana, que ahora él estaba dispuesto a llevar por su cuenta hasta Chicago. Nadie volvió a ver a Unción, ya que la pobre después de la transferencia de energía que había realizado en Miguel, había quedado tan debilitada que tuvo que refugiarse en su recámara antes de quedar desmayada, sin darse cuenta que Carlos se marcharía del lugar en lo que el camión estuviera listo.

La noche ganaba territorio sobre la barranca cuando el camión, los ladrillos y los costales de cal estaban listos para abandonar la casa, y antes de partir, Carlos conferenció con don Toño sobre los deseos expresos de Miguel. Era imperativo que nadie se enterara de lo sucedido y que se guardaran las apariencias hasta su recuperación, o al menos hasta que se hicieran las pesquisas necesarias para dar con los responsables del atentado. Y por último, y como especial regalo para el brujo, Carlos dejaría a don Pascual a su cargo, para que velara por el enfermo y para que diera en el clavo con algo que se le agradecería durante mucho tiempo.

El viejo Pascual era boticario, conocedor experto en fórmulas, medicinas y recetas, algo que dio un especial brillo de interés en la mirada del chamán cuando se enteró de esto; ¡por fin una persona a quien consultar sobre su pasión por los medicamentos!

El corazón de Carlos estaba tranquilo cuando accionó el mecanismo de encendido del camión. Al parecer, había superado esa crisis bien librado. Estaba tremendamente cansado de todo lo sucedido pero contaba con un renovado espíritu de satisfacción. Después de todo, había tomado la decisión correcta y deseaba demostrarles a todos que era capaz de cumplir las exigencias de la operación, y que estaba dispuesto a renunciar a sus caprichos personales por el bien de todos. Su cerebro estaba frito, chamuscado y vacío con tanto sobresalto, y ya no contaba con muchas neuronas despiertas, pero confiaba en que lograría pasar la noche manejando y que llegaría a la bodega de Juárez antes de que se dieran las dos de la tarde del día siguiente; ya tendría tiempo para descansar entonces.

Aparte de todo, el viejo brujo le había preparado un brebaje dizque para espantarle el sueño, advirtiéndole que tal vez le haría alucinar un poco, pero que lo mantendría despierto a toda costa. La mentada pócima era viscosa y tenía un sabor intenso a menta, tan fuerte que con un pequeño sorbo cualquier sensación de sueño se espantaba indiscutiblemente, las vías respiratorias se despejaban y hasta la visión mejoraba. Además, dejaba una agradable sensación de adormecimiento en los labios y una calidez que embriagaba. La bebió mientras maniobraba trabajosamente el camión por entre las casas del pueblo. La penumbra del lugar le jugaba trucos en la mente, en los portales y en las paredes le parecía distinguir figuras misteriosas que lo observaban, y cuando pasaba junto a ellas resultaban ser simples nopales, mezquites o sombras.

Atravesó el pequeño poblado en silencio, tratando de evitar los encharcamientos y los pozos de lodo, y antes de llegar al puente de la cañada, los faros alumbraron una silueta familiar: una mujer ceñida a un largo rebozo, plantada firme a la mitad del puente, interponiéndose entre él y el sendero de la autopista. Al acercarse un poco más, le pareció imaginar que la mujer entrecerraba los ojos, irritada, como agraviada por el brillo directo de los reflectores. Deteniendo la marcha del transporte, apagó las luces altas y descendió del vehículo. Comenzó a acercarse al puente midiendo sus pisadas, las cuales resonaban en la madera del mismo y creaban un eco en la barranca. Y una vez más, percibió cómo comenzaba a caer de nuevo esa melancólica y frágil llovizna sobre el lugar, esa lluvia que daba dimensión y luminosidad a las montañas distantes y al horizonte. Al llegar hasta la sosegada mujer pudo comprobar su presentimiento: era la misma que había revivido a Miguel, y era la misma que lo había guiado a través del vendaval. Estaba llana sobre los ásperos maderos y parecía estar aguardándole, envuelta en su manto, con los pies desnudos y ajados.

Era obviamente Unción, pero no la enigmática bruja de la tarde, sino la gentil y candorosa mulata que él recordaba, la cual lo contemplaba ofendida, con unos enormes y húmedos ojos que lo acusaban directamente y sustentando un orgulloso puchero de niña. Era la misma mirada reprochona de la que huyera la mañana aquella. Sin decirle nada Unción le decía todo; la expresión cabizbaja, la lluvia, el puente y sobre todo la manera en que ella buscaba el contacto de sus manos contribuyeron a que comprendiera muchas cosas, y a que dudara de muchas más. Lo hicieron sentir una infinita ternura por la afligida mujer, un cariño tal que superó su racionalidad y su cordura, y en contra de toda su lógica la cogió por la cintura y la abrazó fuertemente.

"El corazón va donde quiere, no donde lo mandan", lloró la joven bruja sobre su pecho.

Así nacería esta especie de amor, una conexión astral entre estas dos almas, una relación simbiótica de quinientos años reservada sólo para deidades mayas, y una devoción incondicional que en el futuro demostraría ser uno de los pilares en la vida de Carlos.

# El Judas

Ese domingo, a dos días de la balacera, Filiberto estaba bien arrepentido... y bien asustado. Después de lo sucedido en la *discotheque*, no sabía nada ni de Miguel ni de Carlos, y tampoco sabía qué hacer. Las sobrevivientes de la organización y él estaban recluidos en la casa de El Paso mirándose unos a otros con desconfianza, sin atreverse a salir o investigar el paradero de su jefe. Estaban tan atemorizados que comían y dormían sin despegarse de su única fuente de información: la televisión de la sala, esa sala que tanto cuidaron de ensuciar ahora parecía un verdadero muladar. Por los noticiarios se enteraron que Barbie había muerto, y Filiberto, de puro miedo, no pudo ir a identificar siquiera el cadáver. Las muchachas se veían decepcionadas, buscaban en sus ojos respuestas que él no tenía. Durante la balacera, las chicas así como estaban de aterrorizadas y ante la inmovilidad de este, tuvieron que sacarlo a empujones de aquel lugar hasta el auto, abandonando la camioneta de Miguel en el estacionamiento. Jamás Filiberto imaginó que las cosas resultarían de esa forma, y desde la primera detonación hasta que llegaron a la casa de El Paso, no recordaba casi nada.

Ahora que todo estaba más tranquilo, pero las cosas se veían peor para él; simplemente no sabía qué hacer, a quién llamar o a dónde ir.

El miedo, ahora que podía reflexionar en él, lo paralizaba, le impedía pensar cualquier cosa que no fuera su propia seguridad. Se arrepentía de haber sido el causante de todo y no quería siquiera pensar en las consecuencias de haber hecho aquello por cuenta propia. Quería esconderse en algún agujero oscuro de la tierra hasta que el peligro pasara. En ese momento no le importaban las necesidades de las muchachas, ni la suerte de don Toño ni la del pachuco de Chicago. No deseaba ninguna de las responsabilidades de seguir la operación en el caso de que Miguel estuviera muerto, y tampoco quería ninguna de las consecuencias en el caso de que estuviera vivo. Su plan se resumiría a esperar, esperar a que por algún milagro de la suerte, las cosas resultaran bien. Este siempre fue su plan, una estrategia que siempre le funcionó, esperar, aguardar a que los demás movieran las piezas primero, adaptarse y luego reaccionar, era su fórmula ganadora, pero que ahora no le estaba funcionando porque le tocaba el turno a él. Ahora que lo reflexionaba, siempre estuvo en segundo plano después de Miguel, desde que comenzaron a trabajar juntos, siempre esperó a que Miguel diera el primer paso, a que diera las órdenes a seguir y las instrucciones, y siempre justificó las buenas y malas decisiones de su patrón. Prefirió siempre esperar, ser guiado y declinó en todo momento tomar la iniciativa. Aun ahora en su mente imaginaba que al final, Miguel se casaría con Isabel y él se quedaría con el segundo premio, con Kitty, porque al cabo ambos eran iguales; se conformarían con ser platos de segunda mesa... y serían felices junto a sus patrones. Tal vez hasta se visitarían los domingos y permitirían que sus hijos asistieran a las mismas escuelas. Ahora se daba cuenta que siempre quiso ser el segundo, y nunca le atrajo mucho la toma de decisiones. Su Barbie había muerto y él ahora no quería las responsabilidades de Miguel; tal vez nunca lo había notado pero ahora era evidente.

Entre tanto, las muchachas, y más Kitty, lo miraban por encima del hombro, con desprecio, como cayendo en cuenta que jamás estaría a la altura de Miguel, pero eso no le importaba ya; por él, se pudieran ir todos al infierno. En ese momento lo único que le atañía era la forma en que todo pudiera llegar a ser como era antes. No pensaba llamarle al señor Pedro y no pensaba dejarse ver por ningún lado; era una postura bastante cómoda y hasta cierto punto muy segura. Esperaría a que la información fluyera de alguna parte hasta él antes de hacer cualquier cosa. Jamás podrían recriminarle por eso, él simplemente defendería el tablero de juego sin mover las piezas hasta que "los chingones" regresaran a relevarlo. Llegar a estas conclusiones tomó a Filiberto cerca de dos días de mutismo y retraimiento. Kitty, por su parte, cansada de la inercia y apatía de este, estaba tentada a llamar a la casa grande del señor Pedro. Las chicas se la llevaban drogadas y abatidas en la sala y el cobarde de Filiberto ni siquiera contestaba una pregunta, tumbado como borracho en el sillón, como esperando a que algo sucediera, sin siquiera atreverse a hacer nada, simplemente limitándose a respirar, sin comer ni dormir, sólo respirando, como un muerto en vida.

Después de esos dos días de incertidumbre, de mirar perpleja cómo su pequeño mundo perfecto se estaba derrumbando ante su vista, Kitty estuvo decidida. Sigilosamente subió a su recámara para tomar la libreta telefónica, la extrajo de uno de los cajones de su mesita de noche y se sentó al borde de la cama a buscar el número telefónico de la casa grande, y cuando estaba a punto de marcarlo, miró perpleja cómo Filiberto le arrebataba la bocina y arrancaba de golpe el cable desde la base de la pared.

—¿A quién le quieres llamar? — le preguntó molesto.

—¡Voy a llamar a la casa grande! Ya no puedo más, necesito saber dónde está Miguel.

—¿Y tú crees que desde la casa grande y por teléfono te van a dar un informe detallado? Tonta, dame esa libreta... —le exigió.

—¡Déjame en paz estúpido! Y lárgate de mi recámara; si tú no estás interesado en saber lo que pasó... yo sí lo estoy y voy a...

Filiberto se abalanzó sobre Kitty para quitarle la libreta, cayendo encima de ella sobre la cama y deteniéndole las manos con las suyas. El roce de ambos cuerpos y los jadeos de Kitty, que se aferraba a su libretilla, produjeron en Filiberto el deseo de besarla, y trató de hacerlo, primero en la boca y después en el cuello, imponiendo el peso de su cuerpo sobre el de ella para retenerla, sofocándola con fuerza y aspirando el aroma de su aliento, perdiéndose en los fuertes latidos de su cuello y en la inmensidad de su cabellera. Ante tal sorpresa Kitty no opuso resistencia; se mantuvo tensa pero sin permitir que este alcanzara su boca.

—¡Tonta! ¿Crees tú que Miguel te quiere? —le siseó tiernamente al oído. —Sólo está jugando contigo, mientras que yo... yo sí estaría dispuesto a llevarte hasta el altar... a hacer de ti una mujer respetable.

—¿Contigo? —se burló. Preferiría seguir siendo la querida de Miguel a ser tu esposa... cobarde mísero...

—No te preocupes muñequita —le contestó ofendido, y quitándose bruscamente de ella le advirtió: —Yo sabré esperar... y ya lo verás Kitty, será más pronto de lo que te imaginas... Acuérdate de mis palabras muñequita... márcalas... —fue lo último que exclamó Filiberto antes de salir de la habitación con la libreta en la mano.

Kitty se quedó recostada pensando en esas palabras. A punto de levantarse escuchó el timbre del teléfono, corrió escaleras abajo a toda prisa sólo para comprobar que Filiberto ya había tomado la llamada en la cocina; por lo visto, el número de la casa grande sí se había alcanzado a marcar y ahora ellos estaban rastreando la llamada. Desde la escalera vio cómo Filiberto se ponía de un color pálido ante la llamada, y cómo después de asentir con una sola sílaba colgaba el teléfono lentamente. Sin decir más, caminó como sonámbulo hasta la sala, y ahí bebió varios tragos de tequila directamente de la botella, mirando indiferente el paisaje por la ventana.

—Era Carlos... —dijo al fin. —Miguel está bien... quieren verme en la bodega de Juárez, piden que me traslade para allá inmediatamente.

Kitty agradeció al cielo que Miguel estuviera vivo, porque en caso contrario, lo más probable era que hubiera tenido que aceptar el ofrecimiento anterior de Filiberto.

Estando ya en Juárez, Filiberto manejaba incómodo y desconfiado por entre el cargado tráfico de la tarde. Miraba con recelo todos esos autos repletos de familias que se dirigían dichosos a sus casas, después de haber pasado un agradable domingo en el parque o en el cine, indiferentes de su dilema y de sus preocupaciones, mientras que él había necesitado de mucho tequila para poder salir de la casa de El Paso, y no sabía qué o a quién se encontraría en la bodega de Satélite. Ignoraba qué clase de prueba le estaban poniendo, pensaba en Miguel, en el señor Pedro y en la suerte de los hermanos Fong. Trataba de adivinar dos o tres jugadas futuras de la partida, midiendo sus probabilidades, las posibles combinaciones y los movimientos que pudieran surgir, buscando a toda costa alguna ventaja a su favor. Si se hubiera rehusado por teléfono a presentarse a la cita se hubiera descubierto su defensa, y lo mismo hubiera sucedido si hubiera hecho demasiadas preguntas sobre la entrevista. Por lo tanto, lo más seguro en ese momento era presentase en el lugar como si nada hubiera pasado, y esperar a que sus adversarios mostraran sus cartas primero. Aún así, al llegar al lugar permaneció muchos minutos dentro de su auto armándose de valor, y cuando al fin se decidió a abrir el portón metálico de la solitaria bodega, estaba preparado a mentir, engañar e incluso rogar por su vida.

Al entrar al patio de la bodega, todo parecía estar en orden y nadie se adelantó a recibirlo, lo que no era necesariamente una mala noticia. Caminó cautelosamente hasta la plataforma de carga girando siempre sobre los cuatro puntos cardinales, y llegó hasta la escalera de la oficina un poco más tranquilo. Al menos en el lugar no había ningún auto que le causara preocupación, y la bodega estaba de la misma manera que él la dejara aquel jueves en la tarde. Mientras subía los escalones se percató que uno de los camiones estaba manchado de fango por los costados y los neumáticos, y pudiera ser el mismo que él había estado llenando de comestibles en los últimos días y, antes de llegar al segundo nivel, retrocedió sobre sus pisadas y bajó resuelto a revisar de cerca el sospechoso transporte, el cual estaba de cola, aparejado a la superficie de la plataforma. Filiberto brincó el barandal de protección de la escalera y ágilmente quedó firme en la plataforma de carga, al mismo nivel del camión y de frente a las puertas traseras, las cuales estaban entreabiertas. El interior del mismo estaba denso y oscuro, saturado de una nube blanca de cal. Esperó a que sus ojos se acostumbraran a la penumbra y extrajo su pistola de por debajo de la camisa antes de echar una mirada dentro: una formidable Escuadra 92G *doble Elite* niquelada, con diez balas 40 *Smith & Wesson* en el cargador; la marca lo llenaba de orgullo: *Beretta*. Ágil y ligera, especial para asalto urbano, a la cual le había mandado borrar el número de serie y le había salido muy costosa. En el fondo del camión se podían distinguir algunos sacos de cal y encima de ellos un bulto cubierto con una cobija de lana, donde pudieran estar debajo de la manta una o dos personas. Sin saber por qué, decidió adentrase a investigar, apuntando directamente a la cobija de cuadritos, y se arrimó en silencio para descubrir a Carlos, el cual estaba profundamente dormido encima de varios costales y totalmente inocente de su presencia. Después de confirmar que nadie más estaba ahí, y de comprender por los bultos de cal reventados y los ladrillos de droga en el fondo que el camión había sido usado, Filiberto apuntó directamente a la frente de Carlos. Era una oportunidad que no podía dejar pasar: terminar con la 'rachita' de ese entrometido de una buena vez era lo que su cerebro le dictaba, pero siendo tan precavido como era, la situación le pareció demasiado inocente como para ser cierta. Dudó antes de retornar el cañón de la *doble Elite* en la sien de Carlos y volvió a pasear la mirada por los oscuros rincones y por la resplandeciente salida; algo no encajaba, era como un juego de ajedrez, pero en este caso la pieza a cobrar era demasiado obvia, demasiado fácil, ¿qué tal si esa era la prueba? ¿Qué acaso estaban esperando a que lo matara? ¿Y Miguel? ¿Qué tal si lo estuvieran observando? Tal vez lo mejor sería disparar primero e indagar después. ¡Sí!, esa era la respuesta, en caso de que alguien estuviera en la oficina del segundo nivel. Ya habría después la oportunidad de justificar su postura ante todos, explicarles que 'sin querer' se había tronado al que pensó que era un ladrón; a fin de cuentas, uno tiene que andarse con cuidado y siempre es más fácil pedir perdón que pedir permiso, o en este caso ofrecer una disculpa que ofrecerse a revivir un muertito... "¿Qué no?" En fin, Carlos seguía dormido y Filiberto aproximó su arma lo más posible, preparándose a disparar, sin quitarle la vista al caballito que pensaba tumbar, y cerciorándose en allegarle el arma suavemente, un poco más en cada respiración... "Ahora o nunca...", pensó Filiberto antes de apretar el gatillo...

*Clicckkk.*

Con el sonido de la detonación fallida, el interior del camión se oscureció como por una sombra. Filiberto levantó su arma gradualmente, incrédulo; su *Beretta doble Elite* de más de mil dólares había fallado. Por alguna razón, el casquillo de la bala estaba vacío o el mecanismo detonador estaba dañado. Con esto en la mente se volteó rápidamente sobre su espalda; alguien estaba detrás de él. La poca luz que entraba era obstruida desde afuera, creando esa oscuridad dentro de la cueva. Por el rabillo del ojo alcanzó a mirar cómo una figura negra se movía de un lado a otro de la plataforma, pero así como él mismo no pudo distinguirla bien, tampoco ellos podrían saber lo que estaba pasando en el interior. Sin pensar más en el intento fallido, avanzó hacia el exterior decidido a terminar de una vez la partida. Entrecerró los ojos y aferró bien la insolvente pistola cuando se encaminó a la puerta. Al salir del camión sus ojos se abrieron, más de sorpresa que de susto: un negro cuervo brincoteaba por la plataforma, abriendo las alas mientras intentaba volar, bastante grande para ese lugar y para esa temporada. De hecho, era el cuervo más grande que hubiera visto jamás; la negrura de su plumaje destellaba en tonos azulados y sus ojos eran dos regios azabaches. La longitud del formidable pájaro superaba más de un metro, lo que dificultaba por su tamaño que montara el vuelo. El arisco animal arremetió contra Filiberto en cuanto lo vio salir del camión, con un salto y con las alas completamente abiertas se lanzó directamente a su rostro, arrebatándole la brillante pistola de la mano mientras este se cubría para protegerse, y aleteando ruidosamente se alejó graznando hasta perderse en las alturas.

—¡Jesús Cristo! —exclamó Filiberto espantado, mientras el ave rapaz ganaba altura a lo lejos, dejándolo desprotegido de una manera profética, haciéndolo temblar ante el significado de aquella señal, y obligándolo a recordar una vez más su pasado y su notoria mala estrella. Desde que pudiera hacer memoria, la vida del joven Filiberto estuvo marcada de señales apocalípticas, desde que fuera un niño enfermo, abandonado a la puerta de aquel almacén, marcándolo durante toda su infancia como un chiquillo arrimado y receloso, hasta cuando muchos años después conociera al señor Pedro y a Miguel, y aún más cuando después de que el viejo brujo de Durango predijera sus traiciones y su alma envenenada. Eran ya demasiados los remanentes espinosos de su existencia, y en ese momento Filiberto sintió que su vida estaba vacía; su Dios mezquino lo abandonaba de nuevo, y lo dejaba traicionado instantes antes de ganar una partida. Un Dios con un reinado injusto, que olvidaba a unos para favorecer a otros, dando ventajas inexplicables a sus adversarios y discriminándolo a él, haciéndolo partícipe en la reminiscencia de los repudiados.

Así encontró Carlos a Filiberto en la plataforma, mirando impávido el horizonte y encerrado en sus pensamientos, contemplando cómo el sol iba perdiéndose en los cerritos azules, y mirando sin ver los últimos rayos de la esperanza de su vida.

—¿Quién diablos crees que eres cabrón...? ¿Quién te autorizó a llevarte *mi* camión de aquí?, Chilló Filiberto ofuscado, encarando a Carlos en lo que se percató de su presencia. —Si tuviera mi pistola... Si tan sólo... Si supieras... Hijo de perra... No puedo creer que... Qué cojones los tuyos para haberte ido así como así hasta Durango... sin permiso de nadie, sin consultarme, sin consultarme a *mí*... —volvió a repetir ahora más moderado, sintiendo cómo el peso de sus propias palabras lo estaban abatiendo. Entristecido por la forma en que había sido desplazado, fue a dejarse caer en un bulto recargado en la pared; parecía que estaba a punto de volver el estómago.

—¿Quieres una pistola? —le contestó Carlos tranquilo. —Toma esta, y si quieres usarla... adelante Phillip, de una vez terminamos con este desmadre *¿okay?* Te quedas encargado de todo y listo; por mí no hay bronca; no es mi elección y no es la primera vez que hago las cosas sin consultar. Además, no es lo que yo quiero hacer, sino lo que fue necesario; recuérdalo Phillip, aquí te la dejo... —fue lo última frase de Carlos antes de poner la pesada *Schumann* en su regazo.

Filiberto quedó enmudecido ante la fuerza que Carlos reflejaba; estaba presenciando por primera vez la notoria transformación de este. "El metiche", como llegó a referirse a él ante las muchachas de El Paso, ahora irradiaba una poderosa energía interna que lo hizo pensar inmediatamente en el señor Pedro. Se quedó pasmado mientras Carlos se ponía en cuclillas a su lado y le explicaba, como si fuera un niño, lo que había sucedido, los planes y lo que era necesario hacer a partir de ese momento. Su resolución tajante de maneras era superior al equilibrio infantil de Miguel y sus ocasionales inseguridades. Carlos le pareció en ese momento la figura *alpha* de la organización, una especie de líder militar, un comandante en jefe con la experiencia y la seguridad necesaria para que la operación marchara sin complicaciones, y lo mejor, sin recargarle ninguna responsabilidad. Carlos contaba con todas las respuestas que él no tuvo el coraje de buscar, y durante más de media hora, Filiberto no pudo separar la imagen del señor Pedro y la de Carlos de su cabeza: el nuevo patrón le daba las indicaciones a seguir sin consultarle, y Filiberto, dentro de su alma, se lo agradecía.

El plan era el siguiente: usando solamente una camioneta panel, Carlos llevaría los mil ladrillos hasta la orilla del río, y el Diablo debería ser capaz de cruzarlos todos en una sola noche. El trabajo de Filiberto era como siempre: ayudar a armar las mochilas, llevarle los radios al Diablo y esperar la mercancía del lado americano. Aunque cruzar mil libras en un solo viaje era lo más arriesgado, también era la forma de asegurar la operación de un solo golpe; el todo por el todo.

La providencia favoreció al nuevo jefe. El Diablo volvió a lucirse como el genio fantasma de la orilla y la mercancía llegó completa a la casa de las gringas aproximadamente a las once treinta de la noche, a bordo de la camioneta especial y siendo manejada por el mismo Carlos. Antes de subir al portal de la casa, de lo primero que se percató fue que las muchachas estaban dedicadas a la limpieza del lugar. Erika y Gina estaban encargadas de la cocina, y Kitty, como una moderna cenicienta, estaba de rodillas en la sala cepillando la alfombra. El aire olía a jabón y todas las luces estaban encendidas. En lo que Carlos y sus botas verdes se plantaron en el umbral de la sala, Kitty se levantó del suelo dejando el tiempo justo para que el recién llegado alcanzara a observarla limpiando de rodillas y se lanzó a sus brazos sin tapujos, para consumar algo que no había hecho desde que Miguel cayera herido: soltar su llanto y pena por vez primera desde el incidente, derramar sus lágrimas sobre el hombro del sorprendido joven, colgarse de su cuello desconsolada y sentir la seguridad que sólo Miguel le hubiera podido proporcionar en ese momento, y que el cobarde de Filiberto ni siquiera pudo llegar a intentar. Quería besar su frente y sus mejillas para luego llevarlo por la casa colgada a su cintura y mimarlo con toda clase de atenciones, servirle pizza y coca-colas hasta que Carlos no pudiera más. Deseaba permanecer abrazada a su lado en todo momento y agradecerle con sus enormes ojos de eucalipto lo que este realizó por Miguel.

Después de que Carlos fuera recibido hasta de beso, pero con mucho respeto por parte de las gringas, fue situado formalmente por todas ellas en el sillón de la sala, el sagrario simbólico del lugar, el trono destinado a Miguel y su corte, pero que ahora él ocupaba y en el que ahora las damas de la casa rodeaban y buscaban su mirada, tratando de sentirse protegidas y aceptadas ante su presencia, esperando que este decretara su noble voluntad y dispuestas a cumplirla de inmediato; ¡realmente se sentía bien tener un hombre en la casa!

Por su parte, Filiberto se encontraba en el jardín, trabado de coraje y a punto de vender su alma al diablo, después de haber visto cómo las chicas competían por atender a Carlos, desviviéndose con sus ridiculeces, insinuándose picosas como catrinas corrientes, y sobre todo cuando reconoció el brillo de interés en las miradas de aquellas "perras vendidas", fue que comprendió su error. Su descuido y su omisión lo señalaban ahora como un pelele; esos pequeños detalles serviles de mujer lo censuraban como un cobarde sin agallas. La oportunidad perdida de haber rectificado su destino laceraba su alma y el coraje le impedía respirar. La noche estaba detenida para Filiberto, congelada como un pergamino arcaico. Los seres de las sombras lo miraban en silencio, aguardando a que efectuara la siguiente jugada. Esa maldita noche era la revelación del Génesis, era el árbol y la serpiente, era la epístola donde se escribiría el momento preciso en el que él al fin dimitiría de una vez por todas al traidor, a ese Dios ingrato que lo tenía tan abandonado.

Mientras miraba enardecido y lloroso hacía las nubes negras, desprendió de golpe el crucifijo de oro que pendía de su pecho, lo besó con ternura y lo maldijo después, maldiciendo también su vida si no acababa con ese bastardo, condenándose como un Judas. Lo auxiliaría para guardar las apariencias, pero a partir de ahora re-enfocaría todas sus intenciones hasta encontrar una nueva falla, una nueva oportunidad que no desaprovecharía. Juró que su existencia sería ahora una batalla personal entre él y Dios, y no terminaría hasta que este saldara la cuenta, la vida de su protegido o viceversa; las llamas eternas no podrían ser peores de lo que Filiberto estaba sintiendo en ese momento.

Carlos y Kitty convocaron a junta en la mesa de la cocina, y esperaron pacientes hasta que Filiberto se dignó regresar del patio. Una vez todos en la mesa, Carlos barajó los planes ante ellos como naipes, explicando que cruzarían toda la mercancía al día siguiente, y que él estaría a cargo de llevar personalmente el transporte especial hasta Chicago. Lo más importante de todo seguía siendo que nadie supiera que Miguel estaba convaleciente en Durango, ni siquiera al señor Pedro, porque esos eran los deseos expresos del mismo. A pesar de las dudas, estuvieron todos de acuerdo con lo planteado. Filiberto se encargaría de coordinar la pasada del *checkpoint* al amanecer y punto. Sin nada más qué decirse, la junta concluyó tan rápido como había comenzado. Carlos y Kitty regresaron a la sala para seguir rodeados por las otras dos chicas, mientras Filiberto se encerraba en una de las recámaras a solas.

Sobra decir que al día siguiente las cosas salieron como estaba previsto. El cruce fue al amanecer y durante dos días Carlos manejó sin detenerse. Con una satisfacción briosa devoró milla tras milla por las excelentes carreteras de Texas, Nuevo México, Colorado, Nebraska, Iowa e Illinois.

# Welcome to the club

**E**L CARGAMENTO MÁS GRANDE HASTA ESE MOMENTO estaba llegando al final del recorrido, desde Durango hasta Chicago, por la vía más peligrosa y por la persona menos indicada para tal empresa: un pollo inexperto con aires de cambio que muy pronto sería puesto a prueba por el destino, y en uno de los peores momentos de la organización. Un cargamento valuado en más de un millón de dólares estaba siendo entregado por un humilde joven que hasta hacía poco tiempo sólo contrabandeaba aguacates, y que ahora intentaba aterrizar en medio de una red de envidias que comenzaba a enmarañarse.

La llegada y la entrega de la mercancía en Chicago fueron sin mayores contratiempos, después de localizar el restaurante indicado. Carlos permaneció tres días en espera del pago acordado, bajo la tutela especial de Freddy Cash, que se tomó como misión personal mostrar a Carlos por todos los rincones de su territorio, presentándolo ante sus compradores como uno de los "chingones" de México.

Carlos, mientras tanto, aprovechó esos tres días para examinar muy de cerca al pachuco, su forma de trabajar y la estructura de su negocio. Se percató rápidamente de los aciertos de este y de sus muchas fallas, sus vistosas exhibiciones, sus excesos llamativos y su carencia de tacto y visión para las negociaciones. Contempló de una manera reprobatoria, aún para un novato como él, cómo Freddy descarrilaba transacciones con sus comentarios, desalentando a futuros compradores con sus cuestiones raciales, favoreciendo a sus antiguos amigos e incluso perdiendo respeto y dinero ante ellos, doblegando las manos con tal de seguir siendo aceptado por su club de *pimps* de vistosos autos y extravagantes indumentarias. Desaprobó firmemente que Freddy expusiera sus contactos y clientes directamente a él, que a resumidas cuentas era casi un desconocido. Carlos, que era de una naturaleza más reservada, conjeturaba que si Freddy fue capaz de lograr ese nivel de competitividad, cualquiera en su lugar pudiera ser capaz de lo mismo en mucho menos tiempo, y el éxito de Freddy se debía más que todo a la zona y a su amistad con el señor Pedro, aparte claro está, de la disciplina de su enérgica esposa, la cual, en el punto de vista de Carlos, era uno de los mayores méritos que Freddy pudiera tener. Durante esos tres días, Carlos descubrió que el territorio de Freddy tenía el potencial para operar a una escala mucho mayor de lo que se había previsto, y que sus modestas mil libras de mercancía no durarían en esas calles más de tres semanas; el apetito de ese mercado era enorme. Aún con la conducta descuidada de Freddy y su insensibilidad para abrir nuevos puntos de venta, la droga se estaba vendiendo rápidamente, y los compradores la tenían incluso comprometida a clientes personales. La red de distribución era muy extensa, y toda iniciaba en Freddy Cash.

Esa noche, la última de Carlos en Chicago, Freddy y él se encontraban dando el visto bueno a un remolque con una lancha de pesca asegurada al mismo. Estaban dentro del taller de pintura y observaban cómo dos de los empleados daban los toques finales a la cubierta doble de fibra de vidrio, en la que se encontraba más de un millón y medio de dólares en billetes de veinte. Freddy se encontraba exageradamente contento e impulsivo, riendo y bromeando físicamente con Carlos, sacudiéndolo por los hombros todo el tiempo, haciendo comentarios sobre el futuro y lo bien que las cosas saldrían si ellos continuaban con ese ritmo de trabajo. Todo era sonrisas y palmadas hasta el momento en que llegó su esposa, la cual, como de costumbre, se encontraba de un humor pésimo. Ella, Carlos y Freddy habían pasado dos noches consecutivas bajo el mismo techo y no se había presentado la oportunidad que ella buscaba, y ahora que el joven estaba a punto de partir, su estado de ánimo estaba peor. Lo avanzado de la hora hacía que la presencia de la mujer en el taller fuera un poco *odd*, pero a nadie le pareció raro. De todas formas, estaban acostumbrados a los cambios de parecer de la señora. Después de que la cubierta de la lancha quedara completamente sellada, Freddy y Carlos subieron a la oficina para abordar directamente la planeación de la posible fecha en la que un nuevo cargamento sería necesario. Los nuevos bríos de la alianza hacían que dos o tres semanas fueran las indicadas para regresar, y las proyecciones de Freddy eran alucinantes: escribía cifras en sus papelitos de hasta siete dígitos por mes, mientras Ira los miraba fustigada, bebiendo de su vodka con violencia. En cierto momento, cuando lo sintió conveniente, hizo un desdeñoso comentario desafiante e infame.

—Si ustedes dos unieran este trabajo por su cuenta, sin tener que lamerle el culo a tanta gente, podrían ganar la misma cantidad, incluso más, y no tendrían que arriesgar tanto el pellejo... ¿Por qué tienen que repartir la mayor parte del *moose* entre tantos?

La espinita del *what if* quedó clavada en el cerebro de Carlos inmediatamente, y por la mirada directa de Ira y Freddy comprendió que ese comentario era una invitación, más que un simple *chit-chat*.

—O sea que si yo te trajera mercancía por mi cuenta... ¿Tú estarías dispuesto a comprarla?, preguntó Carlos inquisitivamente a Freddy.

—Claro que sí cabrón. Yo tengo muchos más compradores, y ya le había dicho a tus patrones que si no me surten la *fucking dope* que necesito, me fuerzan a que busque por otro lado. La competencia es una pinche *bitch*; aquí no es como en México, aquí no hay lealtad, y si no te mueves te hundes. Yo no puedo tener compromiso con nadie; si tú quieres lanzarte a este negocio por tu cuenta, yo te hago *push* lo que me traigas. ¡Te lo aseguro mi Charlie! Ya viste cómo andan mis *associates*, mis *homies* andan vendiendo un buen de esa *fucking shit* —contestó Freddy, llenándose de orgullo ante su respuesta. —Además —continuó el pachuco— no se necesita tanto *down payment* para iniciar con una carga desde Durango; lo que se necesita son los contactos... Y lo que yo sé es que tú y el *motherfucker* ese del Diablo son como hermanitos, ¿qué no? Freddy terminó esta frase con una sonora carcajada que retumbó en los vidrios de la oficina. Estaba de muy buen humor a pesar de las miradas eléctricas de su esposa.

Carlos arqueó las cejas un segundo, meditaba sobre la propuesta y por puro reflejo involuntario alcanzó uno de los vasos con licor que Ira le ofrecía, brindó en silencio con sus anfitriones y apuró su bebida rápidamente, mirándose directamente en los ojos de ella.

A pesar de la fuerte bebida, de las miradas y de sus poses fingidas, Ira no logró lo que se proponía. Su marido estaba siendo un obstáculo demasiado grande entre ella y el joven; no se había incomodado con su presencia como ella lo esperaba y para colmo, no paraba de hablar. Llevaba tres días sin cerrar la boca y sin dejar en paz un instante al pobre de Carlos, y ¡con las ganas que ella había acumulado!

Después de la quinta bebida, Ira se levantó furibunda de su silla, ya cansada de estar lidiando con esos dos, que aparte de todo no querían darse por enterados, y se encaminó a la puerta lanzando una sarta de injurias en ruso. Al pasar por detrás de Carlos le asestó un tremendo pellizco en el hombro sin que su marido lo notara y azotó la puerta al salir. Los dos la miraron en silencio mientras bajaba las escaleras y salía apresuradamente del taller.

—Discúlpala Charlie, así se pone cuando toma más de la cuenta —fue lo único que Freddy comentó mientras hacía una mueca burlona sobre su esposa, para después continuar su monólogo acerca de lo grandioso que el futuro pintaría para ambos.

El traslado del dinero desde el taller de Freddy hasta El Paso duró otros dos días, y por precaución Carlos tomó una ruta de regreso diferente. Sin comentar con nadie sobre esta decisión, planeó desviar el recorrido desde el principio, en vez de conducir con rumbo oeste por la carretera Interestatal 80 hasta Denver, Colorado. Manejaría tranquilamente hacia el sur y pararía en lugares innecesarios, como los grandes comedores repletos de camioneros y las famosas *gas stations* que proliferan por ambos lados de los caminos americanos. La estrategia incluía también conducir algunos tramos a velocidades muy por debajo de lo normal, para tratar de descubrir si alguien pudiera estar siguiéndolo. Desde el sur de Chicago tomó la carretera 55 hasta San Luis Missouri, de ahí interceptó la autopista 44 para llegar a Oklahoma City, después de atravesar la enorme ciudad y estimar, por puro pasatiempo, la cantidad de marihuana que se necesitaría para las necesidades de la misma; se internó en la complicada maraña de caminos rurales del oeste de Texas, manejó y durmió en la misma camioneta a intervalos irregulares y sin descuidar un momento su entorno. Recorrió Lubbock y Carlsbad, Nuevo México antes de llegar por el este hasta El Paso. Su llegada a la ciudad coincidió con el inicio de un nuevo día; la una treinta de la madrugada marcaba el reloj digital cuando la camioneta surcaba la ciudad con rumbo oeste por la despejada Montana Avenue. Una hora más le tomó llegar hasta el *car dealer* de Miguel, ubicado en la avenida Alameda, en donde consideró más prudente finalizar el recorrido. La carga que transportaba lo hacía sentir desconfianza de todo y la casa de las gringas era un lugar bastante incierto en ese momento, así que para seguir con el estilo incógnito que había marcado su recorrido de regreso, abrió soñoliento la verja metálica lateral y guardó la camioneta con todo y su remolque en una covacha hasta el fondo del lugar. De ahí fue a una de las oficinas y abrió la puerta sin prender las luces; el lugar estaba solitario y silencioso, y desde el interior podía ver claramente el remolque y los pocos autos en venta que servían para disfrazar el negocio, los cuales estaban aparcados en el frente con grandes pintas en los vidrios que anunciaban los precios y las cualidades de antaño de los mismos, algunos opacos y tristes y algunos otros con más probabilidades de venderse que los demás. Planeaba hacer las llamadas telefónicas pertinentes con la luz del alba, lo que le daba al menos algunas horas para dormir en uno de esos anticuados sillones donde ya había pasado varias noches, cuando llegó por vez primera desde Chicago junto con Miguel. La luz del sol descubrió a Carlos dormido. Un penetrante aroma a perfume lo despertó y para su sorpresa y modorra se encontraban junto con él, dentro de la oficina, Miguel y el mismo señor Pedro. Se limitaban a mirarlo sin decir nada, hasta que este abrió los ojos por completo.

—¡Quiubo cabrón! ¿Dónde están tus botas? —le preguntó Miguel sonriendo. Y en lo que apenas Carlos se incorporó, Miguel trató de acercarse hasta él, lentamente, con dificultad; aún convaleciente y débil. Carlos captó de inmediato y sin dilación fue a su encuentro. Ambos se abrazaron apenas, pero con sinceridad, como hermanos. El señor Pedro contempló esta escena desde atrás del escritorio; su mirada de complacencia aprobaba la amistad de ambos. Eran los leoncillos jóvenes de la organización y sus futuros lugartenientes; ahora le tocaba a él la siguiente etapa del aprendizaje: la muerte súbita de la presa. Alguien tocó a la puerta y Miguel, tratando de disimular el malestar que le causaban sus heridas, se adelantó a recibir de uno de los empleados del lugar varias bolsas con bocadillos y vasos con café caliente. En los envoltorios se leía *La Maddeline*, el nombre de un costoso restaurante y bistro francés de la ciudad. Y a pesar de que Miguel se conducía con dificultad, insistió en desempaquetar él mismo los paquetes de comida sobre el escritorio, y en preparar las pequeñas cajitas de cartón con pastelillos y los vasos con café sobre el mismo. Después de esto, los tres bebieron el humeante café y comieron de la fina repostería en silencio, estudiándose con la mirada. Fue Carlos quien rompió el silencio.

—¿Cómo sigues del hombro? —le preguntó a Miguel directamente.

—Jodido pero contento —contestó este, forzando una sonrisa socarrona. —Apenas la libré, pero gracias a Dios que estoy bien, creo ya pasé el peligro; el viejo brujo es un verdadero gallo; no hubo infección y las heridas se cerraron limpiamente. Lo único malo fue que perdí demasiada sangre... —concluyó así Miguel, tocándose levemente el hombro. Su explicación se advirtió de alguna manera como de doble sentido, y en su voz se alcanzó a sentir un dejo de reproche para Carlos, por haber permitido que pasara tanto tiempo antes de que se le atendiera como era debido.

Carlos alcanzó a percibir la sutil tonalidad rojiza en estas palabras, se quedó impávido y lo miró hoscamente, pensado de plano en las frases que este utilizó, y en lo diferente que todo pudo haber resultado. Ahora Miguel le parecía bastante superficial por haber dicho lo que dijo, y antes de impugnar que si no hubiera sido por él probablemente estaría muerto, conjeturó que no tenía caso. Sus deseos ahora eran otros y estaban muy por encima de esas estupideces, teniendo en cuenta que Miguel a veces era también como un pequeño niño mimado, al que no valía la pena prestar mucha atención.

Fue el señor Pedro el que intervino para disipar la tensión que se sintió en el lugar. Con una indicación los llamó a los dos a sentarse frente a él en el escritorio. Como a dos hermanos remilgosos los dispuso hombro a hombro en las sillas, como si fuera a regañarlos, recordándoles sutilmente con este ardid la autoridad de quien seguía siendo el jefe. Luego de observarlos expresamente, precedió a ponerse de pie. Este simple acto causó nerviosismo en los dos, que permanecieron sentados pero sin despegarle la mirada. Caminó algunos pasos por la pequeña oficina, como si estuviera ordenando las palabras que iba a pronunciar. Su porte era fino y afilado, y sus pisadas seguras y firmes; vestía con la sencillez de la gente de provincia: pantalón y camisa vaquera, botas negras y un distintivo pañuelo de seda anudado en el cuello, algo que en el punto de vista de Carlos era de una época antigua, algo que evocaba la efigie del General Pánfilo Natera, solemne en el cerrito de la Bufa. Su figura delgada y elegante, su bigote perfectamente recortado y sus sienes de plata contrastaban con el rigor requemado de sus facciones, y le daban el aire de mando que su posición exigía. ¿Su edad? Incierta, pero mayor de los cincuenta tendría que ser. Su voz era modulada, reacia y de modos amables, algo que de verdad ponía de nervios a quien lo conociera. Después de sorber un poco de su bebida para aclarar la voz, comenzó primero por elogiar la conducta de Carlos. Recapituló mecánicamente y en orden cronológico lo que Carlos efectuó por la organización, sin exagerar y sin dejarse llevar por el orgullo que realmente sentía por el muchacho. Elogió de una manera auténtica y resuelta el valor de su soldado, mismo que él había seleccionado, mencionando cada una de estas acciones como si merecieran condecoraciones, y como si hubiera estado enterado de todas ellas desde un principio, desde la osadía de haber sacado a Miguel de aquel antro de muerte, siguiendo por el viaje a Durango, hasta su llegada la noche anterior con el pago de la mercancía. Lo elogió sin alabanza, sin hacerlo sentir pena ni vergüenza, de una manera franca y solemne. Después le pidió que se pusiera de pie y procedió a abrazarlo con mucha formalidad, como sólo lo hacen los que son hombres verdaderos.

Durante todo este despliegue de resonancia interna, Carlos y Miguel permanecieron en un mutis respetuoso y grave, apenas sin moverse. De ahí, el señor Pedro volvió al otro lado del escritorio para sentarse de nuevo frente a los dos, y abordó la segunda parte de la cátedra, las reprimendas y las llamadas de atención; Durante más de una hora, expuso las condiciones y consignas que se exigirían a los que trabajarían con él. Les habló de los inicios de la operación, de cómo él organizó desde un principio a los integrantes, de lo que habían logrado juntos y lo que pretendía conseguir gracias a este acatamiento. Habló en general de varios proyectos futuros, y así fue como Carlos se enteró que la casa de la montaña Franklin era una de las muchas propiedades del señor, y que este realmente residía permanentemente en la Ciudad de México, que contaba con un avión de uso personal para desplazarse por todo el país, y que estaba en medio de establecer nuevos contactos para suministro de droga en Sinaloa, Jalisco y Michoacán, y lo más trascendental de todo fue que comprendió que la lealtad era una de las cualidades que este señor más valoraba.

A partir de ese momento, las cosas tendrían que ser diferentes. Al parecer este marqués estaba enterado de todo lo que sucedía en sus dominios, y así se los hizo saber. Sin excepción, todos estaban obligados a informarle periódicamente de lo que aconteciera, por lo que era de imaginarse que alguien lo mantuvo al tanto de cuanto ocurrió. Al menos en el nivel operativo en el que ahora se encontraban, los sucesos relevantes eran comunicados con eficacia y rapidez. Los ayudantes secundarios como Filiberto y Kitty estaban fuera de esta regla, y marcando esto se entendía que a partir de ahora Carlos estaba siendo considerado en el mismo nivel que Miguel o incluso que don Toño; quién sabe en qué acuerdo estaría con los demás, como el Diablo o el pachuco de Chicago.

Sin importar el rango se les aclaró resueltamente que no se permitirían más los descuidos, puesto que la operación estaba en vías de una impresionante expansión y era un momento muy peligroso y vulnerable de la misma. El secreto y la discreción serían más vigilados que nunca; se acabarían las "fantochadas", las pugnas ridículas y las venganzas personales, por lo que Carlos estimó que el señor Pedro se encargaría de escarmentar a los hermanos Fong, a no ser de que ya lo hubiera hecho. Tendrían que cuidarse las espaldas unos a otros, y a cambio habría mucho dinero para todos, esto, claro está, siempre y cuando se siguieran las reglas recién transmitidas, en la que "no hacer pendejadas" era la número uno.

—¿Mi General? El dinero está completito... —entró de repente uno de los empleados a informar con mucha pompa.

El señor Pedro volvió a ponerse de pie con el mensaje, y con mucha entereza volvió a exhortar a Carlos que se levantara para acogerlo en un nuevo abrazo paternal.

—Bienvenido al Club, Carlitos, gracias a Dios que todo salió bien —le dijo suspirando de alivio.

La sensación en la base de la nuca por parte de Carlos fue como si le hubieran soplado un aliento gélido; sus cabellos se erizaron, y el frío de la muerte lo hizo comprender que su vida había estado en un hilo todo ese tiempo. Con ese gesto entendió que todas esas formalidades no eran otra cosa que una distracción para ganar tiempo, para comprobar por parte de ellos si había robado algo. La cantidad obviamente sería lo de menos; era una prueba de lealtad a vista de todos lo que estaba en juego, era estrictamente un acto de fe lo que probablemente le había permitido hacer todo el recorrido, y un albur el regreso con ese dinero. Se sintió aliviado por el hecho de que no había tocado dinero ni mercancía; incluso todos los gastos de viaje, gasolina y traslado desde Durango habían corrido de su bolsa, incluyendo casi diez mil dólares para el "Capi" Valenzuela. Pero también sintió ira; una punzada de odio le hirió en el fondo del alma, en contra de aquel hombre, en contra de todos ellos y aquella cortesía exagerada que le decía desde lejos que no vacilarían en matarlo en cualquier momento, y también sintió coraje, pero contra sí mismo, por permitirse ser tan *naive*, por haberse permitido ser tan confiado e inocente ante gente como esa; por primera vez sintió el peso reprobatorio de no valorar la importancia de un arma.

El señor Pedro lo tomó por los hombros con fuerza. Sus ojos brillaron ante la agudeza del muchacho; había descifrado el porqué del súbito rechazo de este hacia lo que él le representaba: ahora era su patrón y era normal esa respuesta; incluso, la estaba esperando. Mirándolo hondamente le sonrió con complicidad, y ambos comprendieron en ese instante la naturaleza de esa relación y el carácter obligatorio de tal prueba, de la que había salido triunfante.

Y así, con una mano en su hombro y con un notable orgullo paternal, el señor Pedro llevó a Carlos al exterior. El sol les daba en plena cara cuando salieron al patio seguidos por Miguel, que no había alcanzado a captar del todo lo que había sucedido dentro de la pequeña oficina. Ahí afuera se encontraban más de media docena de hombres en espera de ellos. A algunos los reconoció como participantes de la fiesta en la casa de la montaña, sin duda subalternos todos del señor Pedro, de diversos ámbitos de trabajo y regiones. Hombrazos hechos y derechos, acostumbrados a mandar y a estar por encima de las leyes de una sociedad a la que no pertenecían, hombres que habían alcanzado riquezas y poder por medio de su conexión al señor Pedro. Algunos de miradas agudas y deferentes, embotados, enjoyados y empistolados fueron todos a su encuentro para saludarlo en persona, y para ver de cerca al jovencillo anémico que lo acompañaba. Después de las presentaciones de rigor y las palmadas, las pullas no se hicieron esperar, muestra de que el joven Carlos estaba siendo aceptado por esa moderna pandilla de revolucionarios curtidos, salteadores de haciendas y asesinos. Gente de Michoacán, de Jalisco y de Puebla, con generaciones de sangre rebelde y ruin corriendo por sus venas, que se chanceaban con él como si lo conocieran de mucho tiempo. Algunos incluso bromeando en aire de camaradería, refiriéndose a la "carita pálida" que puso al salir de la oficina, todos ellos, ejemplos fuertes de amistad y de lealtad, eran el tipo de gente en la que Carlos quería convertirse. Se dispuso, en medio de mucha algarabía, la partida de todos a la casa grande de la montaña. Tres camionetas Suburban surgieron al instante y los hombres se acomodaron desordenadamente en ellas; sólo el señor Pedro, Miguel y Carlos esperaron la última para ir solos; eran los personajes más importantes del momento.

Dentro de esa camioneta, mientras Miguel manejaba sereno por las calles circundantes de Fox Plaza, se dio la tercera sesión de la capacitación por parte del señor Pedro, los planes y las comisiones por trabajo. Primero, se confirmó que Carlos operaría independiente de Miguel; formaría otra célula, por lo que era conveniente que se buscara un chalán, un mandadero como Filiberto. El viejo boticario, don Pascual, era un candidato excelente por sus extensos conocimientos de medicinas, y porque el viejo brujo de Durango y él habían quedado como buenos amigos. Su desventaja era su edad, pero aún así era importante incluirlo en la nómina. También sería oportuno que comenzara a buscar otra casa de seguridad en el área, en pocas palabras otra "Kitty" con todo y sus gringas. Sin embargo podía tomarse también su tiempo, porque eso no era tan urgente por el momento. De ahí siguió lo más impresionante de la plática: las comisiones individuales. A partir de ese momento sus ganancias personales serían del diez por ciento de la cantidad que se obtuviera de Chicago, y como en esta última ocasión él había efectuado todo el trabajo por su cuenta, trescientos veinte mil dólares en billetes de a veinte, lo esperaban como premio en la casa grande de la montaña Franklin.

Se sentía como en un sueño. Recordaba levemente que cuando salió de la oficina apenas alcanzó a calzarse las botas y necesitaba un baño con urgencia. No recordaba haber cerrado la puerta y aún estaba en esa oficina una de sus maletas con bastante dinero. El recorrido hasta la mansión fue una nube y cuando llegaron a ella, las blancas columnas lo hicieron estremecerse de nuevo. La comilona estaba en grande en la parte posterior. Las otras dos camionetas ya habían llegado, además de varios autos más con todos los achichincles. Más de una veintena de hombres estaban en el lugar, incluyendo a Filiberto, que no salió de su asombro en toda la velada. Como en la primera vez que estuvo en la parte posterior de la propiedad, había mesas, carpas de sombra y meseros, y el aroma a carne asada era prodigioso. También se apreciaba en el centro del pasto, a la expectativa de todos, una reluciente camioneta pickup nuevecita, con los asientos bordados en hilo de oro, donde se leía: 'C' de Carlos, 'A' de Armyenter y 'R' de Rojo.

—Ora' sí Carlitos, esta celebración es nomás para ti. Esa camioneta es tuya y esta maleta también —le dijo el señor Pedro emocionado, entregándole una pesada mochila de lona verde que estaba en la escalinata. —Apretada de dinero la canija —le sonrió un poco apenado por el gesto y por lo que le diría casi al oído a continuación, mientras caminaban por en medio de los invitados rumbo a una de las mesas. —No te vayas a pisar la cola Carlitos... aquí todos somos amigos hasta que dejamos de serlo... en este negocio es mejor no confiar en nadie...

Estando ya en la mesa, en el centro de ese universo, le entregó un 'caballito' de tequila y tomando otro brindó con él a la vista de todos, un ritual de iniciación y aceptación sellado con aguardiente de agave, en medio de bandoleros de la sierra, y advertido con una sutil amenaza que realmente le decía que ninguno de los de ahí sería su amigo a la primera "cagada".

—Vaya pa' que todos me lo conozcan bien —lo animó después, señalándole al grupo con la mirada mientras terminaba el resto de su tequila. —Este es sólo el principio Carlitos.. Espero que me respondas igual de cómo yo le he hecho... *con lealtad* —murmuró para sí el señor Pedro, mientras se servía un poco más del licor y veía como Carlos se mezclaba con el resto de la pandilla.

Esa borrachera en su honor que inició esa tarde duró toda la noche y todo el día siguiente. Se mandó traer más licor, más comida y más música de trío. También fue requerida la presencia de las chicas del 'Candle Light', un conocido burdel ubicado en el límite de la ciudad, las cuales por la prestación de este servicio 'a domicilio' cobraron la disparatada cantidad de mil dólares por cliente. Los invitados personales del señor Pedro consumieron vorazmente comida y bebida hasta que algunos quedaron tumbados en el césped. A la vuelta de algunas horas, todos estaban igual de desaliñados que Carlos, y este aprovechó la única oportunidad que tuvo para asearse en una de las cabañas de la propiedad que le fue asignada por el propio dueño para que guardara su mochila. Después de tomar un baño, regresó veloz a donde su presencia era solicitada; era el hombre de la hora. Se sentía raro pero bien; estar conviviendo con aquellos bandidos, que como él, burlaban abiertamente a la sociedad que rechazaban, una sociedad con jerarquías ya establecidas en las que ellos no estaban incluidos, en donde trabajando 'honradamente' no contarían con ninguna oportunidad de obtener lo que tenían; hombres de orígenes humildes pero de extraordinario valor y arrojo, con enormes demonios internos y viviendo vidas prestadas.

Antes que la fiesta terminara, todos los asistentes le prometieron en medio de delirios alcoholizados un par de botas nuevas como regalo personal. El futuro, en la mente de Carlos, estaba asegurado.

# Pobre niña rica

EL CENTRO COMERCIAL ESTABA ATESTADO ESE VIERNES. Familias enteras habían sobrevivido las compras de la semana remolcando sin remedio manojos de niños llorones, mientras numerosos grupos de estudiantes azoraban el lugar recorriendo impetuosos los amplios corredores y admirando los aparadores; los infantiles uniformes colegiales y los hatos de libros eran notorios y delataban sus intenciones. Y también estaban las parejas de novios, acurrucados en las bancas en una espera melodramática de las carteleras del cine, y por último estaba Carlos, que llevaba más de una hora dentro de la joyería. Miraba sin ganas un delicado juego de aretes y pendiente de oro con diamantes que le mostraban, ajeno al barullo del exterior; su mente estaba en otro lugar. De entre las muchas preocupaciones que le revoloteaban en la cabeza, había una que era más apremiante en ese momento: estaba sopesando si esa joya sería el regalo ideal que buscaba.

—¿Le puedo mostrar alguna otra cosa? ¿Tal vez algo de menos valor? —le preguntó por enésima vez la respingada empleada del lugar, una dama cuarentona de una amabilidad y elegancia tal que parecía falsa, que aparte de todo, lo barrió de una ojeada desde que este llegó y que ahora se encontraba notoriamente aburrida.

Carlos la miró contrariado durante un instante para luego volver a clavar la vista en la joya. Sus preocupaciones nada tenían que ver con el valor de la misma, era en si el efecto que esta causaría, y ya había descartado por sugerencia de ella misma un discreto collar de perlas. "Las perlas son lágrimas... no se regalan", le había dicho con tedio, tal vez con el afán de aumentar su comisión de venta; los diamantes estaban pagando mucho más esa temporada.

"El dinero no lo es todo", volvieron a Carlos las palabras de su madre, y ahora que llevaba consigo más de cuarenta mil dólares, se daba cuenta de esto y de que sus problemas seguían siendo los mismos, a pesar de que durante los tres últimos días, había hecho examen de conciencia y se había preparado mentalmente para esa tarde. Sus miedos e inseguridades de siempre lo acompañaban, precisamente el día elegido para la reconciliación con su madre.

A tres días de la borrachera en la casa grande, con su camioneta nueva y su dinero, Carlos estaba feliz de su suerte. Había planeado muchas cosas y lo único que no había alcanzado a hacer durante ese tiempo fue comprarse otras botas, aunque sí encargó por teléfono la manufactura de varios pares con los empleados del famoso Canelo. Se le informó que el jefe se encontraba en un viaje de cacería por el Amazonas, y que no regresaría con materia prima sino hasta dentro de tres semanas más, por lo que le aconsejaban que sería conveniente esperar, ya que las pieles de anaconda gigante y tortuga caimán serían parte de la captura.

Aparte de esto, Carlos había declinado renuentemente todas las invitaciones que le llovieron durante la borrachera, desde viajes a Guadalajara, Jalisco, a Culiacán, Sinaloa, hasta para asistir a carreras de caballos y peleas de gallos en León, Guanajuato. Fue muy difícil negarse ante todos esos tipos acostumbrados a hacer su voluntad, donde un desaire como ese pudiera considerarse incluso como un insulto. Sin embargo, era necesario hacer un *time out* de esa vorágine. Por tanto, Carlos procuró salir del atolladero de una manera muy simple: mintiendo hasta el cansancio e inventando toda clase de excusas contradictorias. Ya que con todo y todo, lo único que buscaba era tomarse una semana lejos de aquello, lejos de Miguel y de su clan, que habían organizado un viaje de *relax* a los casinos del *Caesar's Palace* en Las Vegas, invitando a cualquiera que quisiera acompañarlos, incluyendo obviamente a Kitty, las gringas y al agrio de Filiberto. Deseaba también alejarse del señor Pedro, de Durango, de Chicago y de esa turbulencia en la que había caído, suficiente para embrollar su alma y darle la impresión de haber vivido tres vidas en tres semanas. Necesitaba un *reality grip* para al fin poner sus emociones bajo control, regresar a la casa de su madre, indagar sobre el paradero de su hermano y tal vez restablecer su situación familiar. El sentimiento de culpabilidad lo tenía sitiado y ya le era imposible acallar las voces internas que lo lastimaban. Había permanecido en vela durante dos noches, repasado cientos de veces el plan de ese día, y aún así, no daba con la respuesta correcta.

Conocía bien a su madre, por lo que sabía que el instante en el que se encontraran de nuevo sería el más importante y el decisivo para la agónica relación, y no deseaba echar a perder el momento; era ahí donde residía el problema. Acostumbrado a los chantajes y depresiones de ella, no quería llegar a la casa con las manos vacías. Además deseaba ayudarla económicamente, pero no estaba seguro de cómo reaccionaría ella al ofrecimiento. Sabía que no podía presentarse en la casa después de todo lo que había pasado así como así, blandiendo fajos de billetes y tal vez ofendiéndola con ese desdén; después de todo era una mujer sumamente orgullosa y sufrida, una característica clásica de la gente de su condición, pero también era su madre, y era su obligación ayudarla ahora que estaba en posibilidad de hacerlo.

Quería presentarse con un regalo, algo que tal vez ella siempre anheló y que nunca pudo tener, algo simbólico que le diera a Carlos la tregua que buscaba, esa pausa necesaria para poder llegar más allá de ese orgullo inútil con lo que realmente quería regalarle: una casa, una cuenta de banco y con suerte un poco de tranquilidad. Ese era el motivo por el que Carlos se encontraba en esa joyería, ubicada en el corazón del centro comercial de Ciudad Juárez. Aunque la intención inicial era comprarle alguna de las joyas más lujosas que tuvieran en el lugar, para luego irse volado a visitarla, ahora que estaba frente a todas esas finas alhajas se dio cuenta del error: entre más grande, costosa y deslumbrante fuera la gema, más ofensiva sería para la humilde mujer. No podía visualizar ninguno de esos espléndidos anillos que le mostraron en los regordetes y torcidos dedos de su madre, y los pendientes, dijes y colgantes le causaban ahora pena con sólo mirarlos.

Consideró después otras opciones que rápidamente descartó: era imposible concebir los delicados vestidos de *Shantung* de seda que se exhibían exquisitamente dentro de los aparadores del lugar en la voluminosa y tosca figura de su madre; cualquier zapatilla era demasiado pequeña para sus desbordantes pies, y aunque recorrió tienda tras tienda, nada parecía ser lo apropiado. Era como estar dentro de una maldición: nunca tuvo dinero y ahora que lo tenía a manos llenas de nada le servía; todo ese lugar era una comedia trágica. Después de buscar arrastrado por la inercia, como un idiota, en joyerías, boutiques para damas, zapaterías y hasta una perfumería, un sentimiento de angustia y culpabilidad estúpida se apoderó de él; de nuevo volvía a ser aquel niño de cinco años tratando de agradar a su madre sin poder conseguirlo.

Por último y ya sin esperanza, cogió apresuradamente un carrito metálico del súper que alguien dejó en la entrada y se internó desquiciado en la tienda de abarrotes. Recorrió a trancas los pasillos estrechos por entre señoras pachorrudas, pirámides de latas y cajas de jabón, hasta que llegó al área de licores. Atravesó con la vista los anaqueles hasta encontrar la bebida de su madre: un aguardiente de caña que se vendía en una botella de plástico, y que precisamente ese día estaba "al dos por uno". Se apoderó de todas las botellas que quedaban a la vista hasta que sus ojos se humedecieron de impotencia, para luego lanzarse sumiso a la sección de pastelillos empaquetados y terminar de llenar el carrito con estos; era lo único que ese pobre niño perdido podía hacer por su madre.

La espera en la fila obligada para cubrir la cuenta que no superó ni los cien dólares lo tranquilizó un poco, y así, más sereno, encaminó sus pasos a través de la hilera de puertas automáticas del estacionamiento, pero luego recordó que su camioneta se encontraba en el otro extremo del enorme centro comercial, así que tendría que atravesarlo de nuevo y tendría que volver a enfrentarse a todos esos aparadores injustos. Cuando estaba por girarse con su carrito y sus compras fue que el destino intervino para sacarlo de balance una vez más.

Primero los vio por el rabillo del ojo, distraído y sin darles importancia, pero luego, ya cuando se fijó bien, estuvo seguro que era ella. Su instinto lo obligó a dejar el carrito en la entrada y acercarse precipitadamente a una escena que se desarrollaba en el estacionamiento: Un grupo de 'guachos', que al principio pensó que eran cuatro, pero luego se percató que eran seis soldados rasos del Ejército Mexicano, con sus uniformes verdes de combate, sus cascos, y sus temibles armas de asalto M-16. Los militares brincaron de un jeep en movimiento e interceptaron a una muchacha que bajaba de un taxi. Había forcejeo con el chófer y gritos cuando Carlos se situó inmóvil a tres metros de ellos, cuando otro vehículo con los vidrios oscuros y dos militares dentro se presentó en la escena, pero nadie bajó de él.

Lo sabía... era ella... sus ojos tal vez lo engañaban pero sus sentidos no; el perfume de Isabel y su esencia de sirena se lo confirmaron. Pero no podía ser cierto —su cerebro rebatió— oponiéndose a todo lo que ese golpe encendido de sangre le hacía creer; no era lógico, no podía ser real que ella estuviera en ese lugar y en ese preciso momento. Sin embargo era y estaba, y antes que esos soldados pudieran siquiera acercársele más, Carlos se lanzó a puños contra ellos, en el desconcierto inicial alcanzó a golpear al primero, pero rápidamente fue sometido y terminó en el suelo con una ceja sangrando, y con cuatro rifles apuntándole a la cabeza.

La muchacha intervino y los cuatro se replegaron respetuosamente unos metros hasta la misteriosa camioneta oscura, pero sin quitar de la mira al intruso y sin descuidar a la gente que observaba el incidente desde la distancia.

—¿Carlos...? ¡Válgame Dios! ¿Qué haces? —le dijo sorprendida Isabel, agachándose al reconocerlo y tocándolo con delicadeza en la frente. —¿Estás bien? —lo revisó sonrojándose de vergüenza... —Vaya suerte la mía... ¿No crees?

—¿Quiénes son ellos? —preguntó Carlos tratando de limpiar la sangre, y sintiéndose como un tonto ante lo que parecía estar divirtiendo a todos.

—En un momento te explico; por ahora, quédate aquí por favor y no hagas ningún movimiento —respondió la sirena, volviendo a examinar su rostro con ambas manos.

—¿Tienes un automóvil cerca?

—Sí, pero está por la otra entrada...

—Bien, ahora quédate aquí —le guiñó un ojo, se puso de pie y encaró a los soldados.

—¡Sánchez! Venga por favor— exigió Isabel, plantándose molesta a unos pasos del oscuro transporte. De este se apeó un pequeño hombrecillo barrigón, moreno y extremadamente nervioso. Se acercó a la muchacha con obediencia, retirando respetuoso la gorra militar de su contrariada testa. —¿Ya vio lo que ocasiona con sus persecuciones y sus tonterías? ¿Ya vio? —le increpó Isabel fuertemente, señalando a Carlos, que permanecía sentado en la orilla de la acera. —Esta vez sí la hizo buena cabo...

—Usted sabe cuáles son mis órdenes, señorita Isabel —balbuceó nerviosamente el hombre, interrumpiendo sudoroso la amonestación que acababa de escuchar, y mirando exclusivamente al suelo.

—Mire, mejor cállese —lo regañó Isabel, exagerando su enojo ante los soldados. —Y hágame el favor de retirar a estos irrespetuosos de aquí ¿No se ha puesto a pensar lo que pasaría si alguien llama a las autoridades? ¿O a la prensa?

—Po's nada... —interrumpió una vez más el cabo, sin dejar de mirar el piso, mientras algunos de sus soldados se sonrieron con la observación, sabiendo de antemano que nada podrían hacer unos pobres policías contra su fuero militar.

—No se haga usted el chistoso Sánchez... y no me haga usar el teléfono; sabe mejor que yo a lo que me estoy refiriendo... No creo que a usted y a su bola de payasos les convenga mucho que yo haga algunas llamadas o vaya con el chisme de lo que ocasionaron, ¿verdad? —lo amenazó ya exasperada la muchacha.

Los militares se quedaron petrificados y sus sonrisas se borraron inmediatamente.

—Recoja mis pertenencias del taxi y me esperan aquí, voy a llevar a este muchacho a que le revisen esa herida; lo único que intentó hacer el pobre fue defenderme de estos groseros; es lo menos que puedo hacer por él... Y pobre de usted que se atreva a seguirme dentro del *Mall*... Ya bastante vergüenza me ha hecho pasar aquí afuera, ¿está claro?

—Sí señorita, está claro... y disculpe —respondió vencido el hombrecillo al final, ordenando con un gesto a su tropa que retiraran los vehículos que obstruían la calle, y mirando con sospecha cómo esta tomaba del brazo al joven y se internaba con él dentro del centro comercial.

—¿Quiénes son ellos? —volvió a preguntar Carlos, mientras caminaban apresurados por entre la gente, irradiando el aire de pequeños destellos luminosos que el perfume de la sirena emanaba, y que rebotaban y se multiplicaban en los aparadores del interior.

—Es la guardia personal que me asignó mi padre; no te preocupes, son buenas personas y sólo estaban tratando de protegerme... Pero sigamos caminando... ¿Por dónde está tu coche?

—Por allá está la salida —señaló Carlos confuso. —¿O sea que tu padre contrató a un grupo de soldados para que te cuiden?

—Vaya, que te han golpeado fuerte —sonrió Isabel. —¿O será acaso que tengo tan mala suerte que después de encontrarnos aquí por mera casualidad, en medio de esta ciudad que casi no conozco, en lo único que te interesas es en la gente que me anda cuidando? ¿Dónde quedó el: "Hola Isabel, ¿cómo has estado?"

—Hola Isabel, ¿cómo has estado? —respondió galante pero tardío.

—Bien, ¿y tú Carlos?

—Pues no tanto... —bromeó Carlos un poco ruborizado, tocando su frente y haciendo la pantomima como que comenzaba a desmayarse.

—¿Te hicieron daño de verdad? —intentó sostenerlo ella hasta el suelo.

—No, no creo —volvió a sonreír Carlos— sólo las radiografías lo dirán...

—¡Entonces llévame de aquí Carlos! Allá viene Sánchez y su grupo —imploró Isabel alarmada, señalando a los soldados que ya habían entrado en el centro y se abrían paso por entre la gente... —Ayúdame a escapar, llévame de aquí... te lo ruego.

Los dos jóvenes atravesaron la salida del lugar como el viento, y tomados de la mano, corrieron agachados por entre las hileras de autos como dos niños en un juego, burlando al grupo de "guachos" y escapando de ellos en la camioneta, acelerando sin aliento rumbo al ocaso y riendo ambos de su osadía. Carlos, embriagándose con el atrevimiento infantil de Isabel, sintió que ese instante era el respiro de brisa fresca que necesitaba, después de haber permanecido una década enterrado en vida. Se percibía una rara atmósfera de confianza dentro de la pickup, la proximidad de ambos generaba una semi-intimidad como de muchos años. Tal vez por la complicidad compartida que sólo logran alcanzar aquellos que se conocen de mucho tiempo. Como si en ese instante los dos hubieran estado tratando de escapar de lo mismo y por alguna extraña coincidencia su encuentro estaba destinado a salvarlos de algo imperceptible. El silencio del momento no era incómodo sino al contrario: sus miradas se cruzaban compenetradas y cada uno agradecía al otro ese instante de tranquilidad.

—¿A dónde vamos?

—Si no te molesta, sólo conduce un poco por esta avenida. Esta ciudad siempre me ha parecido triste de noche —contestó ella, mirando distraída por la ventanilla. —De todas formas, en algún momento tengo que regresar.

Carlos presintió que algo estaba mal.

—¿Qué ocurre...?

—Ay Carlos, por eso me agradaste en aquella ocasión. Te preocupas genuinamente por los demás, eres noble con todos; hasta cuando te conocí, ayudabas a uno de los cocineros a recoger comida del suelo... y no era tu obligación... O como hace un rato, que te lanzaste al 'tú por tú'contra esos seis hombres sin pensar en las consecuencias... No tenías por qué hacerlo, y de verdad que te lo agradezco...

—Pero ya viste cómo me fue —la interrumpió él, sonriendo.

—Si supieras todo lo que me sucede —continuó ella. —Son demasiados mis problemas como para agobiarte con ellos, y la tarde sería muy corta como para platicarte.

"No puede ser", pensó Carlos. Cómo era posible que esa niña rica, con esa belleza y esa elegancia, pudiera tener siquiera un problema; eso era simplemente inconcebible.

—Mejor platícame de ti Carlos, ¿qué andabas haciendo en ese centro comercial, eh? De seguro hacías compras para alguna de tus novias, ¿verdad?

—Uyy... si supieras —contestó él con ironía. —La tarde sería muy corta como para platicarte.

—¿Te estás burlando de mí? —se volcó ella sobre él, deleitada por la mímica, y haciendo como que pretendiera golpearlo y pincharle las costillas. —Eres un tonto, un descarado sin remedio.

—Y tú eres la muchacha más bonita que he conocido en toda mi vida... —le dijo tomándole la mano que intentaba pincharlo y llevándosela a la boca con ternura.

—¿Qué dices?

—¡Oh no! Creo que voy a desmayarme de nuevo... —gritó Carlos, rojo de vergüenza, moviendo la camioneta erráticamente, casi a punto de impactar a otros autos, tratando de sacudir su atrevimiento y sin entender cómo es que había dicho lo que dijo en voz alta.

La risa fresca de ambos, de esa juventud ilusoria, volvió a llenar el ambiente, pero sólo por unos segundos. Después ambos volvieron a sus propios pensamientos individuales y sólo sus miradas encontradas expresaban lo que pudieran estar pensando. Recorrieron la ciudad por un tiempo, hasta que decidieron parar en algún café para poder platicar más a gusto, y ella insistió en que el mejor sería el del aeropuerto de la ciudad. Era el único lugar conocido en el que consideraba que se reunirían las condiciones de seguridad sin su guardia personal. Además, los soldados tenían la orden de regresar precisamente a ese puesto al terminar la escolta.

Esa improvisada "cita" en el restaurante del segundo nivel, frente a los grandes ventanales que asomaban a la pista de aterrizaje, y en medio de un mar de viajeros en movimiento, que al principio pensaron que duraría sólo un rato, duró toda la noche. En verdad eran dos desconocidos como todos aquellos viajeros que los rodeaban, pero al contrario de ellos, sin reconocerlo genuinamente deseaban conocerse, pero en un entorno manejable y casual, alejados de cualquier perspectiva que pudiera considerarse como romántica, e irónico de hecho, ya que aunque ambos tenían sus razones muy personales para moderarse, también sentían el sutil mariposeo de la atracción que ese momento les provocaba, una fascinación recíproca porque cada uno representaba para el otro lo que más anhelaban en la vida; sus deseos se complementaban por así decirlo. Isabel era para Carlos la belleza, la elegancia y lo inalcanzable. Y Carlos era para Isabel la libertad, una existencia independiente, sin cuentas con nadie y la tranquilidad, también lo inalcanzable.

"La pobre niña rica", descubrió Carlos en pocos minutos, necesitaba urgentemente alguien con quien hacer contacto, un alma que la escuchara, un confidente, una especie de escape de la prisión que su vida era. Y él, que a Dios le daba gracias por estar en el lugar, estuvo dispuesto a dedicar su atención como nadie nunca lo había hecho, sin juzgarla ni absolverla, sin extrañarse y sin atreverse a ofender el momento ofreciendo un diagnóstico frívolo, algo que ella obviamente no buscaba, precisamente porque él también llevaba una vida de escapatoria permanente, una vida no igual, pero paralela, siempre tratando de llenar las expectativas de los demás y siempre sintiéndose culpable por no conseguirlo.

Había tantas cosas que deseaba saber. Su fascinación por Isabel se había convertido para él en una leyenda inconclusa, en un ideal desconocido. Las dudas se agolpaban en su respiración, exigiendo manifestarse, pero a la vez, un advenedizo sentimiento le obligó a callar, insinuándole que un voto de silencio era necesario. La bella flor poco a poco desplegaría sus pétalos, revelando todos sus misterios en una ofrenda al beato que supiera esperar la confesión. Y así sucedió. Carlos, en el transcurso de una velada en silencio, alcanzó a entrever la cruz que sobrellevaba Isabel en su vida, comprendió muchos de sus secretos y el porqué de su proceder.

Sin atreverse a admitirlo abiertamente frente a su confesor, Isabel vivía prisionera de una asombrosa situación, del alcoholismo de su madre y de la fuerte seguridad impuesta en su persona, en una celda de cristal que le cercenaba de todo contacto humano. Su mundo estaba reducido casi exclusivamente a lidiar con los episodios de su madre y las discusiones con sus vigilantes. La vida de esta pobre niña rica estaba llena de contradicciones, como por ejemplo, cualquiera de sus deseos y gustos materiales eran siempre concedidos al instante. Sus guardianes tenían la orden de sistematizar, sin reparar en gastos, cualquier capricho de la señorita, y los desfiles de modas, los viajes y los *shopping sprees* en México y los Estados Unidos eran organizados hasta el cansancio. Sin embargo, y en contraposición a esto, nunca contaba con un centavo en efectivo, y jamás había experimentado la libertad de salir a pasear con alguna amiga, mucho menos con algún joven pretendiente. La fuerte seguridad de la que era objeto y los cambios constantes de lugar de residencia no fueron rivales para ningún compañero de los variados colegios privados a los que asistió en su adolescencia, y ninguna de sus amigas pudo jamás adaptarse a estos cambios y a este ritmo de escrutinio y resguardo militar. Antes de darse por vencida, había tratado de incluir en su entorno a los únicos personajes de su vida: los *tea parties* de niña y las fiestas de cumpleaños con algunas amiguitas, infantes del ejército y los deplorables espectáculos de su madre estaban en el borde de la comicidad si no fueran tan tristes. La infancia de Isabel había sido la de una princesita encerrada en lo alto de una torre, en la que sólo podía envidiar la libertad de aquellos que lograba mirar desde su ventana.

Esta ominosa situación había causado también estragos en su madre, bombardeándola irremediablemente hasta lo más profundo de la embriaguez y el abuso de sustancias. La depresión la desgarraba en el anonimato de sus mansiones; los pasillos y cortijos eran ahora su escenario. Después de haber sido una reconocida actriz de la farándula en México, su matrimonio con el señor Pedro y sus paranoicas medidas de seguridad, habían minado sus fuerzas y su inteligencia hasta hacer de ella una figura irreal y amorfa. Su voluntad propia era inexistente y también había desaparecido de ella la lozanía y la energía de vivir.

"Consuelo Castro... la famosa actriz", se burlaba ante el espejo de la imagen que este le proyectaba. Sin reconocer el encanto y el porte de antaño, se limitaba a brindar con su reflejo durante días enteros, recitando de memoria pasajes de alguna de sus películas, tambaleándose delirante por las alcobas, re-organizando guiones y cámaras imaginarias. Lloraba sin tregua y excedía el límite de su cuerpo hasta quedar inconsciente en algún rincón de la casa o el jardín, y a veces bañada en su propia suciedad, siempre rodeada de sirvientes mudos que no dejaban de atenderla y con la nefasta consigna de surtirla con lo que les pidiera. Le inyectaban *Ketamine* cuando su semblante lo exigía, y la dejaban dormir hasta que sus adicciones tomaban el control de nuevo. La vida de esta mujer era un infierno brutal que lentamente arrebató de su madre a una pequeña niña abandonada. Estos eran los pensamientos de Isabel cuando la pregunta de Carlos la regresó de esos recuerdos nostálgicos.

—¿Cómo dices?

—¿Que si es verdad que estabas en Francia? —preguntó Carlos de vuelta, girando el tema junto con la cuchara en su taza de café, al que no había dado ni un solo trago.

—Vas a pensar que soy una superficial o una tonta, pero la verdad es que ya estoy harta de todo, de estar como prisionera y de que me ordenen lo que tengo que hacer. —Sólo volví de París para arreglar las cosas. Cancelar todo de hecho —se dijo a sí misma— pero quiero hacerlo en persona, quiero que todos vean que ya no soy la misma boba que podían mangonear a su antojo y luego olvidar por ahí, en cualquier cajón, como un títere. En ese momento Isabel no pudo evitar bajar la frente al recordar la imagen de su madre. —No deseo la ayuda de nadie,

¡lo único que quiero es que me dejen en paz! Ser independiente, seguir trabajando y olvidarme por un tiempo de todos, especialmente de esa maldita guardia personal que tanto aborrezco.

—Ahora tú vas a pensar que soy un tonto —se disculpó Carlos rascándose la cabeza. —Pero, ¿por qué te cuidan militares... específicamente?

—¡Válgame Dios! ¿Qué acaso no te has dado cuenta? Por lo visto 'tu patrón', al señor ese para el que trabajas se le ha pasado un pequeño detalle: informarte que es un general del ejército... 'El General Pedro Samaniego' de la Décimo Sexta Zona Militar de la Ciudad de México, un hombre muy importante dentro del Gobierno de México. Y por lo consiguiente —continuó Isabel con un pomposo sarcasmo —es muy conveniente para él que su familia cuente con este tipo de protección en cualquier parte del país, lo que le permite abandonarnos durante meses, enviándonos a donde se le antoje y haciéndonos prisioneras de sus mandatos y de sus tropas.

La frustración evidente en el rostro de Isabel hizo que Carlos encadenara muchos eslabones sueltos, como cuando uno de los trabajadores del señor Pedro se había referido a él como "general", tras informarle que el dinero proveniente de Chicago estaba completo. Aquella mañana soleada en el concesionario de autos en El Paso seguía siendo borrosa para él, pero aún así, no impedía que ahora comprendiera las numerosas señales inequívocas de que el famoso señor Pedro era un militar de alta jerarquía: su forma de ser, de hablar, el respeto que los demás le profesaban cuando se dirigían a él. Algo que casi por completo había escapado de su percepción en los días pasados, ahora era obvio. Incluso, ya que lo estaba razonando, muchos de los asistentes a la reunión también deberían contar con algún rango dentro del ejército; se sintió un poco incómodo al percatarse de esto.

—No te preocupes —le aseguró ella al ver su rostro— de todas formas ibas a enterarte, o tal vez todos ellos pensaron que ya lo sabías, aunque no entiendo por qué Miguel nunca se aseguró de que estuvieras al tanto, porque bueno... ¡Uff! ¡Ese es otro que sólo dice y hace lo que le conviene! Y siempre cuidándose de no contradecir a su jefecito. Pero en fin, son cosas que ya no importan, porque ahora que pienso en ello, lo más probable es que no lograré que realmente me escuchen cuando regrese junto a ellos.

—No te entiendo, ¿junto a quién vas a regresar?

—Mira Carlos, hace rato, cuando nos tropezamos en el centro comercial, yo venía precisamente de aquí, del aeropuerto, y estaba tratando de escabullirme por lo menos un rato del chocante teniente Sánchez y su grupo. Puro capricho en realidad; ellos me esperaban cuando bajé del avión, y sus órdenes eran de escoltarme hasta la casa de El Paso, sin embargo, en un descuido de ellos traté de tomar un taxi y el resto tú lo sabes... Y ahora hasta aflicción me causa pensar en aquel pobre chófer; lo expuse a que tal vez lo maltrataran.

—¿Por qué dices que ya no importa?

—¿La verdad? Me avergüenzo en decirlo, pero mi escapatoria estaba condenada a la ruina desde el principio, y si no hubiera sido por el mismo chófer del taxi que trató de librarse de mí al hacerme bajar en ese centro comercial, no nos hubiéramos encontrado tal vez nunca.

Carlos meditó un instante en lo atinado de esas palabras, ya que de hecho, él mismo había renunciado ya a la posibilidad de volver a verla desde aquel abrupto viaje a Durango.

—Estaba engañándome como una niña, ¿a dónde hubiera podido ir? Sin dinero, sin conocer a nadie, fue un impulso necio... soy una fracasada.

—¿Una fracasada? ¿Por defender lo que sientes? ¿Por querer liberarte? ¡No, Isabel! Tú no sabes lo que se siente fracasar, ser prisionero de una vida de la que no puedes escapar, y que desde niño detestas.

—¡Claro que lo sé!

—No, no lo sabes, no sabes lo que es vivir arrinconado —interrumpió él casi en un reclamo.

—Y tú no sabes lo que es vivir arrinco...na...da...—dijo ella al mismo tiempo, deteniéndose al final en un murmullo de comprensión.

Los dos jóvenes volvieron a compartir uno de esos momentos de silencio, de reflexión y de confidencia mientras las horas de la madrugada se acumulaban en el brillo de sus miradas. Su encuentro estaba destinado a no terminar en ese amanecer.

—¿De verdad quieres escapar? —le preguntó él, tomándole ambas manos por encima de la mesa, descubriéndose incrédulo en el fondo de su mirada y evitando juzgar lo atrevido de su ofrecimiento.

—¿Te atreverías? —contestó ella inmediatamente, devolviéndole una mirada amplificada de emoción que lo retaba mágicamente.

"Creo que ahora sí voy a desmayarme", pensó Carlos, sin soltar ese pedacito de cielo que aferraba, y que le costaría las llamas del infierno, por la magnitud de tal irreverencia.

# A corazón abierto

E L "CAPI" VALENZUELA ESTABA ABURRIÉNDOSE DE LO LINDO, recargado de costado sobre uno de los polvosos sacos de arena de su puesto en la carretera, como vaquero de película. Miraba indiferente el solitario horizonte y trataba de darse calor con los rayos de medio día, como muchas de las víboras de cascabel en las alejadas piedras del cerro; a esa hora el trabajo iba muy despacio.

En sus manos se apreciaba un manojo de papeles arrugados que había leído y re-leído docenas de veces a través de sus gafas oscuras. Eran documentos y ordenanzas enviadas a él por parte de sus superiores, y la terminología jurídica del comunicado le presentaba buenas noticias en sí. Por lo visto, su nombramiento de "agente especial comisionado" estaba asegurado por una administración más. Al menos durante doce meses más seguiría al frente de ese punto de revisión, doce meses para seguir siendo el "mero-mero" del PRECOS más "chingón" del norte del país, bajo las órdenes únicas del Subprocurador de Justicia del Estado. Nada mal para un recién egresado de la licenciatura, pero con la suerte de estar emparentado dentro del gobierno federal, y si como le habían dicho, que don Leopoldo Camarena era el próximo candidato para 'gober' del estado por parte del partido oficial, su futuro estaba forjándose a la medida de sus aspiraciones.

Al hacerse una vez más la señal de la cruz con estos mismos papeles, no pudo menos que deferir una mirada despectiva a todos aquellos que eran sus subalternos. Los "pobrecillos" no contaban con ningún familiar en las altas esferas del gobierno y tendrían que conformarse con lo que él quisiera o decidiera hacer con ellos. Así que todos, desde los jóvenes estibadores hasta sus agentes 'efectivos' y sus afamados agentes 'meritorios', sus 'madrinas' sin nombramiento ni sueldo oficial, pero con la consigna de presentarse a laborar cada jornada en ese alejado paraje, estaban obligados a portarse bien con él. Los 'donativos' entregados por los que cruzaban indebidamente por este lugar, generalmente eran disgregados hacía 'arriba', y lo que sus agentes lograran por su cuenta, con sus infames 'multas administrativas' impuestas a todo incauto viajero que se le llegara a descubrir algo de 'fayuca' en el equipaje. Usualmente mercancías por las que no pagaron los aranceles correspondientes en la frontera, como zapatos, juguetes y una que otra televisión, y que con las amenazas de confiscarles hasta el automóvil, les bajaban a estos indefensos los pocos o muchos pesos que llegaran a cargar, y claro, eran para también reportarse con una "corta" al mero "Capi" Valenzuela.

En realidad, las remesas fuertes de 'dolaritos' para este punto de revisión destilaban de sur a norte por parte de los traficantes de droga que arreglaban 'la pasada' con anticipación, y de norte a sur por los traficantes de armas. El Capi mantenía un flujo constante de ingresos mucho más decoroso que lo que su sueldo de funcionario público pudiera proporcionarle, sin embargo, había muchos nuevos "narquillos" que estaban arriesgándose a pasar sin conciliar antes con él, lo que constituía una desgracia, ya que cuando estos "burros" eran descubiertos a la vista de todos, en las revisiones de rutina, no le quedaba más remedio que entregarlos a la justicia, especialmente ahora que los delegados de "los derechos humanos" y los metiches de la prensa andaban siempre fisgoneando por ahí. Tan sencillo que era arreglar antes, sin exponerse y repartiendo dinero para todos. ¡Oh! Era una lástima, pero ni modo, no se podían ganar de todas, todas.

Y otra de las que no se podían ganar eran los continuos desfiles de los enormes transportes que venían escoltados desde la capital. Estas expediciones en fila que cruzaban una vez al mes, ya venían apalabradas desde "lo alto". Esto lo dejaba a él y a su gente como pequeños huerfanitos, nomás mirando, llenos de polvo y especulando sobre lo que pudiesen llevar dentro de los camiones. El espectáculo de estas caravanas era impresionante: cuatro o cinco *Kenworth* de caja doble a toda velocidad, escoltados por igual o más camionetas negras con luces intermitentes de policía, agentes federales y a veces hasta un helicóptero, cruzaban sin siquiera aminorar la velocidad, en una marcha de impunidad y poder brutal. Claro que no podía quejarse, sería una estupidez, ya que arriba de su jefe, el "Subprocurador de Justicia" al que le reportaba directamente, había prelados mucho más gordos que podían fácilmente arrebatarle su plaza para colocar en ella a alguien más "capaz". El pago de favores con puestos dentro del gobierno es parte primordial dentro de la política en México, y se maneja exactamente como suena: en pago a favores recibidos. Los altos funcionarios del gobierno reparten jugosos empleos, sin importar mucho la experiencia o cualidades de los agraciados. Por lo que nada de raro habría en que él perdiera su empleo de un momento a otro, y era precisamente por eso es que estaba tan complacido en que su nombramiento continuara oficialmente por doce meses más, lo que indicaba que al parecer estaba haciendo bien su trabajo. Su puesto era uno de los más codiciados y obviamente siempre en la mira de quedar vacante. Sin embargo, mientras el dinero estuviera fluyendo para él y su gente, la moralidad de esa operación no era su prioridad inmediata. Así que lo mejor era "no hacer olas" y llevársela "a la sorda" con todos los pesados de la PGR.

En eso estaba cuando se fijó que de una camioneta que llegó al lugar se apeó un joven que ya conocía. Después de indagar con algunos de sus agentes, comenzó a aproximarse en dirección a él; era Carlos, uno de los nuevos asociados de Miguel Carrillo. Por lo visto, estos jovencillos andaban bien "movidos" porque en menos de dos semanas él mismo había pasado por ahí, y si ahora regresaba sólo significaba una cosa: más dolaritos para su cuenta personal, y los cuales le caerían muy bien para las vacaciones de la familia. El retorno de Carlos le representaba el dinero para llevar a todos los familiares de su esposa hasta su nueva finca en Monterrey, Nuevo León; la estampa de este huerco en verdad le alegró la mañana y le quitó el aburrimiento. Pero antes de seguir sacando conclusiones, se percató que este no manejaba el camión blanco de costumbre y aparte de esto, el joven se mostraba bastante desorientado y quisquilloso cuando fue a saludarlo, como no muy seguro de su proceder, como que algo estaba tratando de ocultar. Lo más extraño de su conducta fue la ambigüedad de cada una de sus respuestas, especialmente con respecto a su acompañante. De hecho, parecía como que no supiera qué andaba haciendo por ahí. Para empezar, le contestó que la persona que estaba en la camioneta era un amigo, cuando varios de los agentes después le confirmaron que debajo de la gorra de béisbol estaba una güerita bastante guapa a todo ver. Por otra parte, estaba más interesado en los horarios y en las probabilidades de una revisión militar para la próxima semana. "¿Qué se traería entre manos este cabrón?" Al final no confirmó ni negó si regresaría con algún cargamento en los próximos días, y se despidió de la misma forma huraña en la que había llegado, dejándolo con más incomodidad y desconfianza que cuando llegó; lo mejor sería echarle una llamadita al Miguel, para ver "qué chingados" estaba pasando.

Después de ver cómo el "Capi" Valenzuela desaparecía en el interior de una oficina, la cual estaba adaptada dentro de una casa móvil, los jóvenes continuaron su viaje hacia el sur, sumidos en sus pensamientos, y, en ratos, lo único que se escuchaba era el ronroneo de las llantas sobre el asfalto. La sola idea de lo que estaba haciendo le estaba robando a Carlos la respiración. En momentos veía a hurtadillas a la sirena para descubrirla contemplándolo con curiosidad, y cada una de esas miradas bastaban para que sus arrepentimientos se desvanecieran. Trataba activamente de ignorar las voces internas que le advertían, específicamente las que le recordaban esa 'lealtad' que él mismo había jurado con una copita de tequila. Sin embargo la sola mirada de Isabel reforzaba en él la imagen de quien ahora quería ser y los planes que estaban fraguándose dentro de su mente. El momento era real y eso era más importante que todas las voces y reclamos que fastidiaran su imaginación; no pensaba volver a perder aquella oportunidad y, por primera vez en su vida, Carlos comprendía la gravitación de su enajenamiento. Al menos en ese momento, estaría dispuesto a pasar por encima de cualquiera, incluyendo el señor Pedro y sus miles de 'guachos' por una sola oportunidad de que ella lo mirara.

Por su parte, Isabel, emocionada por el atrevimiento de esa aventura, mostraba una confianza y seguridad imposibles. Pudiera decirse que la sola determinación de la joven bastaba para cubrir la cuota de ambos y alejar a Carlos de todas sus dudas, recargando en él la responsabilidad de las decisiones, envalentonándolo casi a la fuerza. Preguntaba animadamente sobre el paisaje y hacía comentarios sobre la rugosa belleza del desierto y, más notorio que antes, se expresaba de tal modo que parecía que esa complicidad fuera de lo más natural y estuviera destinada a no terminar jamás.

Después de varias horas de manejar, decidieron parar en un claro de la carretera. Buscaron la sombra de un viejo roble para bajar del vehículo, estirar las piernas y descansar un momento. Llevaron también algunos bocadillos y refrescos que habían adquirido para el trayecto, y se acomodaron plácidamente sobre un gran tronco caído que estaba a punto de rajarse en dos. Los cerritos azules en el horizonte y las cigarras anunciaban la proximidad de las nubes cargadas de lluvia, mientras el viento se remolineaba saturándolo todo de motas blancas, y la presión atmosférica del medio creaba uno de esos famosos 'conos de silencio' que acallan los truenos en la distancia pero resaltan los sonidos más tenues, como el crujir de las hojas bajo sus pies y chirrido de los insectos en las grietas de la madera. Isabel contrastaba fieramente contra la aspereza de aquel lugar y se veía más linda que nunca, Carlos difícilmente podía creerlo cada vez que se descubría contemplándola ensimismado.

—¿Qué?

—¿De verdad viajaste desde París sólo para decirles a todos que te dejen en paz? ¿Por qué no lo hiciste desde allá?

—Porque necesito dinero... —dijo ella finalizando un bocado. —Necesito dinero... —volvió a decir ante la mirada escéptica de Carlos. —Porque tengo algunos planes, ¿sabes? Quiero adquirir un pequeño restaurante en la zona turística del viejo París. No es cualquier cosa, es un pequeño *bistro* muy acogedor, ubicado en una esquina, de esos que tienen tres o cuatro mesitas en la acera y en los que puedes tomar una copa de vino o algo de comer mientras la tarde va llegando. Es especialmente atractivo para los turistas que andan vagando por la ciudad, un punto de descanso obligado y un poco bohemio, sobre todo en el atardecer; es una zona muy romántica aunque no de mucha categoría. El rostro de la chica se transportaba mientras continuaba con su narración. —En este pequeño mesón he estado trabajando; los dueños son unos viejos adorables que quiero mucho. Ellos me han ayudado desde las primeras veces que fui a Francia y han sido casi como unos abuelos para mí. Ahora que ya casi no les quedan fuerzas, están dispuestos a venderme el lugar; incluso me han dado la preferencia sobre otros compradores y están decididos a esperarme con los pagos en plazos, con lo mismo que el negocio vaya proporcionando, casi como una pensión de jubilación para ellos. Pero, teniendo en cuenta que el lugar necesita muchas reparaciones y el alto costo de la vida en Europa, la parte mínima que me piden para cubrir sus gastos esenciales para trasladarse al campo es bastante considerable. Caminaban lentamente, en un corto paseo por entre las cavernosas sombras de los árboles cuando ella continuó: —En la segunda planta de este bistro se encuentra un minúsculo departamento, muy especial y con una historia antiquísima. Los suelos rechinan, las paredes están partidas y las conexiones eléctricas se niegan a trabajar; es un piso enojón, quejumbroso y gitano, pero con todo y sus miles de fallas, con sus ruinosos balcones de herrería victoriana y sus caprichos es un lugar mágico. Ha sido alquilado por infinidad de excéntricos e intelectuales a lo largo del tiempo. Los registros muestran orgullosos nombres y firmas rimbombantes así como simples al carbón. Las páginas amarillentas están hinchadas de artistas, vagabundos y holgazanes, y recorren las décadas hasta llegar a la Primera Guerra Mundial. Invadido, confiscado y recuperado varias veces, este lugar tiene muchas anécdotas que contar, incluso mi *Mere Geraldine* me ha platicado que en alguna ocasión el mismo Pablo Picasso utilizó ese refugio como guarida, y antes de salir huyendo de ahí y haber dejado las paredes pintarrajeadas les pagó el alquiler de un mes con un retrato que a nadie le gustó. Ahí es donde he estado viviendo y este es el lugar que pretendo hacer mi guarida permanente... —concluyó así decididamente la sirena.

—¿Puedo hacerte otra pregunta? ¿Venías a pedir dinero?

—¡A pedir no! ¿A conseguir? Tal vez... bueno... no sé, pero lo que sí sé que tenía que regresar a México por esto... Diciendo esto Isabel extrajo de su bolsa un pesado pañuelo cuidadosamente anudado. Al abrirlo Carlos pudo admirar un puñado de joyas y diamantes de diferentes tamaños y formas que destellaban con la luz del sol.

—¿Cuánto crees que pudieran valer?

—No sé, pero necesito venderlos para juntar lo más posible.

Los ojos de Carlos volvieron a brillar, opacando al de aquellos diamantes.

—¿Cuánto dinero necesitas?

—Mucho...

—¿Mucho?

—Sí...

Cuánto será "mucho" para una muchacha como ella, se preguntó, mientras regresaban pensativos hacía la camioneta, y también se contuvo de ofrecerle el dinero con el que contaba. El orgullo de la sirena lo interpretaría mal si lo hacía de la manera equivocada. Sin embargo, su naturaleza sobreviviente le sugería ya cientos de formas para llegar a ella. Sus ojos brillaban ahora más que antes, y al llegar a la orilla del camino la tomó de los hombros sonriendo.

—¿Sabes? Tengo una propuesta para ti... No puedo prometerte nada, y tampoco puedo demandar nada de ti... —continuó Carlos mirando el horizonte. —Pero pudiéramos obtener una ganancia cercana a cuatrocientos mil dólares en una semana... ¿crees que te alcanzaría con eso? Mira, mejor súbete —le pidió Carlos a la joven, después que la viera quedarse meditabunda. —En el camino te explico...

—*No promises, no demands*, ¿eh?... —dijo ella sonriendo... —Me gusta...

Y así, los jóvenes continuaron su recorrido rumbo al sur, bañados por una lluvia plateada que iniciaba, una lluvia que los acompañaría hasta Santa Julia y hasta un nuevo horizonte donde sus deseos eran más probables de volverse realidad.

Estando ya en el mítico pueblo de la barranca, fue la voz de don Toño la que administró la primera dosis de realidad a Carlos.

—¡Por supuesto que no sabes qué hacer muchacho! Tu aura me lo ha dicho mucho antes que tú —le gritó el viejo brujo abrazándolo cariñosamente y dándole palmadas en el rostro. —Estás tan 'enmuinado' que tu cerebro no lo puede creer... ¿verdad? ¡Es inaudito! —rio el viejo levantando los brazos. —¡Era de esperarse! Estás tan atontado con lo que andas haciendo que lo único que miras a tu alrededor es la niebla que te envuelve, pero ninguna de tus imprudencias. Tu alma está inquieta, presiente el peligro, y te quiere prevenir como un buen caballo, sólo que tú no puedes o no quieres verlo...

Después de tocar a Carlos en el hombro con la retorcida y oxidada punta de su machete como si estuviera acusándolo de un crimen, don Toño continuó en el mismo tono de reproche: —Ustedes lo jóvenes creen que todo es fácil, ¿verdad? Hacen las cosas sin pensar... ¡Son invencibles! Y volviendo a alzar los hombros prosiguió: —¡Ahh! Y luego me traes a esta muchachita aquí, ¿y esperas que me quede callado? ¿Qué quieres de mí Carlitos? A ver, dime...

La simpática expresión del viejo brujo estaba transformándose en una máscara dura. Su mirada buscaba los ojos de aquel con la fuerza que sólo la edad y la sabiduría pueden proporcionar, pero también sabía que no podría durar mucho tiempo enojado con este. Después de todo, Carlos era un joven que aunque no lo percibiera aún, era capaz de arrancar la voluntad de los demás para lograr lo que se propusiera; sus propósitos eran demasiado nobles e inocentes como para no ponerse de su lado. Para no delatar sus sentimientos, el viejo volteó el rostro y caminó impaciente por la sala; giraba por la habitación echando grandes bocanadas de su pipa y cavilaba sobre el asunto, al tiempo que la lluvia en el exterior, daba indicios de una tregua sobre la región.

En el patio, mientras tanto, se encontraba Isabel sentada en una sillita de madera, con un vaso de limonada en una mano y aferrando su bolso con la otra. Miraba con curiosidad el entorno de la casa y se resguardaba de la lluvia bajo la protección del pasillo de la cocina. Había dormido varias horas en una de las recámaras y había permitido después, casi en contra de su voluntad, que una jovencita la ayudara a bañarse en una enorme tinaja de madera llena de flores, y al final permitió también que varias mujeres de la casa la vistieran con una larga túnica de manta que parecía un hábito ligero. Incluso su cabello fue perfumado, cepillado y arreglado cuidadosamente por ellas. Estaba rodeada de niños, perros y gallinas, y las mujeres, aun después de reanudar el ritmo normal de trabajo, seguían vigilándola atentamente desde la oscuridad de la cocina, atizando los fogones y restregando sus manos acostumbradas a esas faenas contra sus faldones negros, y continuando imparables con el milenario arte de la preparación de los alimentos, pero sin despegarle los ojos, en una mezcla de fascinación y temor hacía la muchacha. Nunca los habitantes de la casa habían tenido un huésped tan importante: una catrincita tan elegante, tan blanca, tan agraciada y tan bonita como ella. Su piel era cremosa y pura como la leche, sus cabellos como el sol y su andar era recogidito y delicado como el de una vaquilla joven. Y aunque para el gusto de Mamá Grande era demasiado debilucha para los ajetreos del campo y era obvio para todas que ella no había nacido para eso, el suave arco de su cuello de cisne y el inicio de sus pechos redondos y firmes la presentaban ante todas como una mujer fuerte y sana, y aunque no se lo propusiera, su porte era soberbio e intimidante. Sólo Unción llegó a acercarse hasta ella después de la pequeña escena en la que la vistieron, mirándola primero incrédula y desafiante después, para luego tocarle vacilante el vientre con una mano y hacer una línea en el suelo con un puñado de tierra.

Isabel encontraba todo aquello tremendamente fascinante. El tiempo se había detenido en ese lugar y la naturaleza y la ingenuidad de la gente resaltaban salvajemente por todos lados. Sabiéndose desconocida, disfrutaba con gusto de las rudimentarias atenciones de todos, y se sentía halagada con las miradas y las sonrisas de tantos niños que la asediaban, de lejos y de cerca. Los que se armaban de valor llegaban a tocarla tímidamente y luego desaparecían en una carrera maravillosa por entre los muros. La casa era extensa, rústica y muy limpia; el aire transparente y los colores brillantes, y si alguien le hubiera dicho que toda esa población se mantenía en esa época olvidada por el tiempo gracias a la protección de un regimiento del ejército, no estaría considerando quedarse a vivir ahí permanentemente.

—La vida es una aventura arriesgada, o no es nada en sí... —chasqueó los labios Carlos, abatido en uno de los sillones de la sala. —Es algo que leí por ahí.

—Pues no creas todo lo que lees hijo... Muchas veces es mejor no hacer cosas buenas que parezcan malas —enfatizó sabiamente el viejo, recostado en su sillón favorito, en medio de una nube de humo que lo circundaba. Lo mejor que puedes hacer es olvidarte de ese disparate y enderezarlo antes de que se note, hacer las cosas bien, ¿no crees? A lo derecho, ¿para qué te arriesgas? Y te lo vuelvo a repetir: no me gusta lo que andas haciendo y no tienes idea de lo mal que pudiera resultar todo, y aunque ya me has dado tus miles de explicaciones, mi respuesta sigue siendo 'no' y es definitiva...

Carlos no pudo evitar repetir en su mente las palabras que el viejo brujo utilizó en su diatriba: "¿Para qué te arriesgas?", y le sonaron extrañamente similares a la forma en la que el Diablo, el infame cholo de la orilla del río, solía desanimarlo.

—Mira Carlitos, quédate aquí dos o tres días, disfruta de tu güerita y gózala a lo grande —le insinuó obscenamente el brujo haciéndole una seña con ambas manos. —Y después, regresa por donde llegaste e imagina que nunca sucedió.

—Tiene razón —contestó Carlos hastiado, sabiendo que a nada llegaría con ese estira y afloja; el vejete estaba portándose demasiado terco. —Y no se hable más del asunto —continuó molesto— mañana mismo al amanecer nos largamos de aquí. Y no se preocupe de nada don Toño, porque no volveré a ponerlo en un predicamento como este. Ahora, por lo pronto, saldré a dar un paseo y si la noche es propicia podemos cenar algo y tal vez tomarnos una copita de tequila... ¿o qué ya ni eso me merezco?

—A eso sí te puedo decir que sí Carlos, y si quieres... invitamos también a tu güerita —le respondió el brujo con una sonrisa sátira, haciendo de nuevo esa obscena seña con las manos que, dicho sea de paso, hecha por este viejo era terriblemente vulgar.

Cuando salieron de la sala, la lluvia había cesado por completo, por lo que el viejo chamán pudo admirar de cerca a Isabel. Aunque había alcanzado a verla fugazmente cuando llegaron, ahora que la tenía a dos palmos de sus gastados ojos; la nobleza de su porte y la belleza de su rostro le sorprendieron. Y sólo hasta ese momento el hechicero comprendió en su totalidad la importancia de que ella estuviera en el lugar. Sin decir palabra, salió de la casa a toda prisa, como si hubiera de pronto recordado algo muy urgente, dejándolos a ellos dos mirándose confusos y con la palabra en la boca.

Sin darle gran importancia, salieron de la casa para caminar y conocer el pueblito y recorrer los estrechos senderos de las huertas; el aire fresco dejado por la lluvia, la luminosidad de la humedad depositada en los árboles y los sembradíos invitaban a la pareja a olvidarse de todo y concentrarse en sus sentidos y en sus sensaciones. La complicidad de su paseo era más obvia ante lo desconocido y ahora caminaban tomados de la mano. Llegaron hasta el límite de la cañada sin decir palabra y después de permanecer algunos instantes ahí, se dispusieron a regresar. Desde la orilla de la vereda podían apreciar una tenue columna de humo que salía de la abertura de la montaña, por lo que Carlos supuso que el viejo brujo andaría por los alrededores.

—Platícame algo Carlos... —pidió Isabel mirando el melancólico atardecer. —Platícame de ti, de tu familia, aunque se dice que uno no escoge a sus padres, también se dice que de la forma en que te expreses de ellos será como Dios te recibirá en el fin del mundo... Ahora que si eso es cierto, yo ya llevo todas las de perder —terminó contrariada.

Antes de que pudiera responder, aparecieron de entre los arbustos dos perros enormes que comenzaron a gruñir amenazadoramente. Trataron de rodearlos sigilosamente, pero estos negros animales estaban decididos a no permitirles la pasada por su territorio. Con los lomos erizados y lanzando dentelladas que sonaban como golpes, lograron que los jóvenes se alejaran cada vez más del pueblo. Los gruñidos de estas bestias sólo eran acallados cuando la pareja caminaba en dirección opuesta de las cúpulas de la vieja casona, y sólo dejaron de verlos cuando estaban bastante lejos del sendero inicial, por lo que tuvieron que hacer un gran rodeo para poder regresar. Mientras bordeaban una pequeña milpa, Carlos retomó el tema de la conversación. Quería hablar en voz alta para calmarse el susto y advertir de su presencia a los animales. Comenzó por confesar que no conoció a su padre y que por el momento no estaba en buenos términos con su madre. Le habló de las depresiones y de la tomadera de Carmen, pero ausente, sin culparla ni justificarla, sin emoción, como si presentara el cuadro médico de alguna desconocida, y concluyó por explicarle qué era lo que andaba haciendo en el centro comercial aquella dichosa tarde.

—Si no hubiera sido por esas botellas... tal vez no nos hubiéramos encontrado nunca...

—Pues yo ya no estoy tan segura —meditó ella. —El destino es el destino, y si ahora estamos aquí... juntos, sé que es alguna señal; nuestras vidas tienen muchas cosas en común... ¿Tú qué crees? ¿Crees que es alguna señal?

El sol de la tarde, que parecía haber escuchado toda la conversación, lanzó el último rayo esmeralda que atravesó por las nubes y, de alguna manera, les otorgó tal vez la señal que buscaban. El reinado de la noche se presentó en el inicio de lo que parecía un sendero que zigzagueaba por el cerro, y sin pensarlo siguieron el camino guiados por el resplandor de una llamita, y mientras ascendían, Isabel que agradecía cada vez más ese vínculo con Carlos, en el que se sentía pequeñita y protegida; aprovechó para ceder, para ya no ser fuerte, para desprenderse de una culpa que llevaba desde la niñez. Así, por única vez en su vida, compartió con alguien la vergüenza que sentía por su pasado, por los episodios alcohólicos de su madre y por la imposibilidad de volver con ella; por las miles de veces que tuvo que soportar esas brutales veladas cargadas de llanto, de gritos y de un vaho caliente y nauseabundo que le cortaba la respiración, lo que ocasionaba que ahora el solo aroma de licor fuera causa de repulsión y mareo.

—Fue por eso es que no pude despedirme de ti en la fiesta de El Paso; Miguel y casi todos estaban demasiado tomados esa noche... y es algo que no puedo soportar, simplemente no puedo —dijo Isabel sacudiendo las manos en un gesto de repugnancia.

—¿Cuáles son tus planes Isabel? —preguntó Carlos, tratando de mirar sus botas en la penumbra. El tema de 'Miguel' inevitablemente había surgido en la conversación. Durante todo ese tiempo había buscado conscientemente no mencionar su nombre, con la esperanza de que con el hecho de no mencionarlo este simplemente fuera inexistente, sin embargo, para su pesar el nombre rondaba el aire como un fantasma. También don Toño se lo había advertido al decirle: "Hasta el coyote más astuto del desierto tiene obediencia ante la ley de la serpiente".

—¿Tú qué crees? —contestó ella. Captando el semblante agobiado de Carlos, y deteniéndolo suavemente pasó sus manos alrededor de su cuello y lo besó por vez primera.

—Los estaba esperando —dijo el brujo con severidad, mientras removía el fondo de su jarro de peltre frente al bracero. Preparaba de nuevo la raíz de peyote dentro de la famosa cabaña y hablaba en voz muy baja. Estaba de espaldas a ellos y había de alguna manera intuido su llegada. Las enormes matas de marihuana que celosamente lo resguardaban, vigilaban mientras el aire se llenaba con emanaciones y aromas diferentes. Los jóvenes se sentaron a la mesa en silencio, en medio de esa atmósfera brumosa que se antojaba como de un sueño. La llamita del fogón bailaba y era la misma que los había atraído casi sin remedio desde la huerta a través de la falda del cerro, y casi sin recordar cómo habían llegado a parar ahí, estaban como atrapados por el canto de las sombras en medio del desierto. Una vez más, don Toño colocó solemne la despostillada taza en medio de la mesa en lo que apenas ellos tomaron asiento, y después de vocalizar sus trilladas palabras de ritual, procedió a probar y escupir un poco del contenido. Sus movimientos eran nerviosos, y se veía alterado por algo. Y su mirada denotaba preocupación y gravedad a la vez. De un golpe dejó la taza frente a Carlos, se puso de pie y caminó alrededor de ellos mientras los fustigaba con una mirada tajante, tratando de ordenar los pensamientos que de su mente brotaban.

—¡Esta es la raíz del poder! Y hoy... hoy es el inicio de la alianza... manifestó el brujo, señalando con los ojos la taza y acomodándose las amplias mangas de su recién estrenada sayuela veracruzana, como disponiéndose a hablar frente a un gran auditorio. —Veo un alacrán... —prosiguió el brujo mirando hacia el cielo. —Es pequeño, blanco y descolorido, casi transparente, como un escupitajo... y veo una cascabel... grande y gorda, repleta y abundante... en plenitud de sus fuerzas; sus ojos son amarillos y brillantes, como los ojos de un gato, y de hecho toda su cabeza es de gato y sólo su cuerpo es de serpiente. Están frente a frente... en una lucha de poder —siseó el brujo alarmado, señalando con su machete el infinito y mostrando una fisonomía que cambiaba en cada instante; el viejo alquimista estaba transformándose poco a poco en alguien más a la vista de sus mudos acompañantes. El alacrán quiere acabar con la serpiente, pero ella es tan grande que ni mil alacranes juntos podrían vencerla, y ella lo sabe; su tamaño, su fuerza y su poder es superior en todos los aspectos imaginables. Con todo y esto el alacrán lo intenta, busca inyectar su veneno en la enorme cabeza de esta sin lograrlo, pero lo intenta... una y otra vez... veo que la serpiente al fin se impacienta y de una sola dentellada se traga sin esfuerzo al insignificante insecto. Sin embargo no es el fin... el alacrán vive dentro de ella... y vivirá muchos años en su interior, consumiéndola hasta que su tamaño la supere y pueda al fin vencerla... ¡Y su nombre será Alejandra! —gritó al fin el hechicero, completamente conectado con su delirante visión. Temblaba y su mirada estaba perdida, y desconociéndolo todo, levantó su machete en el aire y antes de descargar un golpe, desapareció tambaleándose por el camino.

Carlos se levantó de su silla para vigilar los movimientos del viejo loco, y después lo siguió un poco más por el camino, preocupado de que pudiera regresar y ocasionar una tragedia, porque en verdad era como otra persona. Siguió el brillo del machete hasta que este se perdió en el horizonte que el declive del cerro marcaba. Al regresar a la cabaña, Isabel sorbía indiferente el líquido directamente de la taza negra cuando sus miradas se encontraron.

—¡Escupe eso inmediatamente! —le gritó Carlos, sólo para comprobar que era demasiado tarde; la muchacha ya había ingerido el líquido de la misma forma que don Toño, y el fuerte narcótico de la raíz ya comenzaba a invadir su sistema. No obstante, la reacción no fue como él lo hubiera esperado. Isabel permaneció tranquila mientras su organismo asimilaba el torrente de emociones que inundó su cuerpo y las miles de sensaciones que en dos segundos desbordaron dentro de su vientre. Con toda calma, se levantó y buscó uno de los jarritos con agua fría, bebió ávidamente de uno sosteniéndolo con ambas manos y luego volvió a sentarse enjutada y pensativa en la silla. La túnica de manta con sus listones verdes, sus exquisitos pies sin más protección que las sandalias, y esa cabaña de madera sin paredes, le daban a la escena un aire contradictorio: una bella francesita de fábula, en medio de una noche desértica y alucinante. Dos negros lagrimones corrieron por las mejillas de la sirena.

—Ahora comprendo muchas cosas... —dijo. —Inclusive a mi madre...

Carlos permaneció en su silla mientras Isabel lloraba calladamente, cubriéndose el rostro con ambas manos. Sin atreverse a importunarla, la observó durante varios minutos, hasta que ella dejó de sollozar.

Miraba la infame taza de vez en vez y se percataba de los sonidos y los misteriosos cánticos a su alrededor; pensaba en que ya eran demasiados sobresaltos para una sola noche, por lo que concluyó que al menos por esa ocasión, él no se dejaría tentar por la maldita hierba. Sin embargo, al volver a mirar a Isabel, todas las promesas que hubiera alcanzado a elaborar hubieran desaparecido de inmediato; la sirena lo contemplaba con una mirada salvaje. Sus ojos, antes llorosos, ahora lanzaban fuego y determinación mientras se ponía de pie y rodeaba la mesa lentamente, y su cuerpo ataviado de manta trataba de rebasar el límite del lienzo en arcadas. "Bendita tentación", pensó Carlos, cuando ella lo tomó de la mano y lo arrinconó sin palabra contra un hato de matas recién cortadas. Lo que sucedió a continuación, quedaría escrito con el hierro candente de la memoria en Carlos por siempre, y lo recordaría como la evocación más erótica, tierna, divina y extraordinaria de toda su existencia.

Isabel comenzó a besarlo furiosamente en lo que apenas sus cuerpos cayeron en los tallos verdes, y Carlos se abandonó de inmediato ante la emboscada, rindiéndose a la provocación de su diosa sin pensarlo, hundiéndose ambos en la lasciva seda del follaje, revolcándose sin pudor y pasándose los efectos de la raíz directamente en el amargo néctar de sus labios, aprisionándose con sus cuerpos y saturándose con la brega de sus miradas, sin cordura y sin realidad, en un momento mágico de comunión y exploración mutua. Las matas, la cabaña y las sillas despegaron del suelo y volaron por el aire, danzando a su alrededor mientras sus vestimentas comenzaron a esfumarse poco a poco, y luego aparecieron en el aire miles de nubecillas vaporosas que lo envolvieron todo, desde la tierra hasta la finura de sus formas, impregnándolo todo en un río de perlas húmedas y brillantes, guiando como con voluntad propia las manos y los sentidos de la pareja en una deliciosa incursión por la piel, la saliva y las miradas inflamadas. Las trayectorias y los alcances se multiplicaban en cada caricia y sus suaves vientres fueron luego encauzados por esa magnífica fuerza a desatar aquel cúmulo de amores aprisionados, de tal proporción que el estallido iluminó las paredes de toda la barranca, incluyendo las matas, la cabaña y la sacerdo-tisa maya, la que a partir de ese momento, no les daría tregua hasta que ambos quedaran completamente consumidos y vacíos, conectados uno al otro en el chorro del origen cósmico y también dentro de sus propios pellejos.

Dicen que la noche
Pertenece a los amantes...
Dicen que la noche
Pertenece a tres...
Es la fuerza
De tu corazón abierto
Que me ha obligado
A dejarme morir...

Así pues, Unción veló por los jóvenes amantes durante toda la no-che, y desnuda también, orquestó la unión "a corazón abierto" de su jo-ven guerrero con el futuro de su venganza, glorificando y engrandecien-do en una ceremonia mística la conexión con su beldad, protegiendo y cuidando de ambos como a niños, hasta que los rayos del amanecer al fin fundieron los bríos de la pareja, y quedaran los tres tendidos sobre las cobijas de la cabaña.

# La gloria y el infierno

**L**A CAMIONETA AZUL RODEABA LENTAMENTE la esquina por novena vez. Las calles del centro de la ciudad eran más estrechas que las de Ciudad Juárez, pero la belleza colonial de Chihuahua, la ciudad capital, era mucho más vistosa y limpia de lo que recordaba.

"De hecho, también la gente es más bonita", pensó Carlos admirado. Esta gente sí cuida mucho de su apariencia; luego lueguito se ve que todos andan bien bañaditos y perfumados.

Un grupo de chiquillas, en uniforme de escuela secundaria, le lanzó otro puñado de atrevidos halagos cuando volvió a desfilar frente a ellas. Incluso una de ellas trató de plantarle un beso al cristal de la ventana. Carlos reía por dentro con cada uno de los improperios de las colegialas; era irónico que el tope de su felicidad estuviera coronado con esas muchachas. En mil años hubiera pensado estar en un día tan perfecto como ese, y esas chiquillas frescas, antes inalcanzables y recelosas, ahora materialmente se le lanzaban a los pies, haciéndolo sentir a la vez nostalgia por su pasado y alegría por su presente.

Después de rodear la esquina una vez más, se dispuso a pasar frente a las vivaces aquellas de nuevo; los piropos de verdad le llegaban al ego de su recién desenterrada vanidad y era algo que le encantaba. ¡Uff! Era todo tan perfecto: la melodía que sonaba en la radio era perfecta, el clima, el sol y la gente, y sobre todo Isabel, la cual estaba dentro de la boutique que Carlos circundaba. Estaba ella en la tarea de adquirir algo de ropa, accesorios y todas esas cosas propias de mujeres, como maquillajes, perfumes y delicadas prendas de encaje. Isabel... la sola mención de su nombre evocaba la imagen febril de una verdadera mujer, y completamente enamorado como se encontraba de ella, aquellas infantiles colegialas apenas le causaban un poco más que simpatía, superior a cualquiera se encontraba "su" Isabel a todas luces, por lo que Carlos se hallaba en el limbo de su propio paraíso. Lo único que lamentaba en momentos era el no poder acompañar a su sirena dentro del lugar. Le hubiera encantado observarla mientras ella recorriera los pasillos de la elegante boutique escogiendo las prendas más bellas y femeninas que pudiera conseguir, pero teniendo en cuenta la carga que transportaba, sería una imprudencia dejar la camioneta desatendida. Además, manejar en círculos no le importunaba en lo absoluto, y teniendo en cuenta la pequeña comedia que se desarrollaba con las estudiantes, la tarde estaba resultando bastante entretenida.

Doscientos ladrillos de marihuana llevaba cubiertos con pacas de forraje en la parte trasera de la camioneta, entregados y acomodados perfectamente a la mañana siguiente por el viejo brujo, el cual había cambiado de opinión por alguna extraña razón, despertándolos al amanecer con la buena nueva y despidiéndolos después casi de inmediato, por lo que ellos ahora se encontraban en esa boutique de Chihuahua, a ocho horas de Santa Julia, dándose a la tarea de reincorporarse a la civilización de nuevo. Calculando las distancias, tratarían de llegar a Ciudad Juárez al anochecer, y si las condiciones eran ideales, la mercancía se cruzaría inmediatamente.

"*Bonjour*", contestaba Carlos a las chicas en cada recorrido, ajustando sus gafas oscuras en forma galante y tratando de embaucarlas con la imagen de ser un extranjero. Daba rienda suelta a su imaginación que ahora le proyectaba fantásticos planes: se veía en algunos bullendo en una apasionada vida en Francia, atendiendo y charlando con los parroquianos por las tardes y paseando después junto a su dama por las noches de París, viviendo bohemios y errantes, y, ¿por qué no?, aprendiendo otros idiomas y costumbres diferentes. Y claro que también viajarían por su querida Europa, aquella que la biblioteca del parque Borunda tan acertadamente le había hecho desear durante tantas tardes de antaño, y ahora hasta se felicitaba por aquellos aciertos que hoy iluminaban su camino hacia las estrellas. O tal vez el futuro los esperaba en alguna playa romántica y solitaria del Mediterráneo, jugando en las cálidas olas con el sol y amándose a la luz del viento, y sólo con la luna como testigo. De todas formas, a esas alturas, cualquier lugar, ambiente y circunstancia era ideal; serían muy felices. Como fuera que resultaran las cosas, todos los planes incluían a su sirena y justificaban cualquier cosa que fuera necesario hacer. "El fin justifica los medios", pensó Carlos frunciendo el ceño, repasando obviamente también, que lo que pretendía hacer cuando llegaran a Juárez no iba a ser nada romántico ni fantasioso.

Se preparó para una pasada más, sólo que ahora, las niñas dialogaban con un grupo de soldados y lo señalaban acusadoramente mientras él se acercaba. "¡Maldición!" La estrecha calle apenas contaba con un solo carril de circulación y corría en una sola dirección, en la de ellos. Un sudor frío lo recorrió hasta los pies, pensó en echar la camioneta en reversa, pero detrás de él, más automóviles lo seguían en la pasmosa procesión, y tampoco era factible bajarse de la camioneta a casi cinco metros del grupo; se delataría de inmediato. Lo más idiota, lo único que se le ocurrió y lo que lo salvó en ese momento fue seguir, continuar en el desfile, bajar la ventanilla y saludarlos con cara de extrañeza. "*¡Bonjour!*", les dijo sin detenerse, como si de plano no entendiera el castellano. Siguió sin aminorar la marcha hasta volver a doblar la esquina, ante las miradas atónitas de los militares.

Isabel, que por experiencia propia era capaz de presentir a un soldado en un radio de varios metros, ya estaba en la acera, ya se había percatado de la presencia de estos y ya lo estaba esperando. De un brinco subió a la camioneta con todo y sus compras, y los dos siguieron cautelosos rumbo a la avenida Vallarta, mirando en todas direcciones y esperando que su única ventaja, la cual era que no lograron distinguir si el grupo aquel poseyera un vehículo como para interceptarlos fuera falsa. Ahora, que si la tropa contaba con un transporte en el estacionamiento de la boutique, tendrían que rodear lentamente toda la cuadra junto con decenas de autos antes de salir a la calle por la que ellos estaban escapando. Siguieron de prisa hasta la salida norte de la ciudad y de ahí tomaron la autopista rumbo a Juárez. Nadie parecía estar siguiéndolos hasta ese momento, sin embargo faltaba todavía sortear un obstáculo más entre ellos y la frontera: el "Capi" Valenzuela. Manejaron por dos horas conjeturando sobre ese encuentro con los militares, preguntándose qué tan real era la suposición de que los hubieran podido localizar en ese lugar, o si por el contrario, todo era producto de su imaginación, de una estúpida coincidencia, o de su propia culpabilidad, pensó Carlos.

Necesitaban hacer algo de tiempo antes de llegar al retén de PRE-COS. Aún era de día y Carlos no consideraba conveniente arriesgarse de esa manera, por lo que una vez más, decidió salirse del camino en un paraje sombreado y ahí, siguiendo por un camino de tierra se guarnecieron en medio de varios sembradíos, en una covacha de madera que el forraje de la naturaleza casi se tragaba; un tejaban de labranza, con arados oxidados y pacas de algodón. Después de asegurar el vehículo en el escondite, Isabel se tomó ese atardecer como escenario para modelar animosa todas sus compras: sus blusas, sus perfumes y hasta unas deliciosas prendas de seda, algo que Carlos disfrutó de verdad, más incluso que haberla acompañado cuando ella las adquiriera, y por último también le entregó la suavidad de sus labios y la promesa de sus caderas. Unidos los dos en el amor y en el peligro se entregaron con la pasión y la magnificencia de los últimos rayos del sol, deseando que ese momento perdurara por siempre. Inseguros de lo que pudiera suceder a partir de ese punto, compartieron ese pequeño paraíso y marcaron las paredes del mismo con sus nombres, algo que después valorarían eternamente. La transformación de Carlos estaba completa y su suerte lo acompañaría hasta los Estados Unidos.

—Ahí te dejo las mochilas carnalito... —le amenazó el Diablo antes de desaparecer en la oscuridad. —¡Y mucho cuidado con lo que hagas a partir de aquí cabrón! Recuerda que el Diablo todo lo ve y todo lo sabe...

"Hasta un reloj que no sirve da la hora dos veces al día", se dijo Carlos jadeando, mientras se embriagaba con el aire que sus pulmones jalaban a bocanadas y agradecía la palidez de la luna que le llegaba a través del enrejado. "Lo único malo es... que ya se me chingaron mis botas..."

Esperando tembloroso y sin fuerzas la contraseña indicada desde la penumbra de su escondite, recapituló sobre la suerte con la que habían corrido. Después de que Isabel y él salieran de la covacha y se reintegraran a la carretera de Chihuahua, llegaron ante el "Capi" Valenzuela en un momento en el que este se encontraba atareado en un operativo de vigilancia muy estricto, y sólo después de negociar y acordar la entrega al instante de quince mil dólares, fue que se les permitió cruzar discretamente el punto de revisión. Al llegar a Juárez, fueron directo a la bodega de Satélite, se deshicieron ahí de las pacas de forraje y administraron los kilos de marihuana en cuatro mochilas de lona que sustrajeron de uno de los camiones, sin preocuparse por la evidencia, ya que en sus mentes esa sería la última vez que pisarían el lugar. Por lo demás, a esas horas hasta el viejo velador brillaba por su ausencia o no quiso darse por enterado, porque en ningún momento lo vieron; tal vez estaría echado en uno de los camiones o andaría por ahí ahogado de borracho el irresponsable.

Durante el trayecto hacia la parte baja del Puente Internacional, Carlos repasó el plan a toda prisa con la sirena: ella lo dejaría en la orilla del río junto con las cuatro mochilas, y él tendría que tomar por sorpresa al Diablo y convencerlo para que les cruzara la mercancía esa misma noche. Además, tendría que atravesar también por el río y llegar caminando hasta las puertas del *Evergreen National Cemetery*. Gracias a Dios que aún llevaba veinte mil dólares para usarlos como carnada, con el único fin de que el Diablo les diera "su bendición" y aceptara desaparecer esa mercancía en la orilla del río y aparecerla en la cripta del camposanto. Después de dejar a Carlos en la orilla, Isabel tendría que manejar sola la camioneta y formarse en la larga fila para cruzar a los Estados Unidos, y luego ya estando en El Paso, buscar la entrada del famoso cementerio usando como guía el mapa que Carlos le había garabateado en una servilleta de papel.

Conforme fueron llegando los tiempos, las piezas de tan dificultosa hazaña fueron encajando en su sitio a la perfección, una tras otra, como por obra divina fueron embonando prodigiosamente. Inclusive el Diablo, que al principio estuvo completamente renuente en permitir que Carlos se quedara en la orilla del río, al final, por alguna razón, por curiosidad, culpabilidad o porque tenía mucho más trabajo, accedió a regañadientes a que él mismo cargara una de las mochilas y se internara junto con ellos en la disparatada carrera por el túnel secreto, obsequiando a Carlos un regalo excepcional, haciendo que este descubriera lo que a muchos les hubiera costado la vida: el secreto del río, la forma en que este delincuente cruzaba las mercancías a los Estados Unidos, y más aún, participar en el delito junto a él, algo por lo que el Diablo se arrepentiría por siempre y jamás volvería a consentirle a nadie más.

Era por eso que los ligamentos de sus piernas y los huesos de su espalda estaban hechos polvo, y era precisamente por eso, por el agua del río y la arena del túnel, que sus preciosas botas verdes eran ahora dos masas de lodo seco... "¡Ni modo!" Sin los radios de comunicación y sin poder saber dónde se encontraba Isabel, Carlos sólo podía vigilar desde la salida del túnel, repasar el plan miles de veces y buscar las posibles fallas, esperanzado como un mendigo en que todo saliera bien.

Una hora después de que el Diablo lo dejara en el enrejado del parque hundido, aún no se distinguían las luces de ningún auto acercarse por la calle. El retraso de Isabel se escuchaba en el viento y mantenían al escondido tremendamente afligido; ya comenzaba a cuestionarse como siempre, si estaba haciendo lo correcto. Sin embargo, la providencia volvería a socorrerlos de nuevo, ya que en cuestión de sólo dos minutos, se aproximaron desde la esquina dos faros de un vehículo. Al llegar frente a las puertas del cementerio se apagaron y se prendieron una sola vez como lo habían ensayado. "¡Por fin!" Desde el boquete clandestino pudo comprobar la silueta metálica de la camioneta brillando contra la luna, y en un último esfuerzo hercúleo, Carlos arrastró las mochilas hasta esta y las lanzó gruñendo en la parte trasera, luego subió jadeando y abrazó a Isabel, reconociendo ahí mismo que nunca más volvería a exponerla a un riesgo como ese. Aliviados y jubilosos de lo vivido volaron del lugar como dos fantasmas, sanados y liberados de ese horrible vacío que sentían en el estómago, ocasionado por la ausencia que aquella hora de incertidumbre les hizo sentir. "Gracias, Dios mío", se santiguó en silencio. Todo iba bien; Francia o lo que decidieran hacer, estaba cada vez más cerca, como estaba él de su encantadora sirena.

El enorme reloj digital de la esquina de las avenidas Alameda y Texas, por donde circulaban, puntualizaba solitario el sentimiento de los amantes con sus números intermitentes: las dos quince de la madrugada. Era martes ya, y los ánimos y los fondos económicos de la pareja estaban en cero, pero las aspiraciones y las esperanzas rebasaban el cien por ciento. "El espíritu anhela, pero es el cuerpo el que ya no puede", oyó Carlos en su mente.

El siguiente obstáculo a salvar era ahora el *checkpoint* de la carretera interestatal. Carlos reflexionaba sobre la nueva barrera. Miguel le había platicado en varias ocasiones que el cambio de turno en esa revisión se realiza por lo general al amanecer, alrededor de las siete de la mañana, así que sus pretensiones se reducían a localizar una mochila más, después empuñar el volante, cruzar la garita y manejar hasta que las fuerzas se lo permitieran. Y, "¡chingados!", había vuelto a pensar en Miguel, y más en la inminente puñalada por la espalda que estaba a punto de asestarles a él y a todos. Sin saber por qué, en ese momento sintió más que nunca que no era más que un vil traidor. "El único consuelo que me queda es que a veces ni una se entera de sus propias pendejadas", dijo una voz fantasmal en el viento. Eran las palabras de Carmen. "Pero bueno, sigue intentándolo Carlitos..."

Rodeó sigilosamente un costado del oscuro *car dealer* de la avenida Alameda, y después de cerciorarse que nadie estuviera ahí, bajó de la camioneta y traspasó la cadena del frente, flanqueando los empolvados automóviles que seguían en la triste espera de ser vendidos. Era de vital importancia abrir la oficina del lugar esa misma noche; ahí lo esperaba otra mochila, la que resguardaba los más de trescientos mil dólares que serían necesarios para la consecución de todas sus ilusiones.

Al abrir la puerta de la oficina, y buscar en las tinieblas, primero el sillón donde solía dormir y luego el escritorio del fondo, al llegar a este lo arrastró a tientas hasta dejarlo en la mitad del cuarto. De ahí subió en él y levantó los brazos lentamente, hasta que pudo sentir uno de los paneles de la lámpara de iluminación. Ahora todo era cuestión de soltarlo para exponer el hueco en donde había escondido el dinero. Descubrió alarmado que la pantalla metálica cedía fácilmente a la presión que le aplicó; el peso del bulto que esperaba sentir no estaba ahí. Después de despegar la lámina y agitar los brazos frenéticamente por el agujero sin sentir nada, se tiró al suelo con la idea de traer una escoba que le ayudara a sondear los rincones de la estructura. Desesperándose, arremetió a escobazos contra los cables eléctricos y las vigas de madera, hasta que, ya más exasperado, se lanzó al suelo y fue a prender la luz. La fluorescencia de la lámpara iluminó oscilante el antiguo escondite, creando sombras desiguales, pero ni así pudo encontrar el bulto que buscaba; la mentada mochila ya no estaba, y observando la habitación con la luz, se percató inmediatamente que tampoco ninguna de sus pertenencias. Todo, los escandalosos perfumes, los cintos de pita, así como las costosas camisas de diseñador que Miguel le forzó a comprar y que no alcanzó siquiera a usar, habían desaparecido. Tampoco la "pinche" *Schumann* estaba en el cajón del escritorio. La sorpresa iba convirtiéndose en cólera con cada oleada de presentimientos y sospechas; el traidor aparentemente había sido traicionado. Volteó la oficina al revés, sacudiéndolo todo, iracundo, pensando por momentos en la posibilidad de que hubiera dejado la mochila en otro lado, o que a primera vista no se hubiera percatado de la falta. Abría y cerraba puertas y gabinetes, con la absurda idea de encontrar algo diferente. Todavía armado con la escoba, derribó todos los paneles del techo, dejando un esqueleto de cables y varillas, llenando todo el lugar con polvo. Pero nada: las punzadas de su mente le indicaban que todo era inútil, y las palabras de su madre le comprobaban con una precisión hiriente que no era tan inteligente como había empezado a creer.

Después de varios segundos de recriminarse, de idear fantasiosas venganzas y de abatir los muebles a palos, se le ocurrió entonces la idea de incendiar el lugar en represalia por el dinero con el que ya contaba. Trescientos mil dólares, que cuando se los entregaron no tenían un propósito definido, pero que ahora eran de Isabel, de ambos. Incluso, mientras esperaba por ella dentro del túnel, había considerado seriamente abortar el plan, abandonar camioneta y mercancía, escapar con sólo el dinero que ahora ya no estaba, y huir con su ángel antes de ponerla en más riesgos. Pero no, ahora aquellos "cabrones aprovechados" habían cambiado la jugada, y ahora todo sería diferente, todo ardería, incluyendo los autos en el frente.

"¿Cómo que para qué?", volvió a contestarle al viento, y al recuerdo de su madre que lo importunaba. "¡Para que sí! Para que vean esos putos que aunque esos seis autos con todo esta oficina no valgan gran cosa, no soy el pendejo que tú dices..."

Y así, a pesar de haber recapacitado en seguida que era una mala decisión, antes de salir, vació el contenido de un recipiente sobre la alfombra y le prendió fuego a los papeles de la basura.

—¡Víboras ojetes! —dijo al subir a la camioneta, despertando a Isabel con sus berridos, y arrancando ruidosamente, se alejó del lugar rechinando las llantas, sin saber si el lugar prendería o no; se fue con un solo pensamiento en la mente: la casa de las gringas. Puso a Isabel al tanto de lo sucedido en medio de bufidos de auto-reprimenda, manejando sin cuidado, acercándose precipitadamente por las avenidas a las zonas residenciales, y fue esta la que lo tranquilizó, urdiéndolo a que volviera a ver todo en perspectiva, en frío, como hasta entonces habían estado dirigiendo las cosas.

—No quería ponerte es este riesgo Isabel, te lo juro, pero esos malditos...

—¿Y qué esperabas Carlos? —le interrumpió ella irritada. —Los que según tú son 'tus amigos' no dudarían dos segundos en traicionarte, incluso matarte, y ya lo viste; no tienes por qué recriminarte nada. Bien me lo dijo Unción: 'tu nobleza será tu debilidad...', y la mía también. ¿Y en qué riesgo me estás poniendo? Recuerda que todo esto lo hemos hecho los dos, con los ojos bien abiertos, y yo lo acepté desde el principio, seguir tu plan, compartir los peligros y las recompensas. ¿Qué acaso no somos más que socios? Y si ahora se perdió una mochila, y si necesitamos más dinero para llegar hasta Chicago, *¡big deal!* ¿Cuál es el problema? Vamos a la casa de Miguel, y si ellos no están ahí, en alguna parte de esa casa encontraremos lo suficiente, tal vez tu dinero esté ahí... ¿No crees? Pero tranquilízate ¿quieres? Yo creo en ti. Creo que por alguna razón teníamos que habernos conocido, y creo que podemos hacer este y muchos trabajos más.

—¿Hablaste con Unción? —preguntó Carlos sorprendido ante lo que había oído, relegando un instante todo lo que estaba sucediendo —¿Cuándo?

—Ella fue la que habló conmigo. Creo que en un sueño —contestó Isabel, volteando desatendida el rostro hacía la ventana, evitando con esto que el reflejo de las arrebatadas y eróticas imágenes de la bruja se descubrieran en su mirada. —Me dijo muchas cosas; algunas ya las olvidé, pero otras no.

—¿Cómo cuáles?

—Me dijo que... llegará un momento en mi vida en el que tendré que escoger entre vivir, morir o dejarte ir... Que tú no eres un hombre como los demás, y que el brillo de una luna a junto a ti, será la causa de muchos soles de oscuridad.

—¿Y tú le crees? —preguntó mortificado.

—Yo creo... —contestó Isabel mostrando una sonrisa cansada— que si no descansamos al menos hoy en una verdadera cama, entonces sí le voy a creer todo a la loca esa.

A la primera pasada, la casa de las gringas se apreciaba solitaria. Los periódicos abandonados en la puerta principal así lo hacían sospechar, pero para no correr riesgos innecesarios, rodearon la esquina. Carlos entró al patio por el callejón de servicio, recorrió siguiendo las sombras de la pared, y luego, sin hacer ruido abrió la puerta corrediza de la cocina, merodeó por la sala sigilosamente, como si fuese un gato, y después por cada una de las recámaras, hasta comprobar aliviado que la casona estaba completamente vacía. Subió a la habitación de Kitty, encendió la lamparita de noche y procedió a hurgar por los cajones; necesitaba encontrar cualquier cantidad de dinero para el recorrido. Además, su esperanza casi agónica era descubrir si su mochila desaparecida pudiera estar ahí. Después, por pura corazonada, buscó debajo del colchón de la cama y sus manos se toparon con una pequeña cajita de metal. Estaba con llave, pero sería muy sencillo abrirla con el filo de una navaja, la tomó y decidió llevarla para la cocina. Para esto, Isabel ya estaba dentro de la alcoba, justo detrás de él y le cortaba el paso. Sus ojos recorrían con curiosidad y morbo toda la estancia, y se tomaba el tiempo necesario para abarcarla toda. Caminó lentamente por la rosada alfombra, acariciando la sobrecama, las almohadas y las infantiles cortinas, percibiendo con cierta sospecha las texturas y los aromas ahí atrapados, hasta que sus ojos se toparon con la pequeña cajita que Carlos sostenía. Sin más, la arrebató de sus manos y la partió en dos contra el suelo, haciendo que saltaran de ella un montón de cartas y fotografías.

—Lo sabía —dijo Isabel inclinándose a recogerlas.

Ahí, en sus manos, sostenía decenas de misivas amorosas ya canceladas, con diversas fechas que corrían por más de dos años en el pasado, y muchas más fotografías que Miguel y Kitty se intercambiaron con el tiempo. Toda una vida de restaurantes, citas y lugares desfilaron por sus ojos en unos segundos, haciéndola entender lo que ya se figuraba desde antes. Sintió el coraje de haber sido burlada, pero extrañamente era algo que en cierta forma la liberaba, la expiaba de ser ella la villana en aquella traición. Con un suspiro de resolución, se sentó en el suelo para leer detenidamente cada una de aquellas ridiculeces empalagosas.

Después de que Carlos siguiera con su exploración por la casa, descubrió al fin en uno de los cajones algo de dinero; eran cerca de doscientos dólares y estaban en la recámara de las gringas. No era mucho, pero bien administrados les alcanzaría tal vez hasta la mitad del recorrido. Indagó también, sin resultados, dentro de los gabinetes de la cocina y en la cochera del frente, y luego regresó arrastrando las botas hasta la recámara de Kitty. Era imperativo salir de esa casa de inmediato, ya en el camino procurarían lo que fuera necesario hacer. Mientras subía pesadamente las escaleras, le asaltó la duda si el *car dealer* estaría incendiándose, y cuando llegó junto a Isabel, la descubrió profundamente dormida sobre las cartas y aún aferrando un manojo de fotografías entre sus manos. Su respiración era suave y tranquila, por lo que este decidió acurrucarse junto a ella por al menos quince minutos. Los dos estaban agotados, y necesitaban un poco de reposo antes de partir. No había mucho de qué preocuparse, dormitaría un poco y no permitiría que el sueño lo venciera. La tranquilidad y cercanía de su sirena le apuntalaba mucha seguridad y le invitaba a que no se mortificara por el futuro; quince minutos de abandono era lo que su mente y su cuerpo le estaban pidiendo.

La noche se consumió tan rápido como se consumen las ilusiones tontas, y la luz del sol le restregó con fuerza a Carlos en la cara al mismo tiempo que voces lo despertaron con un sobresalto. Estaba solo en la habitación y cuando bajó las escaleras dando tumbos, se encontró frente a frente con Miguel, Filiberto, Isabel y Kitty. Isabel estaba junto a Miguel, y ambos se miraron alarmados cuando este se plantó frente a ellos. El mutis que reinó en lo que sus botas pisaron el último escalón fue como el filo de una navaja. Solamente Filiberto, al parecer, no captó el intercambio de pensamientos negros y fugaces que surcaron por el aire muy por encima de su entendimiento. Carlos y Miguel se estudiaron en silencio, y las mujeres no pudieron evitar notar la metamorfosis en el rostro del recién llegado. Carlos los miró con repulsión, desde lo alto, como fastidiado por su presencia. Incluso Gina y Erika, que se encontraban en el portal de la casa, se contuvieron de entrar y se resguardaron detrás de sus enormes lentes oscuros, de sus diminutos shorts y también de sus semblantes de aburrimiento al sentir la fuerza con la que Carlos los barrió a todos. "¿Cómo era posible que hubieran llegado precisamente en ese momento?, se preguntó Carlos, desconectado y escéptico de las miradas de las gringas en el exterior, de Miguel y de Filiberto, y fue este último el que interpretó la pregunta de sus ojos.

—¿Sabes por qué estamos aquí, hijo de puta...? ¿Lo sabes? —chilló Filiberto ofendido mientras sacaba una nueva pistola. Era la *Sig Sauer* de cachas grabadas de Miguel, y la mostró el tiempo suficiente para que respaldara las palabras dichas, y sólo después de cerciorarse que todos la vieron, encaró a Miguel con un guiño y le dijo: —Díselo Mike, díselo...

Mientras tanto, Miguel permanecía en un silencio espasmódico, casi imposible en él. A pesar de que sabía de antemano que Carlos estaría en la casa y de hecho estaba contando con ello, no estaba preparado para el encuentro, y menos para el protocolo del mismo. El reto fue más franco, más directo de lo que se imaginó, por lo que su sorpresa era palpable y su incapacidad para actuar lo congelaba. Se limitó a examinarlo cuidadosamente, sin moverse y sin saber qué hacer, como cuando se está en la presencia de un animal peligroso. Lo miraba exactamente igual que todos, y al mismo tiempo evitaba el brillo acusador de la pistola de Filiberto, por lo que Carlos presintió que de algo se estaba perdiendo. Algo que estaba muy mal, porque parecían todos cómplices del mismo delito. Y cuando al fin Miguel intentó decir algo, fue la misma Isabel quien se lo impidió con sólo mirar a Kitty, la cual estaba acurrucada en uno de los sillones y no podía levantar los ojos del suelo.

—Yo te lo diré principito —dijo Filiberto sonriendo socarronamente. —Ya que Miguel no se atreve porque al parecer te debe la vida o algo por el estilo... ¿No es así? Cuando tú bien sabes —prosiguió Filiberto mientras revisaba despreocupado el cargador de la *Sig* —que los hermanos Fong son asociados tuyos. ¿O acaso me vas a negar que has trabajado con ellos anteriormente?

Las miradas de Carlos e Isabel se cruzaron incrédulas.

—Yo también hice mis indagaciones —presumió Filiberto desafiante, mientras se paseaba por el cuarto meciendo la pistola suavemente, y sin dejar de dirigirse a Carlos le recriminó: —¿A poco crees que no me iba a enterar de que tú estás detrás de todo esto? Qué conveniente resultó todo para ti, ¿no te parece? —continuó Filiberto exudando veneno. —Hacernos creer que eres una blanca palomita cuando en realidad sólo estabas esperando la oportunidad para chingarnos bien y bonito. Pero ya ves, tu palomita te delató —dijo al fin mirando el arma.

Carlos volvió a mirar a Isabel, pero para entonces ella ya había bajado los ojos, sintiendo el peso del cuestionamiento.

—Yo quiero explicarte Carlos... —contestó al fin, cabizbaja.

—¡Silencio! —gritó Filiberto —ya me tienen cansado tantas estupideces. Si Miguel no quiere agarrar la onda o si quieren perdonarse entre ustedes dos e intercambiarse hasta de vieja, es cosa que a mí me ha de valer madres; lo bueno es que ya estoy aquí y voy a enderezar todo esto de una vez. ¿Y gracias a quién? A Isabel —dijo ufano. —Ella fue quien nos llamó por teléfono hace unas horas. En el transcurso de la noche para precisar.

Ahora el rostro de Carlos fue el que se transformó en una masa inexpresiva y carente de facciones humanas.

—¿Nunca te lo imaginaste, verdad? ¿Eh, verdulero de mierda? —lo embistió Filiberto con brusquedad, buscando su mirada en cada uno de sus ataques, provocando peligrosamente a Carlos mientras que este sólo se reducía a eludir su mirada y buscar frío la de Isabel. Hasta que de pronto, Filiberto cometió el error de acercarse tanto que Carlos lo prendió por el cuello con una mano, mientras que con la otra le arrebató la pistola fácilmente. Y sin soltar a su presa, Carlos encajó la pistola en la sien de Filiberto. En dos segundos las cosas habían cambiado drásticamente. Filiberto aterrorizado y literalmente colgando de la mano de Carlos, pudo ver la muerte salir de su mirada.

—¿Es cierto lo que está diciendo? —preguntó Carlos en general, sin despegar los ojos de Filiberto y aferrando su cuello aún con más fuerza.

—No te comprometas Carlos… yo voy a explicarte —habló al fin Miguel, sin atreverse a moverse o decir algo más.

—¿Es cierto lo que está diciendo? —volvió a gritar Carlos, enterrando toda su furia en la frente de su víctima.

—¡Sí!, sí es cierto —intervino Isabel por fin. —Pero no es como él dice, las cosas son…

—¡Ahhh! —lanzó Carlos a Filiberto contra la pared rugiendo de frustración, y en lo que apenas este cayó sentado en el suelo, le devolvió la escuadra arrojándosela en el regazo, volviendo así a quedar desarmado frente a ellos, y con toda la indiferencia posible, se volteó hacia la ventana, dándoles la espalda a todos.

Isabel comenzaba a decir algo cuando Carlos oyó la potente detonación. Esperaba que todo terminara ahí mismo; no quería saber más de falsas explicaciones, ni de engaños, ni de mentiras. Podían quedarse con todo, inclusive con su vida y con su alma derrotada, de la que ahora prefería desprenderse antes de seguir aguantándola con esa traición. Sin embargo, la bala destinada a él nunca llegó; estaba alojada en el vientre de Isabel, y cuando Carlos volteó, ella se encogía lentamente hacía la alfombra, tratando de cubrir con ambas manos la enorme mancha roja que rebasaba en borbotones su capacidad para contenerla, haciendo con esta escena que todos los colores de la habitación cambiaran en un instante a tonalidades de gris. Las personas y las cosas eran ahora fantasmas semitransparentes que contrastaban fatalmente con el bermellón de la herida.

Miguel y Kitty corrieron a socorrerla, mientras Filiberto se paralizó trastornado, al no creer lo que su bravuconada acababa de provocar. Aún en el suelo y con las manos sobre las sienes, se jalaba los cabellos y no acertaba ni a gemir ni a callarse; el horror se posesionó de tal forma en él, que sus acciones se estancaron en sólo mirar como Isabel se desangraba a sus pies. Sólo hasta que Carlos se inclinó a su lado fue que ella abrió los ojos de nuevo y se colgó de su cuello, en un esfuerzo supremo por alcanzar un último indulto de su orgulloso dios, del dueño secreto de su corazón.

—No creas lo que ellos dicen Carlos, no lo creas... —le pidió, mirándolo con ternura. Ellos no saben de lo que hemos vivido, no saben de lo nuestro... y... ¿recuerdas mi promesa? ¿La recuerdas? —le preguntó, perdiendo cada vez más la fuerza de su abrazo, en un impulso de arrancarle un poco a la vida, y que sentía cómo se le estaba escapando. —Si es así... sigue adelante Carlos, sigue con el plan, yo te encontraré... te lo prometo... —alcanzó por último a decir en un susurro inaudible, antes de comenzar a languidecer en sus brazos... y con los ojos ya cerrados, perdió el conocimiento. —Vete Carlos... ¡vete! —le dijo la voz de su interior. El rostro de Isabel, su piel y sus facciones perfectas de sirena comenzaron a fusionarse rápidamente con el gris de todas las cosas, cristianizándola en una bella Venus de porcelana en medio de una enorme laguna de sangre.

—¡Ella! ¡Ella trató de salvarte! ¡Ella trató de salvarte! —repetía Kitty sin parar, pasmada y maravillada a la vez, mientras Filiberto se ponía de pie empuñando de nuevo la humeante pistola.

Carlos se levantó decidido. La mirada asesina con la que los recorrió a todos cimbró los pisos y las paredes de la casa, y no se detuvo sino hasta encontrar los ojos despavoridos de Filiberto, y este, que trató tembloroso de ponerle el arma en el corazón sin que Carlos hiciera nada para detenerlo, quedó inmovilizado por el miedo de errar y por la pesadilla ensangrentada que Carlos era, imposibilitándose así de consumar su objetivo.

Y fue Miguel el que intervino. Trató de arrebatarle el arma de una vez por todas a Filiberto mientras este se aferraba cada vez más enloquecido a ella. En el forcejeo se desperdiciaron algunos tiros que dieron contra las grises paredes, pero que ocasionaron que los que estaban en la pugna no se dieran cuenta cómo Carlos se lanzaba por la puerta de vidrio y desaparecía en una lluvia de cristales rotos por entre los laureles del fondo del patio.

Te perdono...
Porque sólo eso me queda,

Aparte de mi silencio,
Y estas lágrimas tiranas...
Te perdono...
Porque me obligas a olvidarte,
Y a desear no haber vivido,
Dentro de nuestras desilusiones...

La furia de Carlos, al escapar de la casa de las gringas, se contuvo once horas después a las afueras de Houston, Texas. Era más de media noche y su único aliado en ese momento, el pachuco de Chicago, no le contestaba el teléfono. El deseo de venganza que nunca en su vida había sentido era ahora el que lo alimentaba y lo renovaba. Jamás había sentido esa fortaleza que ahora sentía; podía literalmente sentir cómo el odio recorría sus venas y fortificaba su voluntad. Esa sensación vertiginosa lo haría llegar a su destino, y al parecer hasta Dios estaba de su parte, porque cuando cruzó a toda velocidad por el *checkpoint* de la salida de El Paso, esperando, casi deseando que lo detuvieran, el lugar estaba desierto, así como también todas las carreteras estaban ausentes de policías.

Su esperanza anterior de morir estaba siendo remplazada por un anhelo físico de matar, de estrangular, de envenenar. Ahora comprendía cómo alguien puede convertirse en un asesino en tan sólo dos segundos, y cómo es que en once horas deja de existir un lugar en el mundo para cierto tipo de perros. Quería arrancarles las entrañas a puños y hacerlos sufrir como ellos lo habían hecho con él.

Su propósito sería ahora conseguir la venta de esa mercancía y, con eso, hacerles pagar a todos la muerte de Isabel, aunque esto significara también su propio fin.

"En este mundo, hasta para matar un perro se necesita dinero", pensó.

# El agente Anderson

EN CHICAGO, LA INCONFUNDIBLE VOZ DEL PACHUCO resonaba en las cuatro paredes del pequeño cuarto a donde había sido llevado.

—¿Quieres que te diga quién es el mero chingón? —preguntó Freddy, tratando de ocultar su obvio nerviosismo. —Yo te lo voy a decir *homie*... y es más... voy a hacer algo más por ti. Te lo voy a entregar en una bandeja de plata... *on a silver platter* —exclamó, mostrando una sonrisa seca. —¿Cómo la ves? ¿Estás de acuerdo? *¿Do we have a deal, pues?*

El agente especial Jim Anderson, del Departamento de Narcóticos de la Policía de Chicago, miró fijamente el brillo de la fascinante sonrisa de Freddy, y mientras daba una profunda chupada a su cigarrillo, estudiaba en silencio el *deal* que Freddy Cash le ofrecía. Sin embargo, antes de responderle, lanzó las cenizas al suelo, tomó su taza de café de la mesa y salió del cuarto de interrogatorios donde tenían detenido al famoso *drug dealer*.

Mientras el agente estaba afuera, Freddy se levantó de la silla y fue a arreglarse el nudo de su corbata frente al enorme ventanal de espejo. Como sabía que por el otro lado del cristal lo estaban observando, procedió a caminar por la pequeña sala y a revisar su indumentaria con toda calma, tratando de parecer menos preocupado de lo que realmente estaba. Con un poco de suerte, los *feds* también se tragarían el cuento, por lo que lo más importante en ese momento era guardar las apariencias y no hablar más de la cuenta.

"¡Qué diablos! ¿Quién lo hubiera pensado?" Uno de sus nuevos puntos de venta plagado de policías encubiertos. *"¡Fucking shit!"*, pensó, mientras daba vueltas por el cuarto. "Tanto tiempo trabajando sin problemas... ¿Y ahora? ¿Cómo va uno a estar preparado para estos *motherfuckers*? Nomás con que esas *undercover-mamadas* no se pongan muy de moda, porque si no... al hoyo todo. Al menos creo que de esta sí salimos... y ni modo, a partir de aquí, vamos a tener que ser más selectivos con los *customers*... ¿Pa' qué arriesgarse? ¿Una investigación encubierta de más de cuatro meses? Sonaba completamente falso", siguió especulando Freddy, sabiendo que si realmente lo hubieran investigado no en cuatro meses, sino en cuatro minutos, le hubieran descubierto todo. Tanta contradicción apuntaba a otra cosa: a una traición, a un 'pitazo'. Sólo así se podían explicar todas las coincidencias que culminaron con esa sala de interrogatorios. ¿Un *bunch* de detectives sin *clue* en uno de los puntos menos importantes? Olía bastante mal. Pero, a pesar de quién lo estuviera traicionando, la situación no pintaba nada mal, sino al contrario. Paradójicamente, esa conspiración le estaba presentando la oportunidad de limpiar su hoja amarilla de una buena vez con sólo hacerse pasar como una víctima ante las autoridades y delatar a los que lo habían obligado a esa terrible actividad. "Una traición se paga con otra", concluyó pensativo. *"Tough luck boy"*, repitió en voz baja, mientras volvía a tomar asiento tranquilamente.

Conforme fueron pasando los minutos, Freddy valoraba cada vez más su coartada y se felicitaba por su excelente respuesta e inteligencia, y claro, también daba gracias a Dios de que "el buen Charlie' fuera en camino con una carga de droga. Parecía como que se lo hubieran enviado especialmente para que lo sacara del embrollo. Apenas acababa de hablar con él esa mañana cuando "los torcieron" a todos en una de las esquinas de la Calle 25 West, casi debajo de la trenza de los *Highways* 55 y el 94. Por lo que ahora 'ponerle el dedo' con el departamento de narcóticos de que Carlos era el mero-mero, era lo más acertado y conveniente que se le pudo ocurrir. Por otra parte, si la traición venía de México, pues igual, Carlos sería el que pagaría por la indiscreción. Ya habría tiempo después para hacerle saber al que quiso "pasarse de listo" que su respuesta no se había hecho esperar. De todas formas, ese no era el momento para sacar conclusiones definitivas ni nada; lo mejor era que las cosas siguieran por donde iban y donde él por lo pronto seguiría culpando a todos; era como 'aventarle mierda a los marranos'. Así que todos, fueran amigos o enemigos, si es que estaban remotamente involucrados en el asunto, tendrían que cargar con un poco de la culpa junto con él.

Entre tanto, y desde el otro lado del ventanal doble, el agente Anderson obtenía por teléfono la autorización que estaba esperando para pactar con el pachuco. Mientras colgaba el auricular, contempló asombrado cómo este, que se ensalzaba de su facha ante el espejo del cubículo, se carcajeaba aparentemente por nada.

La negociación se llevó a cabo rápidamente. Freddy obtendría –con ciertas reservas– su libertad inmediatamente. Y a cambio de entregar al "jefe de la organización", él, que sólo era un "pequeño punto de distribución", casi obligado a vender la infame droga so pena de ser asesinado, alcanzaría también que algunos de los cargos en su contra fueran reconsiderados o eliminados, e incluso obtendría aparte de eso cierta inmunidad ante las *undercover operations*, si seguía cooperando en el futuro con el departamento.

Poco después de los acuerdos a los que llegó con el agente, Freddy se sentó desfachatadamente sobre la mesa de interrogatorios y explicó a los tres agentes que lo rodeaban que, en uno o dos días, recibiría la llamada del esperado hampón, y que se citarían como siempre en algún restaurante donde este decidiera llegar, por lo que lo único que tendrían ellos que esperar para que la trampa estuviera completa, era saber el nombre del lugar de donde este realizaría la llamada.

Una de las formalidades impuestas a la 'libertad' de Freddy era que, a partir del momento en que este saliera a la calle, el agente Anderson sería su sombra. El cuento ese de que era un *dealer* de poca monta no checaba muy bien, por lo que aún siendo un sospechoso importante para el departamento, su estatus de *detained suspect* pasaba a ser el de *surveillance target*. Pero Freddy, que ya intuía que esto iba a suceder desde que fue llevado hasta su automóvil, se dedicó a pasear con su Cadillac por la ciudad durante toda la tarde y parte de la noche. Incluso, sintiéndose protegido por los dos autos que lo seguían, se aventuró por territorio enemigo: los muelles del norte de Evanson donde estaba el maldito imperio del crack de los hermanos Escobar, rezando para que los agentes notaran cómo nadie parecía conocerlo. También condujo a sus acompañantes por callejones oscuros del centro de la ciudad y, al final, en medio de muchos rodeos, regreso a su casa de *Forest Park*, cuidando específicamente de no pasar por los lugares donde estaban sus verdaderos *associates*. Un acierto más para el pachuco.

A la mañana siguiente, después de que Freddy saliera de su baño de una hora y se vistiera con un llamativo traje color verde oscuro, una cadena de oro a la cintura y unas enormes gafas para el sol, bajó la capota del auto y prosiguió como si nada con su paseo por el centro y por norte de la ciudad, alejando a su guardia cada vez más de su zona de trabajo, y cada dos horas se apeaba en algún teléfono público para llamar a su casa, cosa que no le preocupó gran cosa al agente Anderson, ya que desde el día del arresto habían intervenido las líneas telefónicas del pachuco, y sabían que la esperada llamada aún no había sido recibida.

El agente Anderson, que era un sujeto muy taciturno y ceremonioso, acataba al cien por ciento las reglas aprendidas en la academia. Trataba de vigilar a Freddy con la mayor discreción posible, utilizando para esto la técnica "en paralelo" en la que se trata es seguir al *target* con dos automóviles, uno por detrás, varias calles abajo y otro por alguna calle paralela, también a varias calles de distancia, y coordinando la persecución con radios de comunicación. No obstante, Freddy, que manejaba sin un destino en mente, viraba cada dos o tres avenidas a la izquierda o a la derecha y terminaba siempre topándose con Anderson en alguna esquina. En cierto momento fue tan notoria la presencia de los agentes que fue imposible para Freddy seguir fingiendo no verlos, así que lo que prefirió hacer fue estacionar su auto a las afueras de un almacén y sugerirles a estos a que viajaría junto con ellos. De esa manera conservaría combustible y por lo menos tendría alguien con quien platicar, además como le dijo al agente: "Tengo que decirte quién es Carlos porque tú ni siquiera lo conoces". Y así, en contra de sus principios profesionales, el agente Anderson tuvo que aceptar y aguantar la 'diarrea bucal' de Freddy durante las casi veinticuatro horas que permanecieron juntos, en las que Freddy no pudo cerrar el pico ni un instante.

Mientras tanto, a varios cientos de millas de distancia, Carlos manejaba al límite de sus fuerzas por la autopista 57 de Illinois, acercándose cada vez más a Chicago, y alimentado únicamente por las visiones que bullían en su mente en donde todos estaban muertos. La niebla enrojecida envolvía su mente y no le daba un margen de sospecha sobre los planes propios que el pachuco de Chicago había elaborado ya, ni de que Freddy estaba preparado para traicionarlo en cuanto llegara. Por una extraña sensación o tal vez por el cansancio acumulado, podía sentir cómo la carretera se inclinaba en bajada. Seguro estaba de que desde que salió de Houston no había hecho otra cosa más que bajar y bajar velozmente hacia la oscuridad de una abertura cavernosa. Y sentía además que a su paso el suelo iba desmoronándose, dejando solamente unos cuantos metros entre los neumáticos de la camioneta y la orilla del abismo que varias veces estuvo a punto de tragarlo.

Pensar y re-pensar en lo mismo le generaba ese fuego necesario para llegar al final. Filiberto sería el primero, después Miguel y las muchachas de la casa si así fuera necesario. El señor Pedro y todos aquellos que fingieron una amistad estaban contemplados también. Tendría que ser rápido y certero para lograrlo, y sin descuidos que pudieran terminar con su vida, lo cual dejaría inconcluso todo. Se daría por bien servido si antes de morir acabara con los dos primeros, pero la idea principal era la destrucción total, la devastación absoluta de la organización, aunque el precio incluyera su propia vida. Este era el delirio que ocupaba los pensamientos de Carlos, un delirio que estaba minado una vez más sus decisiones y el alcance de su destino.

—¿Qué somos James? Dímelo... ¿qué somos realmente? —volvió a cuestionar Freddy mirando el contenido de su vaso, admirando cómo la densidad del licor destellaba con la luz de la hoguera. Aunque mantenía el vaso en la mano y parecía estar un poco tomado, en realidad no había probado de su contenido en toda la velada; el mismo truco que usaba con Ira, sonrió.

El agente Anderson, mientras tanto, llevaba ya bastantes latigazos de vodka y su mirada ahora se apreciaba enrojecida. El nudo caído de su corbata y la postura sobre el sillón lo delataban; estaba ebrio, estaba mareado pero no tanto por el licor sino por Freddy, que en el transcurso de un día no había parado de hablar. Era un sujeto bastante peculiar y fascinante, y al parecer llevaba una vida que en muchos aspectos era mejor que la suya. El seductor mundo de Freddy comenzaba a hacer mella en el pulcro salario del agente, y ahora esa casa, esos autos y hasta su esposa lo tenían impresionado. Él, que siempre vivió y murió por *su* departamento y que había sobrevivido dos divorcios ocasionados por su ética de trabajo, en ese momento se daba cuenta que por mucho que llegara a subir en la corporación, jamás estaría en el nivel en el que Freddy y su esposa se encontraban. Era impresionante el cómo había cambiado su perspectiva de las cosas en las últimas horas: primero, acceder que un *target* abordara su auto y, segundo, acompañarlo a su casa para terminar en una borrachera filosófica, exactamente lo contrario de lo que se hubiera esperado de él, rompiendo así todos los estatutos de su conducta; era reprochable sí, "¡pero qué diablos!" El vodka y la compañía era lo que necesitaba esa noche. Sus anfitriones eran adultos, con gustos contemporáneos y lo estaban tratando como a un verdadero amigo, precisamente lo que Anderson no había encontrado desde que llegó a ser uno de los agentes más 'maduros' de la corporación, y ahora Freddy al igual que su esposa, tenían atrapada toda su atención.

—¿Sabes qué somos? —prosiguió el pachuco. —Simplemente somos dos hombres James, dos hombres que tal vez nacieron en diferentes partes de este mundo, y tal vez en diferentes circunstancias, pero al final somos iguales; dos granos de arena que en unos años nadie recordará siquiera. Dime, ¿quién crees que se acuerde de nosotros dentro de dos generaciones?

—No tengo hijos —contestó el agente cabizbajo.

—¿Ves? Es exactamente lo que te digo. ¿Enemigos tú y yo? ¿Por una placa? ¿Por un libro de leyes?

—Por el gobierno —balbuceó el agente.

—¿Sabes cuál es la única diferencia entre tú y yo? —replicó Freddy poniéndose de pie. —Que tú has sido fiel a un amo traidor y mentiroso, un amo que en secreto te desprecia, mientras que yo, he llevado una vida a toda madre. Es absurdo que pienses que somos enemigos —volvió a reiterar, mientras llenaba de nuevo los vasos con vodka. —Y lo sabes James, tú sabes que a nuestra edad ya no vamos a conquistar el mundo; ese tren hace mucho que se fue, y yo me imagino, quitando un poco aquí y poniendo un poco allá, que tú y yo buscamos lo mismo.

El agente lo cuestionó con la mirada.

—Yo hablo de pertenecer, de ser aceptado, admirado tal vez, no tener problemas, y en el camino pasarla bien y cogerte todas las colas que se pueda, ¿verdad?

Los dos hombres intercambiaron una carcajada de complicidad ante la mirada desconfiada de Ira.

—Hablando en serio James, ¿cuánto tiempo nos queda de vida? Hace apenas unos años éramos unos mocosos idiotas ¿y ahora? ¿Qué tenemos para mostrarle al mundo, a los demás? ¿Cuál es nuestro legado? ¿Qué hemos hecho por nosotros mismos? Dímelo James... Freddy podía comprobar cómo sus palabras llegaban al agente; lo había estado trabajando todo el día, y ahora sus puntos de vista no encontraban resistencia alguna en la derrotada voluntad de este. —Acéptalo James, esta sociedad, que es una puta *bitch*, se empeña en excluirnos. Llegamos tarde, es demasiado difícil intentar sobresalir en un río sobrepoblado. Y, sin embargo, a pesar de todo, las ilusiones no desaparecen. Siguen ahí, adormecidas simplemente; si no podemos ser los dueños del mundo, al menos podemos crear nuestra pequeña isla y ser los chingones en ella, ¿no crees? Lo que yo hago James, es simplemente el medio para conseguir un fin, al igual que tú, seguir mi propio camino, no *bendearme* ante las condiciones de los demás.

Antes que el timbre del teléfono interrumpiera la velada y para el espanto de Ira, Freddy alcanzó a lanzar su última flecha: —Dime James, ¿has visto un millón de dólares juntos?

Con el segundo timbrido del teléfono, el agente Anderson se incorporó del sillón completamente repuesto. Eran casi las cinco de la mañana y James se encontraba de pie con una autoridad reconstituida. En un instante, tomó el radio de comunicación de su cintura y alertó a sus compañeros que estaba listo, que podían comenzar a registrar la casa. Su rostro estaba fresco y su mirada regresaba a ser la de la justicia; al parecer era él quien había estado 'trabajando' a sus insospechados y sorprendidos anfitriones durante toda la noche. El lugar de donde se había generado la llamada ya estaba localizado, y varios de sus compañeros iban en camino cuando Freddy fue esposado y llevado de nuevo al auto de Anderson.

—Maldito marica —fue lo único que Ira profesó mientras subía a toda prisa a sus habitaciones.

Una taza de café y once dólares era lo que estaba sobre la mesa cuando Isabel envolvió el lugar con su fría presencia, cristalizando las ventanas en un segundo y haciendo que los pocos testigos enmudecieran ante el fenómeno. El remolino en el exterior también sacó chispas en cadena de los alumbrados públicos y congeló aves en pleno vuelo; después de esto, sólo pudo escucharse el lamento que el viento se llevaba.

"Isabel... Isabel... Apenas hasta hoy tu presencia me es una carga, ya no quiero seguir con la cara manchada de ceniza, ya no quiero aspirar tu *Essence Absolute*, porque me está quitando la vida; tu rostro congelado está congelando el mío. Estoy cansado Isabel y lo siento, pero sólo hasta hoy puedo llevarte conmigo. Ya casi ni te reconozco y dudo mucho que lo vuelva a hacer, por eso hoy te pido que me perdones y me permitas olvidar tu promesa, sólo hasta hoy voy a aferrarme a tus palabras y a los planes que forjaste en mí; al diablo con Durango, con Francia y con tus caderas, sólo hasta hoy voy a llorar tus prendas de encaje y tu perfume de sirena. Necesito liberarte para liberarme, para así, poder seguir adelante. Y aunque no lo mereces, sólo hasta hoy puedo guardarte luto. Sólo hasta hoy tengo la fuerza para hacerlo.

Al parecer, Isabel aún no estaba preparada para dejarse olvidar porque, para el asombro de todos, los cristales se tiñeron de rojo como en una pesadilla. El alba furiosa iluminó el interior del lugar con fulgores y haces de luz escarlata que dominaron el claroscuro del incipiente amanecer.

—Algo se está quemando afuera —gritó la camarera alarmada, la misma que se paseaba por las mesas sirviendo café mientras Carlos se encontraba atrapado en sus pensamientos.

Sin darse cabal cuenta de lo que estaba sucediendo, Carlos salió del lugar arrastrado por la fornida mujer, que lo jaloneaba mientras apuntaba con la jarra de café hacia el lugar donde el incendio se originaba.

Al salir todos los parroquianos del local, se encontraron con seis autos de policía que cerraban la calle batiendo sus luces rojas, púrpura y carmesí. De esquina a esquina las paredes de los edificios proyectaban sombras enrojecidas hasta el cielo. El amanecer los sorprendió a todos con una docena de agentes de negro que vociferaban órdenes por los altoparlantes y apuntaban escopetas en todas direcciones. Varios de los concurrentes del *fine diner* lo único que lograron hacer fue levantar los brazos en una actitud sumisa mientras eran arreados por los agentes hacia la parte lateral de la segunda esquina.

Su camioneta azul era inspeccionada por varios de los de negro, mientras otros más levantaban en vilo a Carlos por los brazos, llevándolo al interior de un automóvil negro en el que pretendieron interrogarlo a gritos. Sin embargo, en la mente de Carlos había paz; las preguntas desaforadas de los agentes eran apenas murmullos en sus oídos. Sus modales groseros y sus exclamaciones eran imperceptibles porque él ya no estaba ahí; se encontraba muy lejos de las luces y de las escopetas. Estaba ante la tumba de Isabel, y sólo hasta que hubiera hecho las paces con su recuerdo, y sólo hasta que ambos fueran absueltos mutuamente por ese amor fugaz y erróneo que habían vivido, fue que se le permitió regresar a la realidad.

Y la realidad fue un auto volando por la avenida Michigan. Dos agentes sin rostro y Carlos, ajeno a lo que estaba sucediendo, luego de muchos rodeos por entre los grandes edificios del centro, llegaron a un callejón donde, protegido por las sombras de la lluvia, los esperaba un auto más, el del agente Anderson. La cacería de uno de los más esperados *drug lords* de Chicago había concluido tan rápido como inició. Un jovencito apenas, pero con un aura de maldad e indiferencia que causaba recelo entre algunos agentes, mientras que en otros causaba indignación; un pequeño monstruo calculador, un Hitler, un Stalin, que gustosos estarían dispuestos a quebrar como a un potro salvaje, logrando que expulsara nombres y lugares para gloria del departamento.

El joven fue extraído por los cabellos del primer auto y forzado de rodillas frente al segundo, poniendo su rostro deliberadamente frente a los humeantes reflectores del auto para que los ocupantes pudieran admirar bien a 'la bestia' que les presentaban. De esta manera fue como el agente Anderson abrió la puerta de su auto para conocer a Carlos Armyenter Rojo, un andrajo de rodillas, humillado y apaleado por sus verdugos.

"Tú y yo somos iguales", pensó.

—¿Es este jovencito el hombre que busco? ¿Es este muchacho mi premio de consolación? ¿La cumbre de mi carrera? ¿Mi boleto a una jubilación sosa y mediocre? No lo creo —dijo en voz baja.

—¿Cómo dice? —replicó el policía que sostenía a Carlos por los cabellos.

—No creo que él sea —contestó dubitativo.

—¡Los informes lo señalan sólo a él! —gruñó de nuevo el agente, mientras agitaba violentamente el rostro de Carlos contra la luz del auto. —Sólo a él... —dijo furioso, negándose a siquiera pensar que su presa fuera falsa.

—Levántalo —ordenó Anderson resuelto, y rodeando el auto, abrió la portezuela.

"¿Quieres saber quién es el mero chingón?", se escucharon de nuevo las palabras del pachuco en el viento, o tal vez dentro de su propia mente.

# Las luces de las avionetas

**E**L TREN SE HABÍA DETENIDO CON UN FUERTE JALONEO cuando Carlos despertó sobresaltado. Apenas percibió el súbito golpe de los vagones. Tres días con sus noches llevaba encerrado en esa trampa por lo que ahora su cuerpo, su ropa y sus botas eran andrajos sucios de un mismo color, un gris mugroso idéntico al de su sentir. El atardecer estaba a punto de dar paso a la noche, y muy pronto los fantasmas que lo habían acompañado aparecerían de nuevo. Siguió tendido en el suelo sin abrir los ojos y sin hacer esfuerzo por ponerse de pie o abrir la puerta corrediza; quería seguir dormido, seguir soñando con un mundo diferente, un mundo donde no tendría que enfrentarse ni con vivos ni con muertos.

"Mordiste más de lo que podías tragar...", dijo una de las voces. "Y aunque te le pudiste pelar a ese polizonte, de nosotros está cabrón que puedas..."

Sin abrir los ojos, Carlos alcanzó a esbozar una débil sonrisa. Se había acostumbrado a sus acompañantes y les daba la bienvenida.

"Y no, todavía no estás muerto, pero ya casi...", dijo una de ellas.

"Por eso estamos aquí...", terminó una tercera.

"¿Cuál de ustedes mencionó que era mi conciencia?", preguntó Carlos en su mente.

"Esas son pendejadas tuyas carnal, porque aquí nadie ha dicho tal cosa, a menos que ya oigas voces dentro de tu cabeza... Eso sí que estaría muy mal... A lo mejor ya se te botó la canica a la gacha..."

Una explosión de risas y burlas lo trasladaron hasta Chicago, hasta la forma en que cuando ya no contaba con esperanza alguna, logró escapar del agente Anderson, o más bien, la forma en que este lo había dejado escapar.

La puerta lateral lanzó un eco por el patio del ferrocarril cuando la abrió de golpe. El lugar estaba desierto y sólo el viento soplaba basurillas hasta la sombra del enrejado. Podía ver desde esa distancia las luces del puente y los anuncios luminosos de Juárez; una eternidad había transcurrido desde la última vez que los hubiera contemplado. Trató de bajar con calma del tren, y ahora le parecía más alto que al principio. Estaba tembloroso y debilitado. Se acordó entonces de Freddy, y recordó exactamente cómo el agente Anderson había intercambiado de auto al pachuco con uno de sus compañeros, y cómo después de llevarlo a las vías del ferrocarril de *South Holland*, le había abierto la puerta del auto diciendo: "Apréndete mi nombre Carlos, y acuérdate de mí algún día". "¡El detenido ha escapado, el detenido ha escapado!", había gritado también Anderson por el radio en cuando Carlos bajó del auto y corrió hacia el tren que comenzaba a moverse, sin saber si lo estaba traicionando o le estaba haciendo un favor. Luego de alcanzar el vagón y treparse de un brinco, cerró la puerta corrediza y pudo ver al agente observarlo desde la orilla de la vía.

Durante tres días revivió tres mil veces su aventura, y tres mil veces también esas voces le recriminaron que todo fue por su culpa; una historia llena de culpas y tropiezos que había comenzado en las aguas del río, había seguido por Durango, por Chicago y ahora lo llevaba de nuevo a la orilla, precisamente donde se encontraba. Una historia en la que no cambiaría nada, pero que sin embargo no auguraba un buen final. Había decidido cruzarse a Juárez por el río; era más rápido que atravesar el patio de los trenes y caminar hasta el puente. Llegó hasta la orilla y se adentró lentamente en las aguas oscuras, apenas soportando el peso de sus botas en el fondo lodoso y avanzando penosamente en la corriente. Vio que algo brillaba en la orilla opuesta.

—¿Quién vive? —se escuchó desde la oscuridad.

El brillo llegó hasta su rostro como en un relámpago. Ni un solo paso había alcanzado a dar cuando el Diablo estaba frente a él, mostrando el brillo de su dentadura dorada en una sonrisa macabra.

—Quibo cabrón, ¿qué haciendo?

—Aquí nomás mi Diablo.

—¿Aquí nomás? Mmhh... po's yo te veo bien pinche jodido carnalito, parece como que te arrastraron con una yunta durante una semana.

—Po's más o menos...

—Mira carnalito, crúzate pa' mi orilla. Ahí en la loma hay unos tamalitos que un cabrón me dejó... Nomás camínale pa'llá'sito... *¿okay?* Orita te alcanzo carnal —le dijo sonriendo, señalando varias veces la orilla con ambas manos, como los trabajadores de los aeropuertos que señalan a los aviones cuando van a despegar. Después de eso sucedió algo insólito: la orilla oscura ya no era tal, era una pista de aterrizaje iluminada por dos hileras de reflectores brillantes.

—¿Sabes cómo se llama ese cabrón? Se llama Pedrito...

Entonces la manos del Diablo se convirtieron en dos hélices de avioneta que resplandecían con la luz de la pista, y girando vertiginosamente se cruzaron por el aire y fueron a clavarse en ambas clavículas de Carlos.

—Tranquilo carnal... tranquilito —le decía el Diablo mientras enterraba hasta el fondo sus navajas en el cuello de Carlos, y mirando en todas direcciones, se apalancó sobre su víctima hasta que pudo ponerlo de rodillas en las aguas del río, imponiendo su voluntad y robándole de esta forma la poca energía que a este le quedaba.

*«Don Carlos, ¡ahí vienen! Son tres Cessna bien cargadas... don Carlos».*

*«No te apures coyote... que ya las vi».*

Carlos ya no estaba en el río. Miraba tres avionetas a lo lejos y se veía a sí mismo en un campo dorado, bañado por el sol del atardecer. Las luces de la pista guiaban a las avionetas que se acercaban desde las montañas y se confundían con el resplandor del atardecer. Levantó una mano para cubrirse los ojos mientras que con la otra sacaba algo de su cintura. Era un arma, y él era un niño que jugaba a derribar aviones. Apuntaba sin saber que en otra parte, tal vez en otra realidad, estaba perdiendo la vida a manos del Diablo. Cuando el primer avión estaba a punto de aterrizar frente a ellos, explotó en una detonación tan brillante y ensordecedora que pasmó a ambos, mandándolos de nuevo al presente, a las aguas del río.

Era el estruendo de los rotores de un helicóptero que apuntaba su potente reflector al centro del río, levantando olas y dejando al descubierto el fondo arenoso. Habían pillado por fin al Diablo cometiendo un delito en la mitad del río y este, al verse descubierto, optó por desaparecer en las sombras de su orilla, en el lado mexicano, dejando a Carlos para que se desangrara de rodillas.

Por el lado americano se acercaban también las camionetas de la migra, los perros y las linternas, que en la mente de Carlos eran las avionetas que bajaban por la montaña, y antes de que cayera de bruces en el agua, varios agentes lo tomaron de los brazos y lo trajeron de su delirante visión del futuro hacía su ya casi vacío presente. Sus enemigos, los villanos de tantas historias, eran ahora los que trataban de arrancarlo de la muerte.

Un oficial recién llegado desde Chicago había solicitado la intervención de la agencia fronteriza, y era él quien sobrevolaba el río supervisando el operativo. Dentro de la ambulancia en la que fue trasladado al hospital, varias veces el pulso de Carlos fue inexistente en los monitores, pero los paramédicos llevaban la consigna de estabilizarlo y entregarlo con vida a las autoridades.

Sin embargo, una nueva esperanza había llegado en la última avioneta, un mensaje del futuro que le ordenaba seguir con vida, una nueva manera de consumar su venganza, y su nombre era... Alejandra.

*«Don Carlos... Ahí vienen... don Carlos...»*

Fin del primer libro

# Sobre el autor

**S**ERGIO OCTAVIO DÍAZ HERRERA, escritor mexicano emergente que expresa su talento literario escribiendo novelas sobre temas relacionados a la frontera México-Estados Unidos, y creando e ilustrando cuentos para niños.

Al tomar la decisión de escribir *Por unas botas de piel, La cultura del narco, brujos y pachucos* –y los otros dos libros que conforman esta trilogía–, Díaz Herrera recuerda una conversación que tuvo hace años que lo persuadió a realizar la serie de novelas.

—Si tú no… ¿pues quién, Colorado?

—Pues sí —pensé yo ingenuamente. —Soy de Ciudad Juárez, mi padre es el mero comandante de la del Estado, uno de mis hermanos metido en el narco, y el otro hundido en el mundo de las adicciones. Imagínese de lo que se habla en mi casa a la hora de la cena.

—¡Anímate cabrón! Si tú eres el que se ha "quemado las pestañas" en la familia.

—Ándele pues tío, que así sea.

El autor combina su tiempo viviendo en Phoenix, Arizona; Ciudad Juárez, Chihuahua; y, Puerto Vallarta, Jalisco.

www.ingramcontent.com/pod-product-compliance
Lightning Source LLC
Chambersburg PA
CBHW071145180726
48291CB00007B/2346